教育部哲学社会科学研究重大课题攻关项目
"中国历代民歌整理与研究"(09JZD0012)阶段性成果之一

中国历代民歌整理与研究丛书

教育部哲学社会科学研究重大课题攻关项目
"中国历代民歌整理与研究"（09JZD0012）阶段性成果之一

陈书录 丛书主编

宋辽金元歌谣谚语集

程 杰 范晓婧 张石川 编著

南京师范大学出版社

图书在版编目（CIP）数据

宋辽金元歌谣谚语集 / 程杰，范晓婧，张石川编著
-- 南京：南京师范大学出版社，2014.9
（中国历代民歌整理与研究 / 陈书录主编）
ISBN 978-7-5651-1872-2

Ⅰ. ①宋… Ⅱ. ①陈… ②范… ③张… Ⅲ. ①民间歌谣－作品集－中国－辽宋金元时代②谚语－汇编－中国－辽宋金元时代 Ⅳ. ①I276

中国版本图书馆CIP数据核字(2014)第214640号

书　　名	宋辽金元歌谣谚语集
丛书主编	陈书录
编　　著	程　杰　范晓婧　张石川
责任编辑	王欲祥
出版发行	南京师范大学出版社
地　　址	江苏省南京市宁海路122号（邮编：210097）
电　　话	(025)83598919(总编办)　83598412(营销部)　83598297(邮购部)
网　　址	http://www.njnup.com
电子信箱	nspzbb@163.com
印　　刷	南通印刷总厂有限公司
开　　本	787毫米×1092毫米　1/16
印　　张	15.5
字　　数	349千
版　　次	2014年9月第1版　2014年9月第1次印刷
书　　号	ISBN 978-7-5651-1872-2
定　　价	68.00元
出版人	彭志斌

南京师大版图书若有印装问题请与销售商调换
版权所有　侵犯必究

整理说明

一、本书辑录宋、辽、金、元四朝民间歌谣、谚语之属,士大夫间无主之流语传言并在所辑之列。专业技术之歌诀如医家汤头、养生歌之类,宗教神道说教偈颂之类,虽多出民间,亦为应俗,但未见流播人口者,不在此辑之列。小说家虚构、市井说唱之作多有俗语歌辞之情节,但非纪录之属,亦不在采辑之列。

二、凡为前人辑入词、曲总集如《全宋词》、《全金元词》、《全元散曲》者不取。宋元词、曲新兴,本应声乐歌唱而起,多有民间之作,然度其内容和功能,多属勾栏瓦舍、歌儿舞女之为,花间樽前、男欢女爱之意,与古所谓风谣俗谚终非同类。其中少数文人无名氏之作如《随隐漫录》卷二所载《行香子》"浙右华亭,物价廉平"或为民间传唱,而大量无名氏"失调名"作品,则亦应有不少属于原生态市井俗曲、乡村民歌,但取舍标准终难确定,有兴趣者自可取读择用,此编一并省却不录。

三、所辑条目,按宋、辽、金、元,各归其朝。两宋数量较多,分为两编。西夏僻处一隅,国祚短浅,相关文献记载较少,间有所见,附于辽朝之末。其他少数民族地区作品,随机编入相应朝代。

四、所辑条目,依所见文献记载之称谓大致分为歌谣、谚语两大类。凡原始载籍称歌、唱、谣、诵者,入歌谣类;称谚、语、谶、诗、联、里言、俗谓者,入谚语类。每类条目数量较多时,又根据内容大致析为京师、州县、百姓、百科、释道灵异等子类。京师类为朝政、京朝官员和京畿范围之事;州县类为各地政务、官吏、士绅之事;百姓类为平民百姓生活之事;百科类为各行各业的经验、知识和技术之事;释道灵异则为释道二教及各类鬼神灵异之事。子类条目仍多者,再析为若干小类。

五、每类条目,按事迹之时间先后为序排列,时间不明者依载籍或其编著者时代先后插入对应位置,出于后世记载者附于每类末。

六、凡杨慎《古今风谣》、杜文澜《古谣谚》、厉鹗《宋诗纪事》等相关古籍已见辑录之条目,一般沿用前人旧题。前人未辑之条目,则据内容或来源拟题,并在题后标注"＊"号,以示区别。每条正文下,以按语说明出处,间亦缀以少许内容解释,以供参考。

七、宋、辽、金部分由程杰、范晓婧编辑,元朝部分由张石川编辑,全书由程杰整合、审定。编辑过程中,化振红、刘立志、蔡金成君提供了一些资料和信息。

目 录

整理说明 ……………………………………………………………（1）

一、宋朝歌谣

（一）京师 ……………………………………………………（1）

建隆中京师歌/1　开宝初定州军中谣/1　开宝初广南谣/1　纸钱谣/2　百姓歌太子*/2　曹门谣*/2　京师谣/2　边上谣/3　汾河谣/3　皇祐中谣/3　蜥蜴求雨*/4　竹西寺百姓歌天子*/4　元符末都城童谣/4　崇宁中卖馉饳者语/5　周邦彦述汴都童子歌/5　民间为章惇蔡京蔡卞谣/5　"草祭"之谣(有目无篇)/6　十不美/6　京师为童贯蔡京高俅何执中谣/7　靖康初民间为言路谣/7　时人为范致虚谣/7　南渡后汴都谣语/7　绍兴三年平江童谣*/8　绍兴初行都童谣/8　行在军中谣/8　军民为张栻谣/8　淳熙十四年歌/9　临安民谣/9　嘉泰初童谣/9　开禧中民谣/10　广右丁钱/10　济王未废时市井俚歌/10　唐天宝宋嘉定两朝谣/11　民间为薛极胡榘谣/11　绍定都城歌(残篇)/11　湖秀民讽履亩之政*/11　十七字谣/12　贾似道当国时临安谣/12　咸淳末民谣/12　五更头谣/12　江南谣/13　靖康末市井谣/13　韩侂胄闻牧童歌/13　百姓讽韩侂胄卜葬谣*/13　时人讽何执中谣*/14　方腊出两遍/14　民谣二首/14

（二）州县 ……………………………………………………（15）

太宗时莱芜民歌廉公谔*/15　长安人为杨谭林特歌/15　缑氏民为王旭谣*/15　辛渠歌*/16　益州人为王曙谣/16　闽人宰相谣二则*/16　西蜀民为王拱辰谣*/17　蓬州父老为

吴几复歌/17　十奇歌/17　百姓为吕公歌*/18　民为刘居正黄照谣*/18　光化谷城人为叶康直丰稷歌/18　时人为眉山苏氏谣/19　百姓为吴桓歌*/19　熙宁间民歌五岳庙*/19　阳谷民歌杨节之*/20　阆州里人歌/20　苏州民为王觌歌/20　时为李伯宗歌/20　大观中姑苏儿童沈逍遥歌*/21　复州人诵郡守*/21　襄阳人为田衍魏泰李豸谣/21　越州民为刘韐歌*/22　淮甸人为李大有歌/22　蓬州人为吕锡山王大辩歌/22　无锡父老为钱申仲歌*/23　仪征民贺重修县学歌*/23　"十还"之谣/24　福州宁德民为李光弼谣*/24　镇江民为蔡洸歌/24　南恩民为陈丰歌/25　余干百姓褒贬县官谣*/25　广东民为李纶歌/25　民为王回歌*/26　袁州民歌支移仓*/26　淮西汪秀才歌/27　舒州石塘民为周必正歌/28　百姓为程叔达歌/28　广汉民为李发歌*/28　肇庆百姓歌放生池亭*/29　上高浮虹桥歌*/29　仇家为许某谣/30　仪真百姓为吴机筑翼城歌*/30　金坛民赞知府谣*/31　果州民为张义实杨泰之歌/31　南城状元谣*/32　建康人士歌吴渊*/32　谗人为吴潜兄弟造童谣/33　百姓为李侯歌*/33　池州二士哭赵昂发言/34　绩溪人为苏辙叶楠歌/34　余干民歌吴在木/34　百姓歌蒲叔献*/35　景定间台州民歌王华甫*/35　潮州民歌章元振*/35　祁门民歌陈季立/35　祁门百姓为县令县尉歌/36　淳熙中祁门人为张拱辰歌*/36　百姓为苏洸歌*/36　南丰民歌黄佽孙*/37　广州状元谣/37　上虞百姓为陈炳歌*/37　安化民为彭道耕谣*/38　诸暨民为童居易谣*/38　百姓歌王伯大*/38　连城民为李夆谣/38　琼州民为李谔吴群歌*/39　民为王信歌*/39　南恩民歌徐应龙/39　民为江镃歌*/40　百姓为郑尚德谣*/40　饶州民为胡光歌*/40　慈幼歌/40　复湖谣/41

(三) 百姓 ....(41)

　　无字歌/41　东城泉野老歌/42　衡山县谣言/42　枯木*/42　建昌童谣/42　丹阳牵夫歌*/43　吴中舟师歌/43　蛮歌/44

东海乡人为刘家歌*/44　铁弹子白塔湖曲*(有目无词)/44　罗源民谣/44　龙溪民颂三颜谣/45　舞十般癫/45　龙泉乡人为张八冯太谣*/46　安吉民谣/46　曾公樟歌*/47　南宋民为刘倬歌*/47　民为卢珊歌*/47　淳安民谣/48

（四）百科 ………………………………………………… (48)

采萍时日歌/48

（五）释道灵异 …………………………………………… (48)

宋太祖闻道士醉歌/48　开宝中南昌市老翁老媪歌/49　章阿父吟/49　苏辙梦闻仙人歌/49　仙姝休休歌*/50　茅山鬼歌*/50　林刘举梦中闻人唱/51　鞠君子歌/51　林自然歌/52　钱相公月夜歌*/52

二、宋朝谚语

（一）京师 ………………………………………………… (53)

京师为陈象舆董俨语/53　时人为李沆张齐贤语/53　太学中为郭盛邢昺语/53　咸平五年京师为贡举语/54　无名子嘲语/54　时人为寇准语/54　陈旭之谚*/54　时人为盛度丁谓梅询窦元宾语/55　好事者为丁谓语/55　无名子嘲语*/56　时人为王随陈尧佐语/56　宋初士子语/56　石中立引世语戏三礼生/57　时人为苏绅梁适语/57　京师为包拯宋祁谚/57　嘉祐四真语*/58　嘉祐中士大夫为王谢二家语/58　京师为包拯语/58　朝中为枢密使副语/58　时人为进士明经语/59　京师为三班群牧语/59　京师为台官语/59　时人论职官语*/60　王安石当国时谚语/60　时人为韩维王珪王安石语/61　京城为王雱侯叔献语/61　宋御史台中语/62　时人为中允修撰语/62　时人为士人应敌文章语/62　陈师道引俗语/62　京师谚语/63　伶人语/63　汴京临安为六部诸曹语*/63　京师为程师孟张安国语/64　王岩叟引父老谚/64　时人为苏颂司马光语/65　元丰末天下为宣仁皇后语/65　状元焦/65　京师为辛雍顾子敦语/66　元祐初朝

中语/66　宋时四方为折纳藉纳产业语/66　京师为宣医敕葬家语/67　时人为范纯仁语/67　崇宁间谚/67　赵升引俗谚论中书/68　快活三谚*/68　时人为胡伸汪藻语/68　时人为童贯蔡京谣/68　王黼当国时京师谣*/69　时人为蔡京三子语/69　时人为御史台开封府语/69　宣和中反语/69　时人为朱勔家奴语/70　十不管/70　不籍军人谣*/71　靖康元年谚*/71　宋人为使金者谚/71　蜀人为张浚谚*/72　敌为岳家军语/72　建炎后俚语/72　时人为陈修语/73　时人为徐履语/73　时人为李邦彦梁师成语*/73　时人为洪迈语/73　时人为饶州朝士语/74　淮人为徐协功许子中胡与可语/74　蜀人讽胡元质*/75　众人出钱*/76　淳熙时太学诸生诮陈贾/76　乡人嘲王孝严施士衡语*/76　文官武官谚/77　太学古谚/77　时人为许及之语/77　都下为韩侂胄语/78　韩侂胄将败时民语/78　时人为易祓语/78　宁宗朝语/79　绍定初时人语/79　绍定中语/79　民间为真德秀语/80　时人为乔行简史嵩之语/80　宝祐中书朝门语/80　时人为陈宜中曾唯黄镛刘黻陈宗林则祖语/80　时人为伪道学言/81　杭人为西湖谚/81　四司六局宴会*/81　南宋学子谚*/82　叶寘引俗言*/82　时人为贾似道语/82　好事者为李珏杨安宇语/82　时人为咸淳省试试题语/83　幼主即位时京师为三元语/83

(二) 州县 ......(83)

1. 人事 ......(83)

宋初州郡官吏语/83　时人为安肃广信二军语/84　曾巩引谚*/84　俚谚纪赵世长事/84　海陵为许氏周氏查氏谚/85　世人谓二宋二连语/85　华亭民为县仓亭圌谚*/85　秦人为韩缜语/86　猪嘴关语/86　时人为李稷李察语/86　元丰时人为郭时亮余行之语*/87　挂冠三李歌/87　四明宗党为袁蔡二夫人语/87　陕西人为曲端吴玠语/87　都下酒家为孔端中语/88　道州人为蔡元定弟子语/88　越人为尹焕语/88　时人为岳麓书院谚/88　时人为赵昂发夫妇语/89　时人为忠义潭语/89

2. 风土 ··· (89)

辜负口眼谚/89　人为岭南八州言/89　过巢湖*/90　容州鬼门关*/90　程缙引黄河谚语/90　苏轼引里谚论上下乡/91　龚颐正引俚语/91　金渊谚/91　沈括引方谚论风土/91　池州语/92　凤宣二州谚/92　伊洛坊里谚/92　诸州风土诗五则*/92　浙江风土谚二则/93　越州谚两则/94　京师三月谚/94　开封俗语/95　京师守岁谚/95　京师寒食谚/95　吴中为苏常二州语/95　蜀人为唐安郡语/96　桂林古记/96　范成大引蜀谚/96　苏杭*/96　郑渠昆山*/97　吴兴西北乡旧谚*/97　金焦两山谚/97　周必大引俗谚/98　行都谚/98　汤岭谚*/98　南台江水谚*/99　潮至钱夯头谚*/99　江水俗谚/99　靠天收谚*/99　魁峰谚/100　铁牛门谚/100　云居山归宗寺俗语/100　牿牛石滩里谚/100　惠州土人语/100　广西俗语/101　三峒古民谣/101　淮安军方谚/101　世谓广安语/101　龙床滩古谚/102　大悲口谚语/102　曲江俗语/102　俞塘谚/102　蜀人澡浴谚/103　杭州谚*/103　周密引谚释甄云卿词/103　铜山谚*/103　卢宗原引谚/104　龙南安远谚/104　龙床石谚/104　竃山下舟人语/104

(三) 百姓 ··· (105)

太祖引俗语/105　衫带谚/105　磨镰*/105　人为孝妇谚二则/106　鹭棺者谚*/106　讽老少婚配谚*/106　赵尚书夫人引谚议婚/106　悭音谚/107　时人为打碑书生语/107　迟疾谚*/107　形影谚*/108　欧阳修引俗谚论致仕/108　张安道引谚论人材/108　省费*/109　王丞相客引俗谚/109　抱桥不溺谚*/109　病人夜雨之畏*/109　苏轼引蜀谚论政/109　苏轼引乡谚诮客啬/110　苏轼引里谚论江瑶柱/110　施元之引俗谚释百巧/110　施元之引俗谚释面赤/110　赵次公引谚/111　仕宦俗谚/111　酒谚*/111　苏轼引俚语/111　明镜谚*/112　善恶谚*/112　痴人说梦*/112　事不如意*/112　鄙谚/113　眇倡引谚/113　王告引俗谚判牒/113　南京石上语/114　赵令畤引古语*/114　陆佃引俗语释熊黑/114　女生谚*/114　江公望引俚语/115　普融僧引俚

语/115　传抄谚*/115　故都头钱语*/115　李如簏引俗谚释水火/116　杨幺叛时贼中语/116　叶梦得引俚语/116　吴人俚语*/117　忍之谚*/117　劳心*/117　贱人之相*/117　讥南人不北食语*/117　庄季裕引俚语九则释陈无己诗/118　菱角鸡头*/119　酒肆歌/119　陈粤引谚论财力/119　李季可引谚论众情/120　教子读书谚*/120　吴中下里谚/120　葛立方引俗言/121　喜怒盛极不宜*/121　生有时谚*/121　胡仔引俚语论不管闲事和喝酒生事*/121　郑耕老引里谚/122　小大之喻谚*/122　李昌龄引楚谚/122　河井谚*/123　洪迈引俗谚二则*/123　杀人欠债谚*/123　曾敏行引里谚/124　成家由妇谚*/124　李翀引俗言论仕宦/124　范石湖引吴谚/124　小儿语*/125　弈者谚*/125　苏州民为大水谣*/125　倪思引谚论筵宴/126　省使/126　倪思引谚二则论俭/126　心地肚肠*/126　王楙引鄙俗语二则/127　赤梢鲤鱼*/127　朱子引谚/128　灾祸谚*/128　朱子引谚训人/128　袁采引谚论家业/128　袁采引俗语论言语/129　袁采引谚论兼并/129　衣成人水成田谚*/129　人之高下谚*/130　泥中洗弹子*/130　陈亮引俗谚/130　狮狗本性*/130　费衮引俚语/131　赵范引谚/131　张三王大谚*/131　袁文引世语释陟屺/131　罗大经引谚论宰相台谏/132　儿孙谚*/132　刘克庄引俗言*/132　叶茵引谚/132　相骂谚*/133　恶虎谚*/133　用势谚*/133　俚语对偶/133　陈叔方引俗言释平稳*/134　胡太初引谚/134　三世为儒谚*/134　吴自牧引俗谚论善恶/134　免仇杀谚*/135　识阴阳谚*/135　林洪引谚/135　婚嫁谚*/135　贵池驿壁间语/136　潭州四通馆题梁/136　周密引俗谚证解颐/136　周密引谚论笔墨/137　五更睡*/137　姚镕引俗语/137　寒食*/137　韦君安引俗语/138

(四) 百科 ·· (138)

1. 农事 ·· (138)

　　王得臣引人言/138　陈师道所记农谚四则*/138　陈师道引谚/139　浙西占年谚/139　颍人黄鹄谚/139　陆佃引谚二则

释桃/140 种谷树木谚/140 种桃种橘谚/140 秦晋间农语/141 槐枣谚/141 《分门琐碎录》载农谚*/141 袁采引谚劝修塘*/142 陈旉引俚谚论耕耨/142 陈旉引俚谚论居处/143 闽谚/143 吴攢《种艺必用》载农谚*/143 《士农必用》载种麦谚*/144

2. 天气 ··· (144)

海州昫山俗言/144 安陆老农语/144 刘师颜引谚论占候/145 宋谚/145 急风*/145 颍州大水之候谚*/145 孔平仲引江南、京东、九江民言五则论占候/146 天怒谚*/147 社日俗语/147 京师九九谚/147 齐鲁人雾凇谚/147 刘一止引里语/148 姚宽引谚释王建诗/148 《琐碎录》引谚*/148 吴中布袄谚/148 辛辘谚/149 庐山晴雨俗语/149 夏至冬至谚/149 梅雨谚*/149 浴佛*/150 吴人正月占年谚/150 徽州晴旱谚*/150 罗大经引谚占晴雨/150 梅雨谚*/151 三月三日雨谚*/151

3. 技艺 ··· (151)

时人为陶裔语*/151 事忙不及草书*/152 关中为张诗谚/152 吴处厚引谚论相术/152 盘游饭里谚/153 叶梦得引俗言释磨墨*/153 医卜谚*/153 良医谚*/153 京师语/154 时人为石藏用陈承谚/154 叶梦得引世言/154 卫生之要三则*/154 杜荀鹤作诗之谚*/155 发背谚*/155 浙东土人为舟师语/155 书法谚*/156 孕妇病谚*/156 香附缩砂*/156 眼耳谚*/156 养生俗语*/156 风池谚*/157

4. 物产 ··· (157)

陈翥引鄙谚论桐质/157 陈翥引鄙语论桐性/157 罗愿引谚论鲇/158 欧阳修引世语物类相感*/158 吴人俗语/158 松柏谚*/158 鸬鹚谚*/159 韭菜俗言/159 陈师道等引闽谚释鸪*/159 某守与客引俗谚联句/159 陆佃引俗语释龙/160 陆佃引俗语释鲨/160 陆佃引俗语释虎/160 陆佃引俗语二则释豸/160 陆佃引里语释狼/161 陆佃引世语二则释鸟/161 鹭鸶谚*/161 陆佃引俗语释蚊/161 陆

佃引俗语释梅/162　梨楸谚*/162　陆佃引俗语释芡/162　陆佃引俗语释藕/162　古谚/162　岳阳渔人蟹谚*/163　龟筒*/163　姚宽引俗谚释戎盐/163　庐山中人语/163　葛立方引俗言/163　三不点谚*/164　河豚谚/164　罗愿引谚论蛇/164　鍮石谚*/164　瓜蒂*/165　天彭牡丹花语/165　淮南鸡鸭谚/165　陆游引谚/166　吴中石首鱼谚*/166　䴔鸰谚*/166　周去非引南人谚论馀甘獐肉/166　端砚谚*/167　煮蟹谚*/167　蟠蜂谚*/167　赵希鹄引俚谚论琴/167　郑清之引谚/168　临安月塘周家瓜*/168　秋景俗语/168　周密引谚释彪/168　蛇瘿草谚/169　绍兴中潮州乡谚/169　南宋人谚释弓鞋/169

（五）释道灵异 ································· (169)

壶公山谶/169　洛中地势语/170　宰相状元谶*/170　龙沟谶*/170　杨道人语*/170　黄涅槃谶语/171　浮梁县谶语/171　开封府地谶/171　许叔微未第时梦人语/172　龙游土人谣谶/172　宝婺观古桐谚/172　永福古谶/173　浏口骆驼嘴谚/173　人为蜀僧语/173　平江状元谶二则*/174　何蓑衣语中原事*/174　进贤县古谣/175　龙洲谶语/175　百花洲谶*/175　赵明诚闻梦中人语/175　沙洲圆*/176

三、辽朝谣谚

（一）歌谣 ································· (177)

天祚时狂人歌/177　燕民致蓬蓬歌*/177　燕民谶*/177　辽土河童谣/178　武定军百姓为杨佶歌/178　"十不如"之谣（有目无篇）/178

（二）谚语 ································· (179)

契丹比佗部咒语/179　辽宫中为懿德皇后语/179　牧马谚/179　辽天祚时国人谚/180　仲生引谚语*/180　太祖淳钦皇后引谚/180　时人为萧岩寿语/180　北人为魏王谚/181　铁幡竿*/181

四、金朝谣谚

(一) 歌谣 ································ (182)

鹧鸪曲(有目无词)/182　诅祝歌/182　正隆军南发童谣*/182　金大定间谣/183　宋淳熙中梁宋间童谣/183　明昌四年京师谣言/183　百姓为邢公歌*/184　泰和末年谣/184　金末庚午岁童谣/184　贞祐元年卫州童谣/184　兴定中童谣/185　秦顺临刑唱歌/185

(二) 谚语 ································ (185)

世祖时童谣/185　时人为谷神娄室语/186　妻寄夫诗/186　河内正平县民为王竞韩希甫张元谚/186　熙宗引谚/187　儿哭谚*/187　节察*/187　平阳百姓为张浩杨伯雄语/187　时人为张景仁郑子时赵枢孟宗献语/188　四方为李妃胥持国语/188　王泽吕造作诗*/188　金兵题壁上*/188　时人为赵秉文语/189　时人为常氏婚姻语*/189　哀宗引谚/189　道人讽时歌*/190　金末人为郑子聃语*/190　元好问引谚*/190　时人为苏过语/190

五、元朝谣谚

(一) 歌谣 ································ (191)

滨州民歌*/191　皇舅墓谣/191　宁都州民歌*/191　太仓谣/192　元明宗时童谣/192　元统二年彰德民谣/192　至元三年彰德民谣/193　至元五年八月京师童谣/193　金银珠谣*/193　至正五年淮楚间童谣/193　江西福建怨谣*/194　石人谣/194　上海县谣*/195　至正十五年京师童谣/195　至正十六年彰德路民谣/195　至正十六年彰德民谣/195　台温处树旗谣*/196　方国珍谣*/196　松江谣/196　张士信杨完者谣/196　元至正中燕京童谣三首/197　元至正中大理童谣/197　至正二十八年彰德路童谣/197　雷州民为乌古孙

· 9 ·

泽歌/198　元末苏州童谣/198　元末湖湘中童谣/199　宣城民哭邑令*/199　浮梁民谣*/199　闽清民歌*/199　曲沃民歌*/200　团社谣/200　筑城谣/202　开田谣/203　安乡谣*/203

(二) 谚语 ……………………………………………………(204)

马氏铁券谶*/204　秋耕谚*/204　播种谚*/204　种谷谚*/204　收麦谚*/205　桑间谚*/205　蚕桑谚*/205　养马谚*/205　养牛谚*/205　种麻谚*/206　摘茶谚*/206　伐木择日谚*/206　种麦谚*/206　斧头谚*/207　至治间占*/207　浙西谚*/207　嘲三宝奴*/207　三险谚*/207　巴豆黄连谚*/208　田家杂占/208　绘画谚*/211　京师语/211　时人为归旸吴炳语/211　绍兴乡里为俞母语*/211　元谶*/212　信州路谶*/212

引用书目……………………………………………………(213)

一、宋朝歌谣

（一）京师

建隆中京师歌

五来子。

【按】元脱脱等《宋史》卷六六五行志第一九："建隆初，京城唱《五来子》新番之曲。其后下荆州，克湖南，平西蜀，收岭表，复江左，凡五国来朝，乃其谶也。"亦载清杜文澜《古谣谚》卷一三。

开宝初定州军中谣

三千打六万。

【按】宋晁说之《嵩山文集》卷三《负薪对》："开宝初，太祖命田钦祚以兵三千，于定州背城以破虏六万，于时军中有'三千打六万'之谣。至今塞上儿童犹以此语为戏，不忘也。"亦载清杜文澜《古谣谚》卷一八。

开宝初广南谣

羊头二四，白天雨至。

【按】元脱脱等《宋史》卷四八一列传第二四〇："又广州童谣曰：'羊头二四，白天雨至。'识者以羊是未之神，是岁，岁在辛未，以二月四日擒鋹。天雨者，王师如时雨之义。"亦载明杨慎《古今风谣》。宋吴处厚《青箱杂记》卷七记此事为南汉乾和中事，谣作"羊二四月天雨"。又载同时石谶："人人有一，山山值牛。兔丝吞骨，盖海承刘。"也影指南汉国祚。

纸钱谣

使到十八九,纸钱飞上天。

【按】元脱脱等《宋史》卷六六五行志第一九:"宋初陈抟有'纸钱使不行'之说,时天下惟用铜钱,莫喻此旨。其后用交子、会子,其后会价愈低,故有'使到十八九,纸钱飞上天'之谣。"亦载厉鹗《宋诗纪事》卷一〇〇、清杜文澜《古谣谚》卷一三。

百姓歌太子*

吾帝之子,年少可爱。

【按】宋罗从彦《豫章罗先生文集》卷六《寇准》:"太宗久不豫,时准在魏驿,召还问以后事。准谢曰:'知子莫若父,臣愚,不敢与也。'帝曰:'以卿明智,不阿顺,故以问卿,卿不应辞避。'准再拜,请曰:'臣观诸皇子,诚无不令,至如寿王,得人心深矣。'帝大悦,遂定策以寿王为太子,躬行告庙。及还,六宫皆登御楼以观之。时李后在焉,闻百姓皆歌呼曰:'吾帝之子,年少可爱。'后不悦,归以告帝。帝召准责曰:'万姓但知有太子而不知朕,卿误朕也。'准曰:'太子万世祀社稷之主,若传之失其人,诚为可忧。今天下歌其得贤,臣敢以为贺。'帝始解。自是眷注益厚,累为谏议大夫、枢密副使、参知政事。"

曹门谣*

曹门好,有好好。
曹门高,有高高。

【按】宋范镇《东斋记事》卷一:"天圣中,童谣云:'曹门好,有好好。曹门高,有高高。'其后,今太皇太后为皇后,太皇太后姓曹氏。英宗皇帝即位,而高太后为皇后,高后,曹氏之所出。前史载谣言者,信哉不可忽也。"

京师谣

朝廷无忧有范君,京师无事有希文。

【按】宋孔平仲《谈苑》卷三:"范仲淹,字希文,知开封府事,决事如神。京师谣曰:'朝廷无忧有范君,京师无事有希文。'"亦载宋潘自牧《记纂渊海》卷三三、清杜文澜《古谣谚》卷一六。

边上谣

军中有一韩,西贼闻之心骨寒。
军中有一范,西贼闻之惊破胆。

【按】宋孔平仲《谈苑》卷三:"边上谣曰:'军中有一韩,西贼闻之心骨寒。军中有一范,西贼闻之惊破胆。'元昊闻而惧之,遂称臣。"亦载宋林駉《新刊笺注决科古今源流至论》前集卷六、清杜文澜《古谣谚》卷一六。

汾河谣

汉似胡儿胡似汉,改头换面总一般,
只在汾河川子畔。

【按】宋江少虞《新雕皇朝类苑》卷五六《东斋记事》:"狄青,初延州指使,与西贼大小二十五战。每战带铜面具,被发出入行阵间,凡八中箭,累至泾原路招讨副使。上未识其面,欲召见之。会戎寇边急,上令图其形以进。其后为枢密使。是时予为谏官,人有相侵,夜吟:'汉似胡儿胡似汉,改头换面总一般,只在汾河川子畔。'以为青汾河人,面有刺字不肯灭去,又姓狄,为汉人。此歌为是人作也,为不疑矣。欲予言,予应之曰:'此唐太宗杀李君羡事,上安忍为? 适以启君臣疑心耳。'""是时"以下不见今本范镇《东斋记事》。明杨慎《古今风谣》、清杜文澜《古谣谚》卷五九末句皆录作"只在汾州洲子畔"。宋曾慥《类说》卷二二作"汉似胡人胡似汉,改头换面总一般,只在汾河川子畔"。

皇祐中谣

农家种,籴家收。

【按】宋范镇《东斋记事》卷一:"皇祐末,邕州白气亘天,江水泛溢。司户参军孔宗旦白于知州陈珙,宜备边,珙不听。未几而侬智高内寇,破邕、贵、横、贺、浔、藤、梧、封、康、端十州,围广州,杀将吏张忠等数十人。最后遣狄公青以蕃落五百骑败之邕州,归仁铺,凡得首级五千三百四十一,筑为京观。初谣言云'农家种,籴家收',至是为狄公所败。"李焘《续资治通鉴长编》卷一七四:"(侬)智高自起至平,几一年暴践一方,如行无人之境,吏民不胜其毒。先是,谣言:'农家种,籴家收。'而智高为(狄)青所破,皆如其谣。"亦载元脱脱《宋史》卷六六五行志第一九、清杜文澜《古谣谚》卷一三。

蜥蜴求雨*

其一

蜥蜴蜥蜴,兴云吐雾。

降雨滂沱,放汝归去。

其二

冤苦冤苦,我是蝎虎。

似恁昏昏,怎得甘雨。

【按】宋彭乘《墨客挥犀》卷三:"熙宁中,京师久旱。按古法,令坊巷各以大瓮贮水,插柳枝,泛蜥蜴,使青衣小儿环绕呼曰:'蜥蜴蜥蜴,兴云吐雾。降雨滂沱,放尔归去。'开封府准堂札,责坊巷、寺观,祈雨甚急,而不能尽得蜥蜴,往往以蝎虎代之。蝎虎入水即死,无能神变者也。小儿更其语曰:'冤苦冤苦,我是蝎虎。似恁(一本作凭)昏昏,怎得甘雨。'"亦载清厉鹗《宋诗纪事》卷一〇〇。明郎瑛《七修类稿》卷五〇奇谑类《吃苦称冤》:"祷雨用蜥蜴,以其能致雨也。宋熙宁间旱,令捕蜥蜴,一时无获,多以壁虎代送官府。民谣有'壁虎壁虎,你好吃苦'之说。"此亦载清杜文澜《古谣谚》卷四九。

竹西寺百姓歌天子*

见说好个少年官家。

【按】宋苏轼《东坡全集》卷六〇《辨题诗札子》:"臣于元丰八年五月一日题诗扬州僧寺,……五月初间,因往扬州竹西寺,见百姓父老十数人,相与道旁语笑,其间有以两手加额云:'见说好个少年官家。'其言虽鄙俗不典,然臣实喜闻百姓讴歌吾君之子,出于至诚。"

元符末都城童谣

家中两个萝葡精,

……

撞着潭州海藏神。

【按】宋朱弁《曲洧旧闻》卷八:"晁之道尝言,蔡侍郎准少年时,出入常有二人见于马前,或肩舆之前,若先驱,或前或却。问之从者,皆无所睹。准甚惧,谓有冤魂,百方禳禬,皆不能遣,既久亦不以为事。庆历四年生京,而一人不见,又二年生下,乃遂俱灭。元符末,都城童谣有'家中两个萝卜精'之语,语之不能悉记,而其末章云:'撞着潭州海藏神。'至崇宁中,卖馂馅者又有'一包菜'之语,其事皆验。而京于靖康初贬死于长沙,岂潭州海藏,亦应于此耶?然之道语予此事时,京身为三公,子践三少,领枢密院,又为保和殿大学士者。而其孙判殿中监班,视二府。每出传呼甚宠,飞盖相随者五人,若子若壻并诸孙,腰黄金者十有七人。当此际,气焰熏灼,可炙手也。厥后流离岭海,妻孥星散,不能相保,而门生故吏,皆讳言出其门。然则准所见,果为蔡氏福耶否耶?追思之道所论,深有意味,惜乎早世不及亲见也。"亦载清潘永因《宋稗类钞》卷一。清杜文澜《古谣谚》卷六〇作"家中两个萝葡精,担着潭州海藏神。"

崇宁中卖馂馅者语

一包菜。

【按】出处见上。

周邦彦述汴都童子歌

孰为我已,孰厘我载。
茫茫九有,莫知其界。

【按】吕祖谦《宋文鉴》卷七周邦彦《汴都赋》:"如此淫乐者十有七年,疲而不止,谏而不改。吾不知天王之用心,但闻夫童子之歌曰:'孰为我已,孰厘我载。茫茫九有,莫知其界。'客乃觑觑(音眩)然惊,拳拳然谢曰:'非先生,无以刮吾之蒙,药吾之聪,臣不能究皇帝之盛德,谨再拜而退。'"亦载宋祝穆《事文类聚》续集卷二居处部、清杜文澜《古谣谚》卷九二。

民间为章惇蔡京蔡卞谣

其一

二蔡一惇,必定沙门。
籍没家财,禁锢子孙。

其二

大惇小惇,入地无门。
大蔡小蔡,还他命债。

【按】宋佚名《大宋宣和遗事》元集："殿中侍御史龚夬亦上表奏言：'臣闻蔡卞落职太平州居住，天下之士，共仰圣断。然臣窃见京、卞表里相济，天下知其恶。民谣有云："二蔡一惇，必定沙门；籍没家财，禁锢子孙。"又童谣云："大惇、小惇，入地无门；大蔡、小蔡，还他命债。"百姓受苦，出这般怨言，但朝廷不知之耳！蔡京、蔡卞为人反复变诈，欺陷忠良。天下不安，皆由京、卞二人簸弄。'是时章惇罢相，差知越州，专事刑名惨刻，编类章疏，看详诉理，受祸者千余家。民间或诉事，稍有暗昧言语，加以刀钉手足、剥皮肤、斩颈割舌之刑。有道号了翁，姓陈名瓘的，论奏惇罪，将章惇贬雷州居住。"亦载清杜文澜《古谣谚》卷二一。元佚名《宋史全文》卷一四载："甲申知江宁府，蔡卞落职，提举洞霄宫。龚夬言：'蔡京与卞表里相济，天下共知其恶，播于民谣云："二蔡二惇，必定沙门。籍没其家，禁锢子孙。"又云："大惇小惇，入地无门。大蔡小蔡，还他命债。"伏望博加采访，以辨忠邪。'"

"草祭"之谣（有目无篇）

【按】宋周密《齐东野语》卷一一《吴俦》："吴俦字公度，吴兴人。试补太学，为第一。崇宁五年，群礼部七千之士而魁之。其名声风采，人莫不求识面而愿交。邃经学，妙语言，为时闻人。……为宁海推官时，蔡京罢相，居城中。意其生计从容，委买雪川土物无虚月。俦意不平，念吾以文学起身，而不以儒者见遇。报以实直，京觉之而怒。重和二年，召为九域图志所编修官。时京以太师、鲁公赐第京师。朝朔望，一日，上问京：'卿曩居杭，识推官吴俦乎？今以大臣荐，欲除官。'对曰：'识之，其人傲狠无上。'上惊曰：'何以知之？'曰：'吴知陛下御讳而不肯改，乃以一圈围之。'盖言俦字也。上默然不怿。未几言者承风旨论罢，自是不复出。及京败，知郓州孙鼛言巴人有'草祭'之谣，上其事，甚者论其即仓为宅，拆'仓'字为'人君'二字，谓京有不臣之心。虽若附会，然亦平日好以字画中伤善类之报也。"元脱脱等《宋史》卷三四七孙鼛传："孙鼛，字叔静，钱塘人……鼛微时与蔡京善，常曰：'蔡子贵人也，然才不胜德，恐贻天下忧。'……转太中大夫，徙郓州。邑人为'草祭'之谣，指切蔡京。鼛以闻，京怒，使言者诬以它谤，提举鸿庆宫。起知单州，遂致仕。靖康二年卒，年八十六。"一说出于巴人，一说出于郓州邑人，或者以邑人为是。

十不羡

万乘官家渠底串。

【按】宋庄绰《鸡肋编》卷中："所谓天波溪者，由景龙门宝箓宫，循城西南以至京第。子絛上书其父，谓'今日恩波，他年祸水'。而小民谣言《十不羡》中'万乘官家渠底串'者是也。"张知甫《张氏可书》："宣和预赏，每掷金钱于楼上，以为戏笑。时有献口号云《十不羡》者，皆讥谏切直之言。即捕之，而不获。"亦载清杜文澜《古谣谚》卷二一，题作《小民为蔡京谣》,并前补"蔡京居中人不羡"句。

京师为童贯蔡京高俅何执中谣

杀了穜蒿割了菜,吃了羔儿荷叶在。

【按】宋曾敏行《独醒杂志》卷九:"何执中居相位时,京师童谣曰:'杀了穜蒿割了菜,吃了羔儿荷叶在。'说者谓指童贯、蔡京、高俅三人及执中也。"亦载清杜文澜《古谣谚》卷六二。

靖康初民间为言路谣

城门闭,言路开。
城门开,言路闭。

【按】宋佚名《大宋宣和遗事》利集:"正月,下求言诏,有监察御史余应求上书,诏赐章服。盖自金人犯边,求言之诏凡几下,往往事缓则阻抑言者。当时民谣言:'城门闭,言路开;城门开,言路闭。'初九日,边报金兵已在河北,时内侍梁方平领兵在河北岸,贼骑奄至,仓卒奔溃。"宋徐梦莘《三朝北盟会编》卷九六:"靖康元年春正月朔诏求言"后注:"自金人犯边,屡下求言之诏。事稍缓,则复沮抑言者。故当时有'城门闭,言路开;城门开,言路闭'之谚。"亦载清杜文澜《古谣谚》卷二一。

时人为范致虚谣

草青青,水渌渌,屈曲蛇儿破敌国。

【按】宋张知甫《张氏可书》:"范致虚帅北京,值靖康之变,飞檄边帅,出关勤王。时谣曰:'草青青,水渌渌,屈曲蛇儿破敌国。'盖谓范字也。"亦载清杜文澜《古谣谚》卷六一。

南渡后汴都谣语

天水归汴,复见太平。

【按】宋周煇《清波杂志》卷一二:"向者黄河埽决,几至汴京。都人欲导水入汴,谣语云:'天水归汴,复见太平。'于此益可见遗民思汉之心。"亦载清杜文澜《古谣谚》卷六二。

绍兴三年平江童谣*

地上生白毛,老小一齐行。

【按】宋庄绰《鸡肋编》卷中:"绍兴三年八月,浙右地震,地生白毛,韧不可断。时平江童谣曰:'地上生白毛,老小一齐行。'台臣论其事,因下求言之诏。宰相吕颐浩由此以罪罢。按《晋志》成帝咸康初,孝武太元二年、十四年,地皆生毛,近白祥也。孙盛以为人劳之异。其后征伐征敛赋役无宁岁,天下劳扰,百姓疲怨焉。时军卒多房掠妇女,人有三四,每随军而行,谓之老小。方韩、刘自建康、镇江更戍,既而刘移屯池州,韩复分军江宁,王瓘往湖南。岳飞自江外来行在,即至九江,郭仲荀赴明州,老小之行,已数十万人也。"明郭子章《六语》谣语卷六、清厉鹗《宋诗纪事》卷一〇〇皆录作:"地动白毛生,老小一齐行。"

绍兴初行都童谣

洞洞张河爷娘,一似六军之教场。

【按】宋张仲文《白獭髓》:"绍兴初,行都童谣曰:'洞洞张河爷娘,一似六军之教场。'忽民间遗火,自大瓦子至新街约数里,是时皆苇席屋。"亦载清杜文澜《古谣谚》卷六二。清厉鹗《宋诗纪事》卷一〇〇《行都童谣》作:"洞洞张阿爷娘,一似六军之教场。"疑似传抄讹误。

行在军中谣

张家寨里没来由,使他花腿抬石头。
二圣犹自救不得,行在盖起太平楼。

【按】宋庄绰《鸡肋编》卷下:"车驾渡江,韩、刘诸军皆征戍在外,独张俊一军常从行在,择卒之少壮长大者,自臀而下文刺至足,谓之'花腿'。京师旧日浮浪辈以此为夸,今既效之,又不使之逃于他军,用为验也。然既苦楚,又有费用,人皆怨之。加之营第宅房廊,作酒肆名太平楼,般运花石,皆役军兵。众卒谣曰:'张家寨里没来由,使他花腿抬石头。二圣犹自救不得,行在盖起太平楼。'"亦载清杜文澜《古谣谚》卷六一、清厉鹗《宋诗纪事》卷一〇〇。

军民为张杙谣

百万生灵,由五十学士。

【按】宋刘克庄《后村集》卷五二《召对札子（辛亥五月一日）》其二："权之所在，怨之所归……（张）浚为父，栻为子，其视师淮蜀也，军民有'百万生灵，由五十学士'之谣，台臣有'军国大事，付痴呆小子'之语。"又载明杨士奇《历代名臣奏议》卷二〇七、杜文澜《古谣谚》卷一八。

淳熙十四年歌

汝亦不来我家，我亦不来汝家。

【按】元脱脱等《宋史》卷六六五行志第一九："（淳熙）十四年，都城市井歌曰：'汝亦不来我家，我亦不来汝家。'至绍熙二三年，其事始应于两宫。"亦载明杨慎《古今风谣》、清杜文澜《古谣谚》卷一三。

临安民谣

韩厢明，无白擎。
韩厢死，白擎起。

【按】元杨维桢《东维子集》卷二五《元故用轩先生墓志铭》："余尝观杭图志，见有宋韩左厢者，以进士起身，由临安令以严明迁临安府左厢官。临安剽民财者白擎子闻公至，皆屏迹。谣曰：'韩厢明，无白擎。韩厢死，白擎起。'"亦载清厉鹗《宋诗纪事》卷一〇〇、清杜文澜《古谣谚》卷七七。由杨维桢墓志铭可知，元韩思恭，字德用，钱塘人，人称用轩先生，精于象数，每仗义为闾人打抱不平。韩左厢即其五世祖。

嘉泰初童谣

其一
掀也。

其二
火里。

【按】宋张仲文《白獭髓》："嘉泰初童谣曰：'掀也。'又曰：'火里。'（此银匠谚语）大小皆语及此。忽季春，杨浩家遗火，自龙舌头山延烧至艮山门外船场，自南至北仅五十余里。杨浩父子偕窜海南，其时守臣赵善坚、殿帅吴曦、步帅夏侯恪因是罢去。"亦载清杜文澜《古谣谚》卷六二。

开禧中民谣

其一
天上台星少,人间宣干多。

其二
城南宣干多。

其三
宣威郡不问,恢复竟如何。

其四
塞上将军少,城南节干多。

【按】宋叶绍翁《四朝闻见录》丙集:"开禧用兵,邓友龙、程松为宣抚、宣谕使,板授其属,谓之宣干。时政府惟有陈自强居相位,民谣谓之:'天上台星少,人间宣干多。'或谓皇甫斌治于岳之城南,群优所萃也,其属谣焉,又谓之'城南宣干多'。又云'宣威群下问(宣威即斌也),恢复竟如何。'后有以节制金山讨李全者,其属猥众,又有易前二句云:'塞上将军少,城南节干多。'"亦载清杜文澜《古谣谚》卷六二。

广右丁钱

三岁孩儿便识丁,更从阴府役幽魂。

【按】宋罗大经《鹤林玉露》丙编卷五《广右丁钱》:"广右深僻之郡,有所谓丁钱。盖计丁输钱于官,往往数岁之儿即有之。有至死而不与除豁者,甚为民病。故南人之谣曰:'三岁孩儿便识丁,更从阴府役幽魂。'读之可为流涕。"

济王未废时市井俚歌

花儿王开。

【按】宋周密《癸辛杂识》后集《济王致祸》:"济王夫人吴氏,恭圣太后之侄孙也,性极妒忌。王有宠姬数人,殊不能容,每入禁中,必察之杨后,具言王之短,无所不至。一日内宴,后以水精双莲花一枝,命王亲为夫人簪之,且戒其夫妇和睦。未几,王与吴复有小竞,王乘怒误碎其花。及吴再入禁中,遂谮言碎花之事。于是后意甚怒,已有废储之意。会王在邸新饰素屏,书'南恩新'三大字,或扣其说,则曰:'花儿王(王墉之父,号花儿王)与史丞相通,同为奸。待异日当窜之上二州也。'既而语达,王与史密谋之杨后,遂成废立之祸焉。盖当时盛传'花儿王'者秽乱宫闱,市井俚歌所唱'花儿王开'者,盖指此也。"亦载清杜文澜《古谣谚》卷六二。

唐天宝宋嘉定两朝谣

杨安史。

【按】宋张端义《贵耳集》卷下:"天宝间,杨贵妃宠盛,安禄山、史思明之作乱,遂有'杨安史'之谣。嘉定间杨太后、史丞相、安枢密亦有'杨安史'之谣。时异事异,姓偶同耳。"亦载清杜文澜《古谣谚》卷四八。

民间为薛极胡榘谣

草头古,天下苦。
虐我生民,莫匪尔极。

【按】宋叶绍翁《四朝闻见录》卷三:"嘉定间禁止青盖事,盖起于郑昭先无以塞月课,前录载其事。太学诸生与京兆辨,时相持之不下。薛会之极、胡仲方榘,皆史所任也。诸生伏阙言事,以民谣谓胡、薛为'草头古,天下苦',象其姓也;谓'虐我生民,莫匪尔极',象其名也。薛不安其位,力乞去。"亦载清杜文澜《古谣谚》卷六二。

绍定都城歌(残篇)

东君去后花无主。

【按】元脱脱《宋史》卷六六五行志第一九:"绍定三年,都城市井作歌词,末句皆曰'东君去后花无主',朝廷恶而禁之。未几,太子询薨。"亦载清厉鹗《宋诗纪事》卷一〇〇。明杨慎《古今风谣》题为《宋嘉定三年城都市井歌》,附注:"未几,景献太子薨。"

湖秀民讽履亩之政*

无田一身轻,有钱万事足。

【按】清全祖望《鲒埼亭外编》卷四五《答九沙先生问史枢密兄弟遗事帖子》引南宋太学生裘垄疏史弥远之子史宇之事:"枢密之长都司,方行履亩之政,多用贪暴为耳目。文移取及,田里骚然,或以一家之田追及数家。湖秀之民歌曰:'无田一身轻,有钱万事足。'"此亦见钱维乔《(乾隆)鄞县志》卷二七。

十七字谣

光祖做总领,许堪为节制。

丞相来起复,援例。

【按】明冯梦龙《古今谭概》卷三一《十七字谣》:"淳祐间,史嵩之入相,以二亲年耄,虑有不测,预为起复之计。时马光祖未卒哭,起为淮东总领,许堪未终丧制,起为镇江守臣。里巷为十七字谣曰:'光祖做总领,许堪为节制,丞相要起复,援例。'"亦载元佚名《宋季三朝政要》卷二、清杜文澜《古谣谚》卷一五。

贾似道当国时临安谣

满头青,都是假。

这回来,不作耍。

【按】元佚名《东南纪闻》卷一:"贾似道当国,京师亦有童谣云:'满头青,都是假。这回来,不作耍。'盖时京妆竞尚假玉,以假为贾,喻似道之专权,而丙子之事,非复庚申之役矣。"亦载明田汝成《西湖游览志馀》卷二三、清杜文澜《古谣谚》卷六四。

咸淳末民谣

满头多带假,无处不琉璃。

【按】宋俞德隣《佩韦斋集》卷一九《辑闻》:"咸淳末,贾似道以太傅、平章军国重事禁天下妇人,不得以珠翠为饰。时行在悉以琉璃代之,妇人行步皆琅然有声。民谣曰:'满头多带假,无处不琉璃。''假'谓贾,'琉璃'谓流离也。"清杜文澜《古谣谚》卷四八"假"作"贾"。又,元佚名《宋季三朝政要》卷四:"(咸淳五年)都人以碾玉为首饰。宫中簪琉璃花,都下人争效之。时有诗云:'京城禁珠翠,天下尽琉璃。'识者以为流离之兆。"

五更头谣

其一

过唐不及汉,一汴二杭三闽四广。

其二

寒在五更头。

【按】元脱脱等《宋史》卷六六五行志第一九:"宋以周显德七年庚申得天下。图谶谓'过唐不及汉,一汴二杭三闽四广',又有'寒在五更头'之谣,故宫漏有六更。按汉四百二十余年、唐二百八十九年。开庆元年,宋祚过唐十一年,满五庚申之数。至德祐二年正月降附,得三百一十七年而见六庚申,如宫漏之数。"亦见宋罗璧《识遗》卷一〇、清厉鹗《宋诗纪事》卷一〇〇、清杜文澜《古谣谚》卷一三。

江南谣

江南若破,百雁来过。

【按】元陶宗仪《南村辍耕录》卷一《江南谣》:"汲郡王公《玉堂嘉话》云,宋末下时,江南谣云:'江南若破,百雁来过。'当时莫喻其意,及宋亡,盖知指丞相伯颜也。"亦载清杜文澜《古谣谚》卷六三。明杨慎《古今风谣》、清厉鹗《宋诗纪事》卷一〇〇录作:"江南若破,白雁来过。"

靖康末市井谣

喝道一声下阶,齐脱了红绣鞋。

【按】明杨慎《古今风谣》之《宋元(元,当为靖)康末市井谣》:"'喝道一声下阶,齐脱了红绣鞋。'后金人入汴,宫人皆驱逐北行。"亦载明郭子章《六语》谣语卷六、清厉鹗《宋诗纪事》卷一〇〇、杜文澜《古谣谚》卷八五。称是宋谣,不知何据。

韩侂胄闻牧童歌

朝出耕田暮饭牛,林泉风月共悠悠。

九重虽窃阿衡贵,争得功名到白头。

【按】明郭良翰《问奇类林》卷八方正:"一日(韩侂胄)过南园山庄,……俄见林薄中一牧童骑犊,且行且歌曰:'朝出耕田暮饭牛,林泉风月共悠悠。九重虽窃阿衡贵,争得功名到白头。'"亦载清杜文澜《古谣谚》卷五三。

百姓讽韩侂胄卜葬谣*

灵山一片地,上有王者气。

丞相营首邱,不知主何意。

【按】清沈鏶彪《续修云林寺志》卷一《禁约碑》:"……飞来峰形势巉耸,岩壑玲珑,收聚黄山、天目来龙之气,其钟灵毓秀,有关省城文脉之兴替……自是之后,此峰遂称为国家禁地。宋相韩侂胄欲于其上妄卜牛眠,民谣曰:'灵山一片地,上有王者气。丞相营首邱,不知主何意。'其觊觎之心遂不敢逞。"

时人讽何执中谣*

头靠山门,脚踏水门。
当坐朝端,要葬此坟。

【按】清鲁铨等《(嘉庆)宁国府志》卷一三上"铁圈井"后注:"奉圣寺右古井一所,上有铁圈,明正德间造。按旧志,宋平章事何执中欲以旧址为茔墓,时有谣曰:'头靠山门,脚踏水门。当坐朝端,要葬此坟。'谣传而群议起,卒不果。"亦载王式典《(民国)宁国县志》卷一。

方腊出两遍

水汆胡太殿,方腊出两遍。

【按】见张紫晨《歌谣小史》。仅见张氏著录,不知所据。

民谣二首

其一
五千宋兵归鬼国,半万刀枪一夜成。

其二
无底洞,无底洞,白米穿山万里送。

【按】张紫晨《歌谣小史》。仅见张氏著录,不知所据。

（二）州县

太宗时莱芜民歌廉公谔*

甑釜生尘鱼，境内安以乐。
昔闻范史云，今见廉公谔。

【按】宋潘自牧《记纂渊海》卷二〇："廉公谔，为莱芜令。民歌曰：'甑釜生尘鱼，境内安以乐。昔闻范史云，今见廉公谔。'累官司农少卿。"李贤《明一统志》卷二四："廉公谔，堂邑人，为莱芜令，民歌曰：'甑釜生尘鱼，境内安以乐。昔闻范史云，今见廉公谔。'累迁司农少卿，出知滑州，治声流闻于时。"亦载明陆钺《(嘉靖)山东通志》卷三一、清穆彰阿《(嘉庆)大清一统志》卷一六九。明陈甘雨《(嘉靖)莱芜县志》卷五："廉公谔，太宗时知莱芜。"汉刘珍《东观汉记》卷二一列传一六："范丹字史云(案：范《书》本传，丹，陈留内黄人)，为莱芜长，遭党锢事，推鹿车，载妻子，捃拾自资。有时绝粮，丹言貌无改。闾里歌之曰：'甑中生尘范史云，釜中生鱼范莱芜。'"注引范《书》本传，指南朝宋范晔《后汉书》卷八一独行列传第七一《范冉传》。

长安人为杨谭林特歌

杨谭见手先教锁，林特逢头便索枷。

【按】宋司马光《涑水记闻》卷二："至道中，国家征西夏，调发陕西刍粟随军至灵武。陕西骚动，民皆逃匿，赋役不肯供给，有诏督运者皆得便宜从事，不牵常法。吏治率皆峻急，而京兆府通判水部员外郎杨谭、大理寺丞林特尤甚。长安人歌之曰：'杨谭见手先教锁，林特逢头便索枷。'"亦载清杜文澜《古谣谚》卷五九。

缑氏民为王旭谣*

永宁三镬，缑氏一镰。

【按】元脱脱等《宋史》卷二六九列传第二八："(王)旭字仲明，严于治内，恕以接物，尤笃友谊。以荫补太祝，尝知缑氏县。时官邻邑者多贪猥，民有'永宁三镬，缑氏一镰'之谣。"王旭，王祐子、王旦弟，累官知应天府。

辛渠歌*

辛渠之水,来源十里。
其易若何,如臂使指。
涝亦不污,旱亦不止。
职方有图,千龄万祀。

【按】宋陈耆卿《嘉定赤城志》卷二三:"天禧中,通判辛若济以州泉污涸,郡酿尤不给,乃自东北山流瀑,斫石为槽,注入天庆观西南,为一圆井,又三百六十步为一方池,自池一百四十三步以达于务。人赖其用,号辛渠,且歌之。"后注:"歌曰:'辛渠之水,来源十里。其易若何,如臂使指。涝亦不污,旱亦不止。职方有图,千龄万祀。'"

益州人为王曙谣

蜀守之良,前张后王。
惠我赤子,而无流亡。
何以报之,俾寿而昌。

【按】宋王偁《东都事略》卷五三列传三六:"王曙……知益州,为政严平,而不可犯。人以比张咏,为之谣曰:'蜀守之良,前张后王。惠我赤子,而无流亡。何以报之,俾寿而昌。'"张镃《仕学规范》卷二〇:"王晦叔迁谏议大夫,知益州……先是,张咏守蜀,季春粜廪米。其价比时估三之一,以济贫民。凡十户为一保,一家犯罪,一保皆坐不得籴,民以此少敢犯法。至是献议者改咏之法,穷民无所济,复为寇。晦叔奏复之,蜀人大喜,为之谣曰:'蜀守之良,前张后王。惠我赤子,俾无流亡。何以报之,俾寿而昌。'"词稍异。又载清杜文澜《古谣谚》卷一五。

闽人宰相谣二则*

其一
南台江合出宰相。

其二
下渡沙涨出宰相。

【按】宋吴子良《林下偶谈》卷二《沙涨江合出宰相》:"国史章得象传:闽中谣云:'南台

江合出宰相',至得象相时,沙涌可涉。台州旧有谣云:'下渡沙涨出宰相。'至谢子肃为相,果验。"清杜文澜《古谣谚》卷一三仅载"南台江合出宰相",题为《闽人宰相谣》。

西蜀民为王拱辰谣*

污莱岸上征租税,饿莩门前动管弦。

【按】宋莫君陈《月河所闻集》:"王君贶安抚西蜀,年二十四五,民谣曰:'污莱岸上征租税,饿莩门前动管弦。'"王拱辰,字君贶,开封咸平人,仁宗天圣八年进士第一。庆历元年益、梓饥,奉命安抚四川。

蓬州父老为吴几复歌

使君来兮,父母鞠我。

礼化行兮,民无寒饿。

使君去兮,不可复留。

人意侬侬兮,泪双堕。

【按】宋王象之《舆地纪胜》卷一八八利州路蓬州官吏"吴几复"后注:"嘉祐五年为太守,游衮山。有二父老谯宝、黄仁赞拜于庭下,曰:'乡民被使君之政久矣,今闻还朝,故来相别。'且歌曰:'使君来兮,父母鞠我。礼化行兮,民无寒饿。使君去兮,不可复留。人意侬侬兮,泪双堕。"亦载清厉鹗《宋诗纪事》卷一〇〇、清杜文澜《古谣谚》卷三二、《全宋诗》卷六一九。

十奇歌

第一奇,民吏不识知县儿。

第二奇,塌却曹司旧肚皮。

第三奇,买物价利不曾欺。

第四奇,处断明白尽绝私。

第五奇,街里不见凶顽儿。

第六奇,蝗虫不入境内飞。

第七奇,不敢赌钱怕官知。

第八奇,不孝不仁不敢为。

第九奇,乡村不被公人欺。

第十奇,百姓纳税不勾追。

【按】宋孙逢吉《职官分纪》卷四二《知县事》"十奇"后注："嘉祐中,京西转运使陈希亮奏,据河清县僧道进士等状,奏举留知县、著作郎王元规再任事,本司体量,得本官到任。军民歌谣有十奇:'第一奇,民吏不识知县儿。第二奇,塌却曹司旧肚皮。第三奇,买物价利不曾欺。第四奇,处断明白尽绝私。第五奇,街里不见凶顽儿。第六奇,蝗虫不入境内飞。第七奇,不敢赌钱怕官知。第八奇,不孝不仁不敢为。第九奇,乡村不被公人欺。第十奇,百姓纳税不勾追。'如此之类,甚得民情。上令审官上簿,记其姓名。"清杜文澜《古谣谚》卷三二《河清县军民为王元规歌》仅录"第一奇,民吏不识知县儿"。

百姓为吕公歌*

泉之来兮东涧边,昔我劳苦今安然。
愿公早入佐天子,霈为膏泽及民遍。

【按】清郑德枢《(光绪)永寿县志》卷九载金郭邦基《重修惠民泉记》："永寿县,古麻亭驿也。城在岭之巅,三面阻险,攸居之人弗能凿井。宋嘉祐中,吕汲公大防为令时,于城东甘水源,相地形凿山为渠,引而入城。百姓利之,尝歌曰:'泉之来兮东涧边,昔我劳苦今安然。愿公早入佐天子,霈为膏泽及民遍。'因目之为吕公惠民泉。"亦载清张金吾《金文最》卷一四郭邦基《重修惠民泉记》。

民为刘居正黄照谣*

我民无忘,前刘后黄。

【按】宋苏颂《苏魏公文集》卷五四《祕书丞赠太师刘君神道碑》："(府君)讳居正,字安行……府君中天圣二年丙科……移道州江华县……至嘉祐中,有令曰黄照,亦以恩信得人,其里民为之谣曰:'我民无忘,前刘后黄。'至今东南人犹能诵之。"宋刘挚《忠肃集》卷一三《侍御史黄君墓志铭》："君讳照,字晦甫……某先人尝从政于江华,后二十年而君至。事经先人所画者,一皆循用,吏民莫不以便安德君,而至今歌思之,有'前刘后黄'之语。"

光化谷城人为叶康直丰稷歌

叶光化,丰谷城。
清如水,平如衡。

【按】宋李朴《丰清敏公遗事》："(丰稷)公讳稷,字相之,明州鄞县人,登嘉祐四年进士第……为襄州谷城县令……以善政公平称……时兵部侍郎叶康直宰光化,亦有能名。襄阳人歌之曰:'叶光化,丰谷城。清如水,平如衡。'"《锦绣万花谷》后集卷一三、林駉《古今源流至论》后集卷七、王象之《舆地纪胜》卷八三、八七均载此事。元脱脱等《宋史》卷四二七列传第一八六:"叶康直,字景温,建州人。擢进士第,知光化县。县多竹,民皆编为屋,康直教用陶瓦,以宁火患。凡政皆务以利民。时丰稷为谷城令,亦以治绩显,人歌之曰……"亦载清杜文澜《古谣谚》卷一三。

时人为眉山苏氏谣

眉山生三苏,草木尽皆枯。

【按】宋谢维新等《事类备要》后集卷一〇"眉山生三苏":"苏洵,生苏轼、辙。以文章名,其后二子继之,故时人谣曰,'眉山生三苏,草木尽皆枯'。"又载清杜文澜《古谣谚》卷五五。

百姓为吴桓歌*

召父杜母知何在,今日复见长兴宰。

【按】清程维伊《(康熙)庆元县志》卷八:"吴桓,熙宁庚戌进士,宰长兴。清慎勤恪,政以慈和为先。民歌曰:'召父杜母知何在,今日复见长兴宰。'"吴桓本缺其姓,此据道光《庆元县志》卷一〇补。顺治、康熙《长兴县志》均作吴亘,误。《庆元县志》吴桓传下均注称杨龟山有传,此处记载或即出于杨传,姑视为宋人记载。然检杨时《龟山集》,无桓传,唯见为吴桓女所作《吴氏墓志铭》,见《龟山集》卷三二。

熙宁间民歌五岳庙*

骄虬妖魅跧奸踪,吾父雩祷精诚通。
叱屏翳兮鞭穹窿,需卿云兮雨濛濛。
轰然狂雹蜚邻封,九谷毵角僵蠓螽。
盗越境兮圜扉空,病者揭蹶臞者充。
公逊仁政归神功,抃蹈卓鲁谣仁风。
刊翠琰兮流无穷。

【按】清李天馥《(康熙)望都新志》卷四载宋主簿刘郛所撰《五岳庙碑记》:"按旧志记,熙宁改元,地震,继之大水,民惧而建祀。……其缔构缮完,则严而不几于华,壮而不逼诸陋。上不扰于公帑,下靡蹟于民力。节以中制,焕然一新。……民有系而歌曰:'骄虬妖魅跧奸踪,吾父雩祷精诚通。叱屏翳兮鞭穹窿,需卿云兮雨濛濛。轰然狂雹蜚邻封,九谷毵角僵蠖矗。盗越境兮圜扉空,病者揭蹶臞者充。公逊仁政归神功,抃蹈卓鲁谣仁风。刊翠琰兮流无穷。'"亦载清劳逢源《光绪保定府志》卷三七。揣其言辞,非民间所为,姑存之。

阳谷民歌杨节之*

吾邑有难遇事十,今令自为令。

【按】宋晁补之《鸡肋集》卷六八《右通直郎杨君墓志铭》:"京东多盗,而阳谷接河朔。君(指杨节之)劝民以衣食之本,盗为衰,囹圄屡空,吏无所措其手,民相与谣曰'吾邑有难遇事十,今令自为令'一也。盖历数其能,皆闻见所无者。"

阆州里人歌

锦屏名山,三人状元。

【按】宋王象之《舆地纪胜》卷一八五利州路阆州风俗形胜:"锦屏名山,三人状元。谓陈尧叟、陈尧咨、马涓也。元祐中里人歌云。"亦载清杜文澜《古谣谚》卷二六、孔凡礼《宋诗纪事续补》卷三〇。题从孔凡礼。

苏州民为王觌歌

吏行冰上,人在镜心。

【按】宋王象之《舆地纪胜》卷五"王觌"注:"《吴陵志》云:觌,泰州人,哲宗时知苏州,政尚清简,有'吏行冰上,人在镜心'之语。"明陆应阳《广舆记》卷三:"民歌其政,有'吏行冰上,人在镜中'之语。"亦载清杜文澜《古谣谚》卷一三。元脱脱等《宋史》卷三四四列传第一〇三作"吏行水上,人在镜心"。

时为李伯宗歌

大卿做事轻,文字送司呈。
每日去巡仓,丰济与广盈。

【按】宋张知甫《张氏可书》:"李伯宗为司农卿,居第之侧有丰济、广盈二仓。每出按(一本作接)则止此二处,取其(一本作起)近也。又词状申陈之类,必判司呈。时为之歌曰:'大卿做事轻,文字送司呈。每日去巡仓,丰济与广盈。'后坐此罢。"文字稍异,此据清《守山阁丛书》本校订。亦载清杜文澜《古谣谚》卷六一。

大观中姑苏儿童沈逍遥歌*

沈逍遥。

【按】宋龚明之《中吴纪闻》卷六《苏民三百年不识兵》："始苏自刘、白、韦为太守,时风物雄丽,为东南之冠。乾符间虽大盗蜂起,而武肃钱王以破黄巢,诛董昌,尽有浙东西。五代分裂,诸藩据数州自王,独钱氏常顺事中国。本朝既受命,尽籍土地、府库,帅其属朝京师,遂去其国。盖自长庆以来,更七代三百年,吴人老死不见兵革。承平时,太伯庙栋犹有唐昭宗时宁海镇东军节度使钱镠姓名书其上,可谓盛矣。大观中,枢密章公之子缜,为蔡京诬以盗铸。诏开封尹李孝寿,即吴中置狱,连逮千余人。遣甲士五百围其家,钲鼓之声,昼夜不绝,俗谓之聒囚鼓。州民目所未睹,莫不为之震骇。狱既不就,又遣三御史萧服、沈畸、姚(忘其名)重案。其至也,人皆自门隙中窥之,不敢正视。识者已知非太平气象,故其后有建炎之祸。方章氏事未觉时,城中小儿,所在群聚,皆唱云:'沈逍遥。'莫知其由,已而三御史果至。"亦载清杜文澜《古谣谚》卷三〇。

复州人诵郡守*

前有王琪,后有万俟。

【按】宋王象之《舆地纪胜》卷七六荆湖北路复州:"王琪,字君玉,宝元中守复,治效显著,称为循吏。万俟湜,字持正,大观中为郡守,公勤清约,未有前俪。郡人诵之曰:'前有王琪,后有万俟。'言善政与王君玉等也。"亦载清杜文澜《古谣谚》卷二六。

襄阳人为田衍魏泰李豸谣

其一

襄阳二害,田衍、魏泰。

其二

近日多磨,又添一豸。

【按】宋张邦基《墨庄漫录》卷一:"田衍、魏泰居襄阳,郡人畏其吻。谣曰:'襄阳二害,田衍、魏泰。'未几,李豸方叔亦来郡,居襄阳,人憎之曰:'近日多磨,又添一豸。'"亦载清杜文澜《古谣谚》卷六〇。"磨",赵翼《瓯北诗话》卷五引作"魔"。

越州民为刘韐歌*

我公按甲坐谯门,百万生灵一呼在。

【按】宋施宿《(嘉泰)会稽志》卷一三《守御》:"宣和二年冬,睦州青溪县民方腊起为盗,势张甚。及破杭州,与越隔一水。越大震,官吏往往遁去。知州事、徽猷阁待制刘韐独调兵筑城固守,令民富者出财,壮者出力,士民皆奋。已而盗益炽,连陷衢、婺二州,以三年二月抵越城下,众数万。有酋渠绛衣散发,被重甲而进,自号佛母。指呼群盗蚁附攻城,会有炮卒为炮所激,堕城中草积上,不死,具言贼中事。公麾众出,直攻其腹心,破之,擒佛母者。贼遂大溃,僵尸蔽野,不复敢进。……靖康二年,公死事东都,丧归,道出越境,父老鲍方等祭之。哭泣甚哀,其文曰:'天地有覆载之德,父母有养育之恩。若乃枯骨重肉、已死复生兼之者,其惟公乎?昔公之帅越也,仁恩惠化,遐迩蒙福。论湖田之弊,捐十万之租,使我民温衣饱食,安于里间,则公之德泽在人,已沦肌浃髓矣。睦寇窃发,全浙披靡,破邑屠城,无敢当者。公独晏然不动,激厉鼓懦,守孤城于凶焰之中,狝薙驱除,民卒安堵。故当时歌谣曰:"我公按甲坐谯门,百万生灵一呼在。"呜呼,我有父母,赖公保之;我有妻子,赖公畜之;我有室庐,赖公全之;我有田畴,赖公辟之。'"

淮甸人为李大有歌

天下奸臣皆守室,虔州太守独勤王。

【按】宋王象之《舆地纪胜》卷三二"李大有,字仲谦,居新喻之钟口。登绍圣第,守虔州。宣和末,金房入寇。大有召募,不旬日,得五千人,跂行而前。淮甸歌云:'天下奸臣皆守室,虔州太守独勤王。'"亦载明董天锡等《(嘉靖)赣州府志》卷八、清杜文澜《古谣谚》卷二六、孔凡礼《宋诗纪事续补》卷三〇。

蓬州人为吕锡山王大辩歌

我有父母,前吕后王。
抚爱我民,千里安康。

【按】宋王象之《舆地纪胜》卷一八八官吏"吕锡山王大辩":"绍兴二年,吕锡山、王大辩相继为守,人歌之曰:'我有父母,前吕后王。抚爱我民,千里安康。'"亦载清杜文澜《古谣谚》卷二六。

无锡父老为钱申仲歌＊

其一

泉何为兮效祉，侯有德兮克君子。
挹彼注兹兮况羞馈祀，永收勿慕兮自今以始。

其二

孝友温良，溢于文章，钱侯之德兮。
演迤汪洋，惠我无疆，兹泉之泽兮。
德积而愈光，泽久而弥昌，世世其无斁兮。

【按】明佚名《(洪武)无锡县志》卷四蒋堦《通惠亭记》："彭城钱侯申仲世家于无锡，既仕而归，乃卜居于邑南……绍兴三年春二月，申仲行于其居之南，爰有寒泉发于岩趾，以杖导之，如龙蛇蜿蜒，盈科而后进。酌而赏之，清洌滑甘，与惠山之泉无异。于是甃以瓴甓，泂为方池，馈膳潄浣，日用而不竭。乃作亭于泉上，名之曰'通惠'，意其与惠山通。山居之父老闻而观焉，惊顾颜色，且曰：'水之行地中一气耳，兹山去惠山不百里，则其泉脉灌输，理或有之。'或曰：'不然，吾与若居是山，老身长子，日以远汲为病。今钱侯苃止，而泉发于其居，岂天藏神閟，不轻付与，有待而出耶？'众以其言为是，乃相与歌曰：'泉何为兮效祉，侯有德兮克君子。挹彼注兹兮况羞馈祀，永收勿慕兮自今以始。'又赓而歌曰：'孝友温良，溢于文章，钱侯之德兮；演迤汪洋，惠我无疆，兹泉之泽兮；德积而愈光，泽久而弥昌，世世其无斁兮。'"亦载清裴大中《(光绪)无锡金匮县志》卷三五，"申仲"录作"绅仲"。

仪征民贺重修县学歌＊

南江北淮中仪真，曲阿洪侯驾朱轮。
抉蠹击强如有神，千里讴谣易鼙呻。
条桑沃若田昀昀，丝我谷我赋调均。
含哺鼓腹熙台春，黉宫邃殿丹艧新。
琅珰风动鉴穹旻，肆三教五率以身。
使我子弟皆秀民，春木之芚援乎鹑。
武陵蜀郡谁敢伦，愿持佳政言枫宸，
来采我诗有遒人。

【按】清刘文淇《(道光)重修仪征县志》卷一六宋沈立芳《仪征县学记》:"绍兴戊辰,丹阳洪侯兴祖来殿是邦……期年政成,乃经工庀材,撤庙宇之旧而新之,奉先圣其中……州人欲伐石书美,以永其传,且歌曰:'南江北淮中仪真,曲阿洪侯驾朱轮。抉蠹击强如有神,千里讴谣易謦呻。条桑沃若田畇畇,丝我谷我赋调均。含哺鼓腹熙台春,黉宫邃殿丹臒新。琅珰风动鉴穹旻,肄三教五率以身。使我子弟皆秀民,春木之苞援乎鹑。武陵蜀郡谁敢伦,愿持佳政言枫宸,来采我诗有遒人。'"

"十还"之谣

石监库还姓。

【按】宋李心传《建炎以来朝野杂记》乙集卷一三《李知几豪迈》:"李石,字知几,……知几为人豪迈,然亦褊急。为小漕日,有石监库者入谒,知几视其刺,大怒。典谒吏以监库称之,乃已。及罢,去成都,有'十还'之谣。石监库还姓,其一也。"

福州宁德民为季光弼谣*

饥不忧,与之庾,儒林季公民之父。
寒不忧,今有袴,儒林季公民之母。

【按】宋楼钥《攻媿集》卷一〇〇《知嵊县季君墓志铭》:"绍兴二十七年遂登进士第,授左迪功郎,调福州福清县主簿,以祖母忧不赴。服除,授临安府盐官主簿……授左儒林郎,充邵州教授。丁太孺人忧,授福州宁德县丞。改通直郎,知绍兴府嵊县,磨勘转奉议郎。代者且至,俄疾,卒于县治,享年五十有七,时淳熙十年四月四日也。……隆兴之初,畿邑大歉。尚书薛公良朋尹京,以事属君,君列急务六条献之,随即施行。给事程公叔达以六察行县,喜曰:'使诸邑皆如君,尚忧饥民哉?'丞相史魏公闻丞之才,常下君所陈,尽发常平,裁价分粜。民为之谣曰:'饥不忧,与之庾,儒林季公民之父。寒不忧,今有袴,儒林季公民之母。'"亦载王理孚《(民国)平阳县志》卷三三。

镇江民为蔡洸歌

我潴我水,以灌以溉。
俾我不夺,蔡公是赖。

【按】元脱脱等《宋史》卷三九〇列传第一四九:"蔡洸,字子平,其先兴化仙游人,端明殿学士襄之后,徙雪川。父伸,左中大夫。洸以荫补将仕郎,中法科,除大理评事,迁寺丞,出知吉州。召为刑部郎,徙度支,以户部郎总领淮东军马钱粮、知镇江府。会西溪卒,移屯建康,舳舻相衔。时久旱,郡民筑陂,潴水灌溉,漕司檄郡决之,父老泣诉。洸曰:'吾不忍获罪百姓也。'却之。已而大雨,漕运通,岁亦大熟。民歌之曰:'我潴我水,以灌以溉。俾我不夺,蔡公是赖。'"亦载清杜文澜《古谣谚》卷一三。

南恩民为陈丰歌

君不见恩平陈守贤,优游治郡如烹鲜。

【按】宋王象之《舆地纪胜》卷九八广南东路官吏"陈丰"条注:"(陈)丰,字宜仲。守南恩,田野无秋毫之扰。民歌之曰:'君不见恩平陈守贤,优游治郡如烹鲜。'"亦载清杜文澜《古谣谚》卷二六。

余干百姓褒贬县官谣*

知县一桶粥,县丞一酒漉。
主簿一盾肉,县尉一竿竹。

【按】宋赵与泌《仙溪志》卷四:"(苏)洸,字澄老,以父荫补官,调饶之余干尉,予决精敏。时令、丞、簿皆不事事,民谣曰:'知县一桶粥,县丞一酒漉。主簿一盾肉,县尉一竿竹。'邑人赵忠定汝愚方魁天下,喜公廉介有守,折节与交。"

广东民为李纶歌

石门之水清且清,晋吏一酘千古荣。
争如李公投杯盟,江流汹涌杯停停。

【按】宋王象之《舆地纪胜》卷九八官吏"李纶"后注:"李邴之子也。寓居泉南,所至有清操。提举广东常平日,适伯氏维出守恩平,酌别江滨,兄弟相励以清白传家之语。纶慷慨临江,矢言曰:'倘负君民,有如此水!'遂投杯于江。时江流汹汹,杯停,不没久之,观者无不惊叹。民歌之曰:'石门之水清且清,晋吏一酘千古荣。争如李公投杯盟,江流汹涌杯停停。'"亦载清杜文澜《古谣谚》卷二六、厉鹗《宋诗纪事》卷一〇〇。

民为王回歌*

谓牛不能言,何以诉其冤。
谓牛能触,何以俯而伏。
信及豚鱼,畴不曰迂。
兹牛且听,令宁不显。

【按】 宋杨万里《诚斋集》卷一二五《提刑徽猷检正王公墓志铭》:"公讳回,字亚夫……初入太学,名声彰彻,登绍兴甲戌第……知湖州……有盗夜杀牛,牛逸。诉乌程尉,尉不省;复诉归安尉,视之伤焉。然牛怒触人,无敢进者。尉闻于州,回遣卒传呼,示以判事,牛即俯听,盗竟得云。闻者异之,或歌之曰:'谓牛不能言,何以诉其冤。谓牛能触,何以俯而伏。信及豚鱼,畴不曰迂。兹牛且听,令宁不显。'"亦载清杨荣绪《(同治)湖州府志》卷六二。

袁州民歌支移仓*

官不我病,于今七年。
病而不病,孰使之然。
莫仁匪基,莫勇匪决。
彼嚣以嚣,私是巢穴。
侯有明命,于水之阳。
咨尔颛蒙,视此滥觞。
侯有赢资,其原其俭。
尔食尔力,而不我敛。
于乘其阜,于俯其渊。
侯举自公,畀我便安。
允也侯德,千古斯在。
敢告来者,勿替勿坏。

【按】 清谢旻等《(雍正)江西通志》卷一二五许介《新立支移仓记》:"吾袁民越境输赋,盘运甚苦,公私告病,殆不能堪。乾道丙戌,遂徙之新喻,新喻距袁不百里,宜可从此亡患,而病犹是也。或曰季春之月,(水)时至而纲始发,新喻、分宜等耳,新喻可为而分宜独不可为与?淳熙改元,又自新喻徙焉,今七年于此矣。自七年观之,可以更千百岁而不易。惟是迁徙之初,仓廪未备,寄寓于县之僧舍,隘不足于容,弱不足于负。水运陆走,民惕惕若不及。赋入才万有五千,则以盈告,且拒弗纳。曰吾以俟装纲者空其廪而后领。又学佛者林焉以处,火禁不克修,地势洼下,卒有水变不可御。步口碛石差差,舟度可着二百斛而上,则舣之深流,运小艇十数往返而取足焉……今太守周公刺袁之明年,境内既安,开辟视听。寄廪之弊,吏则有请。公曰盍求可以垂不朽者,寻址焉。五月,水大至,浮图寄廪坏,吏持益力,公益信不疑。七月鸠工,中建厅事,列廪东西序,廪悉甃地而被以木,外辅以长干,周以堑垣而掫之。廪之前若左若右,缭以虚廊,以待风雨。两廊之间有隙处,如廪之地,加甃焉。凡建置之数,为厅为廪为廊为门为隶舍之属,合五十有六间。其累土为埔,广袤千尺,以限内外。凡用木二千五百章,竹三万个,縻金钱百六十万。十月,通判黄公来视赋事,民输入无留难,朝至夕归。舳舻相摩,轧泊岸下,皆相与鼓舞而谣曰:'官不我病,于今七年。病而不病,孰使之然。莫仁匪基,莫勇匪决。彼嚣以嚣,私是巢穴。侯有明命,于水之阳。咨尔颛蒙,视此滥觞。侯有赢资,其原其俭。尔食尔力,而不我敛。于乘其阜,于俯其渊。侯举自公,畀我便安。允也侯德,千古斯在。敢告来者,勿替勿坏。'介方职是邦,实董役事,亲见百姓德公施,道公美,次第如此。天下之事,惟要于既定之后,兹役也,是足以传不朽,于是乎记。"据《永乐大典》卷七五一五载此文,末署"淳熙七年十二月望日记"。支移,宋赋税调运制度之一,岁赋之物,其输送贮积地比较固定,而以有余补不足,则常移此输彼,移近输远,谓之支移。支移仓即为这些缴积之物的仓贮设施。明严嵩《(正德)袁州府志》卷五:"支移仓在分宜县江之南,宋刺史周必达建,许介、欧阳朴记。"卷六:"周必达,朝散郎,淳熙六年任(知州)。"

淮西汪秀才歌

其一

有个秀才姓汪,骑个驴儿渡江。

江又过不得,做尽万千趋锵。

其二

住在祁门下乡,行第排来四八。

【按】宋岳珂《桯史》卷六《汪革谣谶》:"淳熙辛丑,舒之宿松民汪革以铁冶之众叛,比郡大震,诏发江、池大军讨之。既溃,又诏以三百万名捕。其年,革遁入行都,厢吏执之以闻。遂下大理狱,具枭于市,支党流广南。……革未败,天下谣曰:'有个秀才姓汪,骑个驴儿过江。江又过不得,做尽万千趋锵。'又曰:'住在祁门下乡,行第排来四八。'首尾皆同,凡十余曲,舞者率侑以鼓吹。莫晓所谓,至是始验。革第十二,以四合八,其应也……"亦载清杜文澜《古谣谚》卷六二,题作《汪革未败时天下谣》。明杨慎《古今风谣》仅录"其一"。明郭子章《六语》谣语卷六亦仅存"其一",录作:"有个秀才姓汪,骑个驴儿过江。江又过不得,做尽万千趋将。"

舒州石塘民为周必正歌

乌石陂,石塘陂。
流水溅溅有尽时,思公无尽时。

【按】宋陆游《渭南文集》卷三八《监丞周公墓志铭》:"公讳必正,字子中……(舒州)郡东南有乌石陂,分其流,旁则为石塘陂。乌石之民欲专其利,乃壅水使不得行,石塘之田岁以旱。告,公命怀宁令丞视之,得实,图上于州。公按图自以意定水门高下,甫去壅水未尺余,得古旧迹,与所高下不少差。陂利始均,石塘民喜至感泣,乃歌曰:'乌石陂,石塘陂。流水溅溅有尽时,思公无尽时。'"亦载清杜文澜《古谣谚》卷七七、清陆心源《宋史翼》卷一五列传第一五。

百姓为程叔达歌*

公来江西熟,公去江西旱。

【按】宋杨万里《诚斋集》卷一二五《宋故华文阁直学士赠特进程公墓志铭》:"公姓程,讳叔达,字符诚,徽之黟县人……(淳熙)十三年八月,上一日忽宣谕:执政程叔达隆兴之政甚美,与进敷文阁待制。再因任,岁或小不雨。公每祷雨,举室不茹荤,感召如响。部内连年有秋,民歌之曰:'公来江西熟,公去江西旱。'"亦载清刘坤一《(光绪)江西通志》卷一二六:"程叔达,字符诚,徽之黟县人,第进士。乾道四年为江西转运副使,旋改江东。淳熙九年,除祕阁修撰,知隆兴府……岁或小旱,每祷雨,举室不茹荤,感召如响,部内频岁有秋,民歌之曰:'公来江西熟,公去江西旱。'"

广汉民为李发歌*

我有耆老,李君粥之。
我有㑀髦,李公谷之。
孰旌李君,我尸祝之。

【按】宋杨万里《诚斋集》卷七六《广汉李氏义概堂记》:"绍兴丙辰之旱,倾家为食,以食饿者。太守不以闻,天子不得闻,可以已矣,君则又喟曰:'吾志在及物,吾何求焉!'乾道二年则又旱,又行之如初。三年又旱,又行之如初。太守不以闻,天子不得闻,可以已矣,君则又喟曰:'吾自为善耳,吾何懈焉!'如是者三十余年矣。五年则又旱,又行之如初。盖甿之枵而饱、瘠而腴、殰而苏者,至是枚举其人,至二百七万一千三百有奇,斛计其粟,至一万四百六十有奇。于是里之氓且怨且哗,相与讴曰:'我有耆老,李君粥之。我有俯髫,李公谷之。孰旌李君,我尸祝之。'"

肇庆百姓歌放生池亭*

其一
庇苍生兮恩波流,祝吾君兮万岁千秋。

其二
亭之废兮几千年,亭之复兮匪侯孰为之先。

【按】清史树骏《(康熙)肇庆府志》卷二六宋缪瑜《放生池亭记》:"郡治西南隅有池数亩,波光潋滟,映带百雉,虽大旱不枯。距报恩观才咫尺,故老相传,临池有亭,即放生之所。岁久亭废,为编户所侵。商侯下车未几,辄访得故处……冬十月,皇上诞弥之晨,率僚属拜亭下,鳌忭嵩呼,效封人之祝,解网开笼,大纵鳞翼。于时龟鱼游泳,踊跃后先;禽鸟翔舞,声鸣相和。戴白之老扶杖聚观,咨嗟叹息,喜旧观之复还、物意之昭苏,谓我侯之能广圣朝好生之德如此。乃相与歌曰:'庇苍生兮恩波流,祝吾君兮万岁千秋。'又歌曰:'亭之废兮几千年,亭之复兮匪侯孰为之先。'侯之至,悯鳏寡,不能燕息。尽除无名之税、衣食于官之可去者。未数月,政通人和,举千里如在春风和气之中矣。瑜不佞,请书其事以诏后来,并以父老之歌刻于石。"清郝玉麟等《广东通志》卷五三:"放生池:旧志,在郡治西南隅,池上有亭,宋咸淳二年郡守赵崇瑊建,后废。嘉泰间,商侯复之。"胡森等《(道光)肇庆府志》卷八放生池亭条下编者按:"嘉泰是宁宗年号,咸淳是度宗年号,以嘉泰之商侯复咸淳之旧迹,疑有误。商侯不知何人,意商侑也,即改府治清心堂为静治堂者,见《大清一统志》。"宋王象之《舆地纪胜》卷第九六:"静治堂在府治东,旧曰清心,郡守商侑易今名。"商侑,字符佐,福清(一作吴县)人,隆兴元年进士,知郴、徽等州。厉鹗《宋诗纪事》卷五六:"(缪)瑜字珍叟,龙南人,淳熙进士,官进贤令,有《崆峒诗集》。"所说咸淳二年当为淳熙二年之误。

上高浮虹桥歌*

其一
柱施朱兮画骈舟,蝃蝀衡兮贯中流。
不褰裳兮不濡轨,盍行歌兮来游。

其二

南濒北岸兮烟水阔,蜺露背兮浴明月。
敖仙跨鹤兮观厥成,吹玉笛兮度林樾。

其三

了事兮痴儿,不日兮成之。
携手兮同归,邦人兮所思。

【按】明熊相《(正德)瑞州府志》卷一四知县冯椅《上高浮虹桥记》:"嘉定改元,令尹赵君伉夫剔敝取新,侈其壮也。越是年辛未,夏瀑涨,浸坏以沉,盖有溺焉者。顾暂不得展布,属守宰更新。……度材鸠工,经始于六月甲申,越九十日,癸酉梁成……遂为一邑之奇观。人物会通,气象融结,名实不浮,士女填满,聚观以乐。既奏功,俄有曳杖而歌曰:'柱施朱兮画骈舟,蝃蝀衡兮贯中流。不搴裳兮不濡轨,盍行歌兮来游。'少焉,有扁舟出于磐石之间,倚声而歌,若和者焉。清越而长,如出于云间,试听之,若曰:'南濒北岸兮烟水阔,蜺露背兮浴明月。敖仙跨鹤兮观厥成,吹玉笛兮度林樾。'又歌曰:'了事兮痴儿,不日兮成之。携手兮同归,邦人兮所思。'"度痴儿了事之语,所歌或均为冯椅托言自誉。清冯兰森《(同治)重修上高县志》卷二:"跃锦桥,初在县西,旧名通济,宋开禧中知县赵伉夫修,易名浮虹。嘉定四年辛未,夏暴涨,桥坏,知县冯椅重修,有《浮虹桥记》……至嘉靖癸丑,知县陈廷举始徙跃锦门前,改今名。"

仇家为许某谣

笙歌拥出画堂来,国恤亲丧总不知。
府第更侵夫子庙,无君无父亦无师。

【按】宋叶绍翁《四朝闻见录》卷五戊集《台臣用谣言》:"浙西有大臣许某者,以国卹亲丧奏乐,又所居颇侵学官,为仇家飞谣于台臣曰:'笙歌拥出画堂来,国恤亲丧总不知。府第更侵夫子庙,无君无父亦无师。'竟以是登于劾章。虽得于风闻,而许为大臣,亦未必有是,然人言可畏,为君子者亦盍谨诸!"亦载清杜文澜《古谣谚》卷九三。

仪真百姓为吴机筑翼城歌*

葺吾庐,毋为籧篨,以永其居。
耕吾野,毋为苟且,以储其稼。
渊渊其泉,崇崇其墉。
伊谁之功,时惟吴公。

【按】清张安保《(道光)重修仪征县志》卷一真州学正薛洪《增筑仪真两翼城记》:"仪真依江为郡,谈者以比内地……蔽京口,护维扬,东淮之襟喉也……翼城之议所由起……至袁公申儒议始决……吴公兼麾节而镇临之……先是,袁公以翼城之役请于朝,给降缗钱五万,俾郡权其赢以取给,然所以入仅如缕。繇今观之,厥费倍蓰,设使屑屑关于朝,其能有成如今所睹哉?郡之耄倪乐其役之成,而荷公之生全我也,相与歌曰:'葺吾庐,毋为籧篨,以永其居。耕吾野,毋为苟且,以储其稼。渊渊其泉,崇崇其墉。伊谁之功,时惟吴公。'……公名机,字子发,居天台。今为朝议大夫,淮南路转运判官,兼知真州,节制屯戍兵马云。嘉定十四年记。"

金坛民赞知府谣*

幕府随车雨,滂沱独自今。
悬知贤太守,此地最关心。

【按】宋刘宰《漫塘文集》卷九《答知镇江赵龙图(善湘)》:"金坛前月之末亦有旱征,一自使府委官下县祈求,甘雨随足。颇闻上二邑今犹阙雨,乡民于是为之谣曰:'幕府随车雨,滂沱独自今。悬知贤太守,此地最关心。'盖乡民以旧治之故,妄意如此。虽未足以知贤太守溥博无私之心,然其尤切感德之意,不可诬也。某辄因奏记,代邑人诵此以谢,僭越皇恐,仰乞台照。"赵善湘,字清臣,濮安懿王五世孙,庆元二年进士,嘉定十四年知镇江府,十七年拜大理少卿,后任江淮安抚制置使、知绍兴府兼浙东安抚使等,见《宋史》卷四一三。

果州民为张义实杨泰之歌

前张后杨,惠我无疆。

【按】元脱脱等《宋史》卷四三四列传第一九三:"杨泰之,字叔正,眉州青神人……知严道县,摄通判嘉定。白厓砦将王壎引蛮寇利店,刑狱使者置壎于法,又冒絓余人当坐死。泰之访知,夷都实迩利店,夷都蛮称乱,不需引导。固请释之,不听,乃去官。宣抚使安丙荐之曰:'蜀中名儒杨虞仲之子,当逆臣之变,勉有位者毋动,言不用,拂衣而去。使得尺寸之柄,必能见危致命。'召泰之赴都堂审察,以亲老辞……知富顺监。去官,以禄禀数千缗予邻里,以千缗为义庄。知普州,以安居、安岳二县受祸尤惨,泰之力白丙,尽蠲其赋。丙复荐于朝,召赴行在,固辞。知果州,踦零钱病民,泰之以一年经费储其赢,为诸邑对减,上尚书省,按为定式。民歌之曰:'前张后杨,惠我无疆。'张谓张义,实自发其端,而泰之踵行之。"亦载清杜文澜《古谣谚》卷一三。

南城状元谣*

其一
金石台高丞相出,文昌堰合状元生。

其二
鼍湖冲破状元生。

【按】宋吴曾《能改斋漫录》卷一八《虎啸之祥金石台文昌堰之谶》:"郡人黄醇与(裴)煜故旧,常为众诵之曰:当煜在疏山间,以虎啸事语人,人之不消煜者鲜矣。自煜庆历六年为省魁,至绍圣四年汪华复为礼部第一,然未有为状元者。抚州谶辞曰:'金石台高丞相出,文昌堰合状元生。'金石台者,江口水中之洲也。其后潮沙积岁而高,故晏、王相继大拜。文昌堰近年水道稍狭,而未合状元之出,计亦不远矣。"宋黄震《黄氏日抄》卷八八《抚州堰合楼记》:"抚州人物甲天下,故老相传,乃亦有谣曰:'文昌堰合状元生。'曰:'鼍湖冲破状元生。'鼍湖在州之南城县,县今别为建昌军。岁在丁未,鼍湖水果冲破。是年,张君渊微廷试果第一。"亦载清童范俨《(同治)临川县志》卷九。

建康人士歌吴渊*

燕窦恤孤,西门赈贫。
昔耳其名,今身而亲。
近举而远,存有以饱。
我公一念之仁,与而麦舟,瘗而枯骨。
昔凶而家,今幽而宅。
薄费而厚,得有以衔。

【按】宋周应合《(景定)建康志》卷二八《立义庄》:"义庄创于淳祐辛亥,退庵吴公守建康时也。"附宋自强淳祐十一年《义庄记》:"昔文正范公自为西帅,迄登二府,慨以禄赐所入,置负郭膏腴千亩,名曰义田,以赡族党。钱君公辅高其义而为之记……(吴)公金陵(引者按:金陵当为宛陵)人也,以忠勤行六经,以忠勤治天下……乃命攸司,亟其经营,以钱五十万缗,得后湖庄田地七千二百七十八亩有奇,米麦岁为斛四千三百余硕,归之学宫。度其地得议道堂左,辟屋三十楹,目曰义庄。凡乡邦簪缨之胄、韦布者流,嫁娶婚葬,皆有给处……州人士欢然歌曰:'燕窦恤孤,西门赈贫。昔耳其名,今身而亲。近举而远,存有以饱。我公一念之仁,与而麦舟,瘗而枯骨。昔凶而家,今幽而宅。薄费而厚,得有以衔。'"

吴渊字道父,号退庵。宁国人,吴潜兄,嘉定七年进士。累官江东安抚使、知建康府、行宫留守,拜参知政事,封金陵侯。

谗人为吴潜兄弟造童谣

大蜈蚣,小蜈蚣,尽是人间业毒虫。
贪缘攀附有百尺,若使飞天能食龙。

【按】宋佚名《宋季三朝政要》卷三:"(景定元年)七月,贬吴潜建昌军,寻徙潮州。潜为人豪隽,其弟兄亦无不附丽。有谗于上者曰,外间童谣云:'大蜈蚣,小蜈蚣,尽是人间业毒虫。贪缘攀附有百尺,若使飞天能食龙。'此语既闻,惑不可解,而用之不坚,亦以此也。""无不附丽",清《守山阁丛书》本据别本作"无不闲丽",元刘一清《钱塘遗事》卷四《吴潜入相》作"无所附丽"。亦载杜文澜《古谣谚》卷八八。

百姓为李侯歌*

其一

我土汹汹,黍稷芃芃。
孰启我侯,我神之功。
我民蚩蚩,牛犊熙熙。
孰相我侯,我神之威。

其二

奕奕庙貌,我侯新之。
侯为我民,匪神是私。
田有稻粱,野无干戈。
微侯之赐,胡以室家。
起舞仙仙,伐鼓渊渊。
何以报侯,万以千年。

【按】宋文天祥《文山集》卷九文集《赣州重修嘉济庙记》:"今天子咸淳六祀,大宗丞、权侍左郎官李雷应被旨知赣州。赣地大而俗嚣,山宽而田狭。俗嚣故易以噪,田狭故易以饥。侯未至以为难,将至以为忧。乃七月下车,膏雨霑流,嘉气纷集,民声大和,四郊以宁。侯悦,莫喻所从来也。百姓歌之曰:'我土汹汹,黍稷芃芃。孰启我侯,我神之功。我民蚩蚩,牛犊熙熙。孰相我侯,我神之威。'侯惊,召父老进而问故,曰:'是何神也?'父老相率告于庭曰:'州之东有庙曰嘉济,自秦汉以来血食至今。我民司命,匪神其孰尸之?'侯恤然曰:'我何以得此于神哉?抑神实德我,我其有不致力于神?'乃肃笾豆,乃洁牲牷。晨起诣庙,以谢以祈……明年四月,侯除荆湖南路提点刑狱,未行,粟米在市,蚕麦满野,鸡犬相闻,达于岭表。迄侯去,视始至如一日焉。百姓复歌之曰:'奕奕庙貌,我侯新之。侯为我民,匪神是私。田有稻粱,野无干戈。微侯之赐,胡以室家。起舞仙仙,伐鼓渊渊。何以报侯,万以千年。'予时卧山中,州从事具本末来,属予书其事,谨叙次。"亦载明董天锡等《(嘉靖)赣州府志》卷一一。

池州二士哭赵昂发言

生为大宋人,死为大宋鬼。
何以洗此污,清溪一泓水。

【按】宋佚名《宋季三朝政要》卷五:"赵昂发,蜀人,以倅权守。兵至,与妻子诀,其妻曰:'尔能尽忠,吾独不能为忠臣之妇乎?宁相从于地下。'昂发大喜,具冠裳,大书十六字于倅厅春台上,曰:'君不可负,臣不可降。夫妻俱死,节义成双。'遂俱缢而死。学有二士,哭其尸曰:'生为大宋人,死为大宋鬼。何以洗此污,清溪一泓水。'明日,伯颜丞相领兵入城,见而怜之,具衣衾葬焉。"亦载清杜文澜《古谣谚》卷一五。

绩溪人为苏辙叶楠歌

前有苏黄门,后有叶令君。

【按】明李贤《明一统志》卷一六"叶楠,贵池人,调鄱阳尉,力请蠲租以救荒涝。后为绩溪令,邑人歌曰:'前有苏黄门,后有叶令君。'"清赵弘恩《(乾隆)江南通志》卷一四八所载较为详尽:"叶楠,字元质,贵池人,登乾道中进士第,为鄱阳尉。值岁潦,楠力请蠲租赈之。后令绩溪,多惠政,邑人歌之曰:'前有苏黄门,后有叶令君。'苏黄门,苏辙也。因重楠,故以辙比之。所著有《知非集》。"亦载凌迪知《万姓统谱》卷一二四、清杜文澜《古谣谚》卷二七。明王崇《(嘉靖)池州府志》卷七叶楠作元人。

余干民歌吴在木

吴在木,政严肃。
恶者忧羁囚,善者乐化育。
鸟有白翎雀,兽有青毛鹿。
不见大声急走人,昔之屡空今皆足。

【按】明李贤等《明一统志》卷五〇"吴在木"注："咸平间知余干县,兴利除害。县中称治,有白雀青鹿之瑞。民歌曰:'吴在木,政严肃。恶者忧罻罝,善者乐化育。鸟有白翎雀,兽有青毛鹿。不见大声急走人,昔之屡空今皆足。'"亦载孔凡礼《宋诗纪事续补》卷三〇。清谢旻等《(雍正)江西通志》卷六三仅录"吴在木,政严肃。恶者忧罻罝,善者乐化育"。题目从孔凡礼。

百姓歌蒲叔献*

运使姓蒲,民力可苏。

【按】明李贤《明一统志》卷六八："蒲叔献,南部人,举进士,为成都漕。百姓歌曰:'运使姓蒲,民力可苏。'召为宗正卿。韩侂胄用事,遂请去。时论伟之。"

景定间台州民歌王华甫*

若无王知州,争得碗饭磕鼻头。

【按】明陈相、谢铎《赤城新志》卷一四台州知府条下："王华甫,景定元年至,初为黄岩令。""(守台)击强扶弱,正经界,均赋役。岁连熟,民为之谣曰:'若无王知州,争得碗饭磕鼻头。'当时言守令者以为称首。"亦载清嵇曾筠等《(雍正)浙江通志》卷一五四。

潮州民歌章元振*

长言法到葵关住,今出葵关到海阳。

【按】明陈道《(弘治)八闽通志》卷六四人物："章元振,字时举,崇安人,第进士,调宁乡令。帅臣曾孝序请易元振长沙,宁乡民愿留,帅不能强。改休宁县,县丁睦寇之余,元振极力抚绥,属严寇继发,督兵捍御,县赖以全。移泰宁县,邻盗四起,元振度不能抗,处险立寨,迁帑庾,率民兵坚守。后知潮州,悉革蠹弊。民为谣曰:'长言法到葵关住,今出葵关到海阳。'秦桧与元振同年故人,坐不通书,久之始移肇庆府,以治行迁朝议大夫、广东提举。"

祁门民歌陈季立

天下无双颍川公,其政优游化日浓。

【按】明汪舜民《(弘治)徽州府志》卷四："陈宗翰,字季立,知祁门县。廉明公正,兴崇学校,不畏强御。上官需索,理则应之,否则拒之。民歌曰:'天下无双颖川公,其政优游化日浓。'邑民怀之,为立祠于崇法院。"清周溶等《(同治)祁门县志》卷二一作"布政优游化日浓"。亦载孔凡礼《宋诗纪事续补》卷三〇。陈宗翰,绍兴十年知祁门县。

祁门百姓为县令县尉歌*

其一
龚父活我,福寿千春。

其二
熏陶和气一千日,全活饥民十万家。

【按】明汪舜民《(弘治)徽州府志》卷四"龚椿"注:"字永年,绍兴间知祁门县。性明敏,善听讼,朝理而暮决。值岁饥,与县尉姚淑谋度而赈济之,虽常平仓所蓄亦散于民。追州案责,语人曰:'但活一县百姓,虽失官何憾!'其爱民之心若此。秩满觐朝,儿童数百人裂彩为旗,联句云:'龚父活我,福寿千春。'亦饯姚尉曰:'熏陶和气一千日,全活饥民十万家。'"亦载清何绍基《(光绪)重修安徽通志》卷一四二。

淳熙中祁门人为张拱辰歌*

桑底不闻儿捕雉,道傍只见马留钱。

【按】明汪舜民《(弘治)徽州府志》卷四:"张拱辰,字南晖,淳熙间知祁门县,性尚纯谨,不事华靡。遇岁旱,躬践深山,履阡陌,视其所伤之处,必蠲租除赋,以恤民隐。邑人歌之曰:'桑底不闻儿捕雉,道傍只见马留钱。'"亦载清何绍基《(光绪)重修安徽通志》卷一四二。

百姓为苏洸歌*

苏使君,来何晚。
使我夜不寐,朝不饭。

【按】明郑岳《莆阳文献》列传:"(苏)洸,字澄老,以父钦荫补官,调余干尉。时令、丞、簿皆不事事,监司、郡守委送丛至,洸予决精敏。丞相赵汝愚,其邑人也,时方魁天下,喜洸廉介有守,折节与交。改秩,知临川县……孝宗嘉纳,除知新州……比至,百姓欢呼迎之,歌曰:'苏使君,来何晚。使我夜不寐,朝不饭。'"亦载清杜昌丁等《(乾隆)永春州志》卷二

五、方清芳等《(民国)德化县志》卷一四。

南丰民歌黄俊孙*

元宵不放灯,端午不竞渡。
催科不扰民,巡尉不差捕。

【按】明夏良胜等《(正德)建昌府志》卷一三"黄俊孙"条:"字东之,温州平阳人,淳祐中南丰令。政尚平易,毫发不私,有西汉循吏风。去任,父老儿童遮道泣别者数千人(《一统志》)。时有谣曰:'元宵不放灯,端午不竞渡。催科不扰民,巡尉不差捕。'皆纪实也(旧《志》)。"

广州状元谣*

河南人见面,广州状元见。

【按】明黄佐《广州人物传》卷一〇:"张镇孙,字鼎卿,南海人。少攻苦读书,以博学强记闻。治《易》,直郡庠有司试其文,异之。咸淳辛未,举进士,廷对为天下第一。先是,童谣曰:'河南人见面,广州状元见。'河南,谓州前大江所面乡落也。有司因构见面亭,以俟之。"亦载清阮元《(道光)广东通志》卷二七〇、史澄《(光绪)广州府志》卷一一四。据此似为宋时事,然明顾鼎臣《明状元图考》卷二《状元伦文叙》:"弘治十二年己未,廷试伦文叙等三百人,擢伦文叙第一。按:文叙字伯畴,广东南海人,年三十三状元及第……《纪事》:广州城南,隔河有地名河南。相传云:'河南人见面,广东状元见。'是岁大旱,海珠寺露南岸,人往来对见,文叙魁天下。"顾鼎臣时代为早,应更可信,此姑录为宋时谣。

上虞百姓为陈炳歌*

前复湖,张参政。
后复湖,陈县令,
与我衣食全我命。

【按】明赵文华《(嘉靖)嘉兴府图记》卷一五:"陈炳,字宜之,崇德人,尝令上虞。有西溪湖潴水,利及三乡,中废为田。参政张纲尝浚复,刻石记之。岁久豪右复据之,夏大旱,民持纲所刻石,请复湖,豪右挠阻之。炳奋曰:'令宁以罪谪去,必不忍畏避强御,委弃三乡民命也。'卒浚复之。百姓歌曰:'前复湖,张参政。后复湖,陈县令,与我衣食全我命。'"亦载明刘应钶《(万历)嘉兴府志》卷二〇、清嵇曾筠《(雍正)浙江通志》卷一六七。

安化民为彭道耕谣*

彭郎官,爱我百姓如心肝。

若得再来安化县,老老少少皆平安。

【按】明孙存等《(嘉靖)长沙府志》卷六"彭道耕"条:"宝祐知安化事,仁恕明敏,爱民如子,修举百废,作兴士类。民谣曰:'彭郎官,爱我百姓如心肝。若得再来安化县,老老少少皆平安。'(旧《志》)"亦载清邓显鹤《沅湘耆旧集》前编卷三一。

诸暨民为童居易谣*

童主簿,威如虎。

爱百姓,擒跋扈。

【按】明周希哲《(嘉靖)宁波府志》卷二七:"童居易,字行简,慈溪人……嘉定己未登进士第。端平初,郑清之柄国,举补登仕郎……丙申冬,房攻城急。邑令与主将不协,军民疑阻,危在旦夕。居易力为陈解,捍防备至,城赖以全。调诸暨簿,境有恶少,攻剽为奸,尉莫能致,居易以计悉擒之,民乃安堵。谣曰:'童主簿,威如虎。爱百姓,擒跋扈。'"亦载清杨泰亨等《(光绪)慈溪县志》卷二五。《宋元学案》卷七四童居易传称其嘉定十六年进士,是为癸未年,而非己未年。

百姓歌王伯大*

红黄黑白圈,甲乙丙丁户。

若非王知军,饿杀人无数。

【按】明刘松《(隆庆)临江府志》卷一一:"王伯大,字幼学,福州人,嘉定七年进士,历国子正,知临江军。岁大旱,乃置荒政局,延士客究竟古今赈济便宜法,抄刷户口,所全活甚众。民歌曰:'红黄黑白圈,甲乙丙丁户。若非王知军,饿杀人无数。'迁国子监丞去,民立祠十三所。终刑部尚书、参知政事,所著有《救荒案》、《赈民录》。"

连城民为李弇谣

讼者息争,居者安仁。

李公为政,百里如春。

【按】凌迪知《万姓统谱》卷七二:"李弇,字季纯,崇安人,三领乡举,登绍兴八年进士第,宰汀之连城。俗以斗狠相尚,公政务宽平,教以孝友,人不忍欺。有伍氏兄弟争继,连年不决。公以理开谕,皆感而出。时人为之谣曰:'讼者息争,居者安仁。李公为政,百里如春。'"亦载清穆彰阿《(嘉庆)大清一统志》卷四三五。杜文澜《古谣谚》卷二七"百里"作"百姓"。

琼州民为李谔吴群歌*

前有李君,今见吴琼。
管保障,皆番禺。
民之父母,邦之枢。

【按】明郭棐《粤大记》卷二〇:"吴群,字无党,番禺人,幼而颖悟,有致远器。少捧乡书,登绍兴壬戌进士……初,同邑李谔者,建炎中甲科进士,为琼州安抚。时州惟有子城,因编氓许益不欲经略,遂作乱。谔筑外罗城,州人赖之。群至是,加完整,弭盗恤民,政声与谔埒。琼人歌之曰:'前有李君,今见吴琼。管保障,皆番禺。民之父母,邦之枢。'邑人士采之,闻于当道。群尤廉慎,未尝一介取于民,终朝奉郎,卒。"亦载清史澄《(光绪)广州府志》卷一一三。

民为王信歌*

湖水溢,大田失。
湖可耕,民以生。

【按】明徐象梅《两浙名贤录》卷三二德业类《给事中王诚之信》:"王信,字诚之,丽水人,举绍兴进士第,调温州教授。会郡饥疫,以赈救为己任……知绍兴府,奏免积逋以百万计,开山阴淳潴注之海。民德之,歌曰:'湖水溢,大田失。湖可耕,民以生。'名之曰'王公湖'。"亦载清曹抡彬《(雍正)处州府志》卷一一。

南恩民歌徐应龙*

生我父母在何许,养我父母徐州主。

【按】明欧阳保《(万历)雷州府志》卷一五名宦志二:"徐应龙,字允叔,建宁人,淳熙二年进士。涖群宽简,时称长者。兴学校,修桥梁,广堤渠,创公署,郡人德之。累迁刑部尚书,谥文肃。"附注:"按《通志》肇志:龙知南恩州,政清而严,奸豪屏迹。民歌曰:'生我父母在何许,养我父母徐州主。'"亦载清阮元《(道光)广东通志》卷二三九宦绩录九。南恩州,治今广东阳江。

民为江镃歌*

前光化,后泰宁。
清如水,平如衡。

【按】明何乔远《闽书》卷九八:"镃字华叔,笃学有志操。举进士,调光化尉,迁泰宁令。所至以治绩显,人歌之曰:'前光化,后泰宁。清如水,平如衡。'"亦载刘超然《(民国)崇安县新志》卷二三"江灏(子栗,孙点,从孙寅,曾孙埙,玄孙镃、镕、鈇,云孙己)"。江镃,崇安人,理宗宝庆二年进士。

百姓为郑尚德谣*

松江得一郑,鸡犬皆安靖。
郑主松江府,村市无豺虎。

【按】清姚宝煃《(嘉庆)西安县志》卷三一:"郑尚德,字国宁,号月池。淳祐四年进士,授舒城尹。莅政勤敏,凡利于民者,虽劳弗惮,而尤以廉介自励……十月特改知松江府。时太仓令庞仲贤贪酷,李枢密子强掠民女,及宦豪王良贵、罗浮、程梦祥等恣横不法。略无瞻徇,悉械惩之。民谣曰:'松江得一郑,鸡犬皆安靖。郑主松江府,村市无豺虎。'"宋无华亭府、松江府。松江地属嘉兴府。

饶州民为胡光歌*

一章奏免贡新茶,惠及饶民亿万家。

【按】清陈志培《(同治)鄱阳县志》卷一〇:"胡光,字子成,大梨人,登天圣进士,官终工部侍郎。范仲淹守饶时,光致仕家居,时饶苦茶贡,百姓惮于转输。光为仲淹言,因上疏奏免之。民歌曰,'一章奏免贡新茶,惠及饶民亿万家'云。"亦载锡德等《(同治)饶州府志》卷二〇。

慈幼歌

汉黄颍川,唐阳道州。
惠政利溥,孰如两侯。
我民自今,载生载育。
无大夫阋,左餐右粥。

【按】清曾国荃等《(光绪)湖南通志》卷一六二人物志三:"赵粤,长沙人,理宗朝知宝庆府。民间生子多不育,粤曰:'此性之果不仁哉!饥寒迫身,惧为累耳。为民父母,奈何坐视赤子之死而不顾邪?'于是议建慈幼局。提点刑狱高斯得闻其事,亟佐官钱千缗。规画粗定,而粤以忧去。通判杜锷权知郡事,继成之,岁余弃子之风遂息。民歌曰:'汉黄颍川,唐阳道州。惠政利溥,孰如两侯。我民自今,载生载育。无大夫闵,左餐右粥。'"亦载邓显鹤《沅湘耆旧集》前编卷三一,题从此。

复湖谣

坏我陂,王仲嶷。
夺我食,使我饥。
天高高,无所知。
复陂谁,南渡时。

【按】清唐煦春《(光绪)上虞县志》卷二〇:"(夏盖湖)政和中,明、越二守楼升、王仲嶷又废为田。建炎四年,给事中山阴傅崧卿守乡郡,余姚陈橐上书陈利便。绍兴二年,县令赵不摇言于朝,吏部侍郎李光力奏之,乃得复为湖。民有《复湖谣》。"其后注:"谣曰:'坏我陂,王仲嶷。夺我食,使我饥。天高高,无所知。复陂谁,南渡时。'"

(三)百姓

无字歌

呵呵亦呵呵,哀哀亦呵呵。
不似荷叶参军子,人人与个拜□木,
大作厅上假阎罗。

【按】宋陶穀《清异录》卷下:"长沙狱掾任福祖拥驺吏出行,有卖药道人行吟,曰《无字歌》:'呵呵亦呵呵,哀哀亦呵呵,不似荷叶参军子,人人与个拜□木,大作厅上假阎罗。'福祖审思:岂非异人?急遣访求,已出城矣。"亦载《全五代诗》补遗,任福祖时代不明,或为宋初人。□,为缺字,一本作"顷"。

东城泉野老歌

浑沸滂沱,奋此泉兮,被彼山阿。
吾唯灌沐兮,不知其他。

【按】宋秦观《淮海集》卷一《汤泉赋》:"大江之滨,东城之野,有泉出焉。……野老告余曰:泓泓涓涓,莫虞岁年;不火而燠,其名汤泉。……(野老)曳杖而去,行歌于涂曰:'浑沸滂沱,奋此泉兮,被彼山阿。吾唯灌沐兮,不知其他。'"清杜文澜《古谣谚》卷九八作:"毕沸滂沱,奋此泉兮被山阿。吾惟灌沐兮,不知其他。"

衡山县谣言

当陷万家,万氏一家当之。

【按】宋张舜民《画墁集》卷八《郴行录》:"传云:昔有万氏居此,一日雷雨,全家沦陷,遂为此池。故当时有谣言:'当陷万家,万氏一家当之。'"亦载清杜文澜《古谣谚》卷三一。

枯木*

枯木再生春。

【按】宋王十朋《梅溪后集》卷九《乡人项服善宰鄱阳,有政声,人惜其去,用郡圃栽花韵作诗数篇叙别,遂和以送之》:"吏报圜扉多鞠草,民歌枯木再生花"注:"邑人有'枯木再生春'之谣。"项服善,名膺,温州乐清人,绍兴十二年进士,知丽水、鄱阳县。

建昌童谣

天雷飞石头,一夜成汀洲。
五十年内兴公侯。

【按】宋王象之《舆地纪胜》卷三五建昌军景物上"天堆"注:"在广昌县东南江流之中。绍兴甲戌,一夕雷雨大作,有闻砂砾之声。旦而视之,屹然高丈余。童谣曰:'天雷飞石头,一夜成汀洲。五十年内兴公侯。'暨分县日,四十五年,信有非也。"亦载孔凡礼《宋诗纪事续补》卷三〇。清谢旻等《(雍正)江西通志》卷一〇"汀洲"作"高邱"。

丹阳牵夫歌*

其一

张歌歌,李歌歌。

大家着力齐一拖。

其二

一休休,二休休。

月子弯弯照几州。

【按】宋杨万里《诚斋集》卷二八《竹枝歌序》:"晚发丹阳馆下,五更至丹阳县。舟人及牵夫终夕有声,盖吟讴啸谑以相其劳者,其辞亦略可辨,有云:'张歌歌,李歌歌,大家着力齐一拖。'又云:'一休休,二休休,月子弯弯照几州。'其声凄婉,一唱众和,因檃括之为《竹枝歌》云:'吴侬一队好儿郎,只要船行不要忙。着力大家齐一拽,前头管取到丹阳。''莫笑楼船不解行,识侬号令听侬声。一人唱了千人和,又得蹉前五里程。''船头更鼓恰三槌,底事荒鸡早个啼。戏学当年度关客,且图一笑过前溪。''积雪初融做晚晴,黄昏恬静到三更。小风不动还知么,且只牵船免打冰。''岸傍燎火莫阑残,须念儿郎手脚寒。更把绿荷包热饭,前头不怕上高滩。''月子弯弯照几州?几家欢乐几家愁?愁杀人来关月事,得休休处且休休。''幸自通宵暖更晴,何劳细雨送残更。知侬笠漏芒鞋破,须遣拖泥带水行。'"

吴中舟师歌

月子弯弯照几州?几家欢乐几家愁?

【按】宋赵彦卫《云麓漫钞》卷九:"彭祭酒学校驰声,善破经义,每有难题,人多请破之,无不曲当。后在两省,同寮尝戏之:'请破"月子弯弯照几州?几家欢乐几家愁"?'彭停思久之,云:'运于上者无远近之殊,形于下者有悲欢之异。'人益叹伏。此两句乃吴中舟师之歌,每于更阑月夜,操舟荡桨,抑遏其词而歌之,声甚凄怨。"亦载清厉鹗《宋诗纪事》卷一○○。题目从厉鹗。明田汝成《西湖游览志馀》卷二五则始有四句:"吴歌惟苏州为佳。杭人近有作者,往往得诗人之体,如云:'月子弯弯照几州?几人欢乐几人愁?几人高楼行好酒?几人飘蓬在外头?'此赋体也。而瞿宗吉往嘉兴,听故妓歌之,遂翻以为词云。"可见此四句歌始见于明朝中叶。冯梦龙《警世通言》卷一二《泥鳅儿双镜重圆》记吴歌"月子弯弯照几州?几家欢乐几家愁?几家夫妇同罗帐?几家飘散在他州",且曰"此歌出自我宋建炎年间,述民间离乱之苦",当是小说家言。冯梦龙《山歌》卷五《杂歌四句》亦录,"几州"作"九州"。清金埴《不下带编》卷五作:"月亮弯弯照九州,几人欢乐几人愁?几人高楼饮美酒？几人飘荡在外头？"孔凡礼《宋诗纪事续补》卷三〇"散"作"零"。

蛮歌

小娘子，叶底花。
无事出来吃盏茶。

【按】宋陆游《老学庵笔记》卷四："辰、沅、靖州蛮有仡伶，有仡僚，有仡榄，有仡偻，有山猺，俗亦土著，外愚内黠，皆焚山而耕，所种粟豆而已。食不足则猎野兽，至烧龟蛇啖之。其负物则少者轻，老者重，率皆束于背，妇人负者尤多。男未娶者，以金鸡羽插髻；女未嫁者，以海螺为数珠挂颈上。嫁娶先觉约，乃伺女于路，劫缚以归。亦忿争叫号求救，其实皆伪也。生子乃持牛酒拜女父母，初亦阳怒却之，邻里劝，乃受。饮酒以鼻，一饮至数升，名钩藤酒，不知何物。醉则男女聚而踏歌。农隙时至一二百人为曹，手相握而歌，数人吹笙在前导之。贮缸酒于树阴，饥不复食，惟就缸取酒恣饮，已而复歌，夜疲则野宿。至三日未厌，则五日，或七日方散归。上元则入城市观灯。呼郡县官曰大官，欲人谓己为足下，否则怒。其歌有曰：'小娘子，叶底花，无事出来吃盏茶。'盖《竹枝》之类也。诸蛮惟仡伶颇强，习战斗，他时或能为边患。"亦载清厉鹗《宋诗纪事》卷一〇〇。此歌题目从厉鹗。

东海乡人为刘家歌*

海州东海富刘家，朐山一族更奢华。
牵牛厮儿着锦袄，牵车婢子带金花。

【按】宋谢采伯《密斋笔记》卷四："《刘氏家传》云：刘为东海望族，乡人歌曰：'海州东海富刘家，朐山一族更奢华。牵牛厮儿着锦袄，牵车婢子带金花。'""东海富刘家"，四库本作"东望富刘家"。

铁弹子白塔湖曲*（有目无词）

【按】元脱脱等《宋史》卷六六志第一九："嘉泰四年，越人盛歌《铁弹子白塔湖曲》。俄有盗金十一者自号'铁弹子'，缪传其斗死于白塔湖中，后获于诸暨县。"

罗源民谣

十里清溪流活水，连村绿稼有甘霖。
罗川野叟千年史，秋浦先生一片心。

【按】明陈道等《(弘治)八闽通志》卷六三人物"郑伯渊"后注曰:"号秋浦,罗源人,淳祐中为乡先生,邑青衿半出其门。性好义,乡邻有急,虽暮夜必往,不顾利害。咸淳六年,邑大旱,伯渊时年已七十余,躬履险阻,至福源潭为民祈祷,翌日大雨如注。明年又旱,亦如之。邑有三溪,岁久中溪壅塞,水无所出。邑人以为患,伯渊捐金发粟,协众力疏之,溪流复旧。居民感其德,尝有诗曰'十里清溪流活水,连村绿稼有甘霖。罗川野叟千年史,秋浦先生一片心'然也。"道光《罗源县志》卷二〇郑伯渊传以"歌"称之:"居民感其德,歌之曰:'十里清溪流活水,连村绿稼有甘霖。罗村野叟千秋史,秋浦先生一片心。'"清郑方坤《全闽诗话》卷五《郑伯渊》第三句作"罗村野叟千秋史",亦载清陆心源《宋诗纪事补遗》卷一〇〇。"协众力疏之","疏"原溠,此据道光《罗源县志》卷二〇补。

龙溪民颂三颜谣

渡不难,待三颜。

【按】明陈道《(弘治)八闽通志》卷六八"颜唐臣"条:"龙溪巨旌里有绿石渡,潮平可舟,潮退则淤泞,行者病焉。唐臣乃于北涯舆土填淤,鞭石为堤,从地跨石长二千七百八十尺,作垂虹亭,以憩涉者。子敏若复筑南堤至新亭,凡一千九百尺。岁久淤深,孙戴复砌石增高,行者便之。昔尝有谣云,'渡不难,待三颜',此其验也,里人为之立祠。"亦载明凌迪知《万姓统谱》卷二六,"龙溪巨旌里有绿石渡"作"龙溪巨族,里有绿石渡",或者《通志》有误,以"巨族"为是。清李维钰等《(光绪)漳州府志》卷三〇、孔凡礼《宋诗纪事续补》卷四〇作"渡不艰,赖三颜"。龙溪县,即今福建漳州市区及龙海市境。

舞十般癞

一般癞来一般癞,
浑身烂了肚皮在,
也不碍。

【按】明田汝成《西湖游览志馀》卷二五:"宋时吏部有一胥,好滑稽。有董公迈参选,失去官诰,但存纸印,遂投状给据。一日,侍郎问其胥曰:'此事无碍否?'胥曰:'朝公大夫董公迈,失一官诰印纸在,也不碍。'侍郎觉其谑侮,杖一百,罢之。盖俗有《舞十般癞》云:'一般癞来一般癞,浑身烂了肚皮在,也不碍。'如是凡十首,语言相类,故应声为戏云。"亦载明李贽《山中一夕话》卷一〇、清厉鹗《宋诗纪事》卷一〇〇、清杜文澜《古谣谚》卷三一。

龙泉乡人为张八冯太谣*

张八佛,子孙享其佛。
冯太呆,子孙享其呆。

【按】清苏遇龙《(乾隆)龙泉县志》卷一〇笃行·宋:"张夔,行八,饶于财,性好施予。乡人德之,称曰八佛。授产二千,每岁禾谷率钱六十文一把。岁歉,乡价增至八十文,其子亦增之。夔坐于门,问籴者,曰:'略增些少。'令以钱还之。自后其子不敢增,曾、玄孙多登显宦。冯太为人本分,好施与,时人咸以呆称之。其子梦兰登进士第。张、冯生同时,居同乡,故人有谣曰:'张八佛,子孙享其佛。冯太呆,子孙享其呆。'"亦载清李世熊《钱神志》卷六。

安吉民谣

渔

市价鱼平酒亦平,卖鱼买酒快予情。
扣舷笑指一溪水,若比官清水更清。

樵

清晓拂烟上翠微,一肩薪樏趁时归。
公庭不到私无事,静掩柴门结草衣。

耕

濛濛春雨一犁深,一块膏腴一块金。
唤妇呼儿荷锄去,日来官长又亲临。

织

北舍西家巧斗机,阿姑娇姐共裁衣。
勤劳经纬官无调,保障吾民信不丝。

【按】明徐鲁源《(万历)兰溪县志》卷七:"徐龙图良能知安吉县时,有惠政,其民为渔樵耕织之谣以诵之。渔者曰:'市价鱼平酒亦平,卖鱼买酒快予情。扣舷笑指一溪水,若比官清水更清。'樵者曰:'清晓拂烟上翠微,一肩薪樏趁时归。公庭不到私无事,静掩柴门结草衣。'耕者曰:'濛濛春雨一犁深,一块膏腴一块金。唤妇呼儿荷锄去,日来官长又亲临。'织者曰:'北舍西家巧斗机,阿姑娇姐共裁衣。勤劳经纬官无调,保障吾民信不丝。'"织者歌末句"保障吾民信不丝","丝"指纺织丝绸,是官府征调之物,清王崇炳《金华征献略》卷一三徐良能传作"保障吾民信不私"。亦载清陆心源《宋诗纪事补遗》卷一○○:"徐龙图良能,知安吉县,时有惠政。其民渔樵耕织之谣以诵。""织"谣之"娇姐"作"娇女"。

曾公樟歌 *

　　曾公樟,蔽一方。
　　三冬暖,九夏凉。

　【按】清邵子彝等《(同治)建昌府志》卷一之五"曾公樟"后注曰:"在南丰三十三都东源水口。参天蔽日,覆护一源。绍兴中,曾长者偕售之,携人往伐,熟视久之,曰:'是一源户口之所庇也,伐之,则居民恐不利矣。'遂不取值而返。东源父老为之谣曰:'曾公樟,蔽一方。三冬暖,九夏凉。'"亦载黎广润等《(民国)南丰县志》卷三。"曾长者偕售之","售",民国《南丰县志》作"购"。

南宋民为刘俸歌 *

　　官司尽若刘,吾民将见休。
　　官司不有刘,吾民难解忧。

　【按】清项珂等《(同治)万年县志》卷六:"刘俸,新进乡人,南宋严州倅。清廉正直,民作歌曰:'官司尽若刘,吾民将见休。官司不有刘,吾民难解忧。'"

民为卢珊歌 *

　　我有子弟兮,赖卢公生之。
　　我有庐舍兮,赖卢公成之。
　　我有衣食兮,赖卢公植之。
　　我无报德兮,年年颂祝以谢之。

　【按】余绍宋等《(民国)龙游县志》卷二○:"卢珊……字廷润,号屏南,为卢仪之孙。当宋季,干戈纷扰,有司举公金充社长,训练义勇,保障地方。时人为之歌曰:'我有子弟兮,赖卢公生之。我有庐舍兮,赖卢公成之。我有衣食兮,赖卢公植之。我无报德兮,年年颂祝以谢之。'事实无考。"

淳安民谣

河弯龙脉同睦杭,石塔露水腊为王。
没有糖来犹有腊,拨开云雾见天光。

【按】张紫晨《歌谣小史》,仅见张氏著录,不知所据。

(四) 百科

采萍时日歌

不在山,不在岸,采我之时七月半。
选甚瘫风与缓风,些小微风都不算。
豆淋酒内下三丸,铁幞头上也出汗。

【按】宋唐慎微《证类本草》卷九:"高供奉《采萍时日歌》:'不在山,不在岸,采我之时七月半。选甚瘫风与缓风,些小微风都不算。豆淋酒内下三丸,铁幞头上也出汗。"亦载宋陈元靓《岁时广记》卷三〇、清杜文澜《古谣谚》卷九九。《全唐诗》卷八八一作唐人歌,当以高供奉为高力士,度其语言风格,以宋人为宜。

(五) 释道灵异

宋太祖闻道士醉歌

金猴虎头四,真龙得真位。

【按】宋释文莹《续湘山野录》:"祖宗潜耀日,尝与一道士游于关河。无定姓名,自曰混沌,或又曰真无。每有乏,则探囊金,愈探愈出。三人者每剧饮烂醉。生善歌步虚为戏,能引其喉于杳冥间,作清徵之声,时或一二句,随天风飘下,惟祖宗闻之,曰:'金猴虎头四,真龙得真位。'至醒诘之,则曰:'醉梦语,岂足凭耶?'至膺图受禅之日,乃庚申正月初四也。自御极不再见,下诏草泽遍访之。或见于轘辕道中,或嵩洛间。"清杜文澜《古谣谚》卷四五"真位"作"其位"。

开宝中南昌市老翁老媪歌

蓝采禾,尘世纷纷事更多。
争如卖药沽酒饮,归去深崖拍手歌。

【按】宋龙衮《江南野史》卷八载:"(陈)陶所遁西山,先产药物仅数十种,开宝中常见一叟角发被褐,与一炼师舁药入城鬻之。获资则市鲊就炉,二人对饮且啗,旁若无人。既醉且舞而歌曰:'蓝采禾,尘世纷纷事更多。争如卖药沽酒饮,归去深崖拍手歌。'时人见其纵逸,资貌非常,每饮酒食鲊,疑为陶之夫妇焉。竟不知所终,或云得仙矣。"阮阅《诗话总龟》卷四六《隐逸门》所录同《江南野史》,然"禾"作"和"。陆游《南唐书》列传卷五、清杜文澜《古谣谚》卷二二为:"蓝采和,蓝采和,尘世纷纷事更多。争如卖药沽酒饮,归去深崖拍手歌。"《全宋诗》卷三同陆、杜二人所载,仅"和"作"禾"。

章阿父吟

通身一点法,四海永绝伦。
开得天关路,闭得地户门。
若要求长生,到断五行因。

【按】宋王象之《舆地纪胜》卷一八九利州路金州仙释:"章阿父,洛阳人也,真庙时来隐汉阴之凤凰山栖云庵,人传三百馀岁。元祐壬申,郡守李陶常延致,其状貌如五六十许。人扣之道要,章吟曰:'通身一点法,四海永绝伦。开得天关路,闭得地户门。若要求长生,到断五行因。'"亦载清杜文澜《古谣谚》卷二六,"一点法"作"一点黑",误。

苏辙梦闻仙人歌

红尘纷处兮人间世,白云深处兮神仙地。
仙家春色兮亿万年,蟠桃香暖兮双鸾睡。
北看瀛洲兮咫尺门,西顾方壶兮三百里。
逍遥无为兮古洞天,洞天不老兮无人至。

【按】宋洪迈《夷坚志》支志癸卷七《苏文定梦游仙》："熙宁十年，苏文定公在南京幕府。四月一日以卧病方愈，忽忽不乐，因起独步于庭。天清日高，乃命仆暴书。闲取《山海经》，隐几而读，不觉假寐。梦薄游一所，楼观巍然，金朱晶荧，丛以奇花香草，杂以丹霞紫烟。入其门，登其堂，门之榜曰神府，堂之榜曰朝真。自堂趋殿，殿名篆体难识。旋临一阁，阁名甚高不可辨。左碧池，右雕栏，中有一亭，几案酒肴悉备。九人聚坐其间……弹琴对弈，欢笑谈话，视苏公自若。苏颇嫌其简傲，舍而出，俄闻招呼之声，回顾之，一青鬟也。谓曰：'君何人而到此？奉灵君之命有请。'引诣庭中，一人云邀至与坐，苏辞不获，辄厕其傍。其一苍髯白发者，问曰：'子尘中人耶？'曰：'然。'曰：'何以至此？'曰：'信步而来。'其人笑曰：'非信步也，岂非心有所祈，意有所感而然欤？'苏曰：'此为何所？'曰：'金泉洞天也。'苏曰：'孔孟之道，心有所祈，颜冉之学，意有所感，若夫神仙之事，了未尝撄虑。而至于此者，真信步耳。'其人与之剧论儒老之同异，遂及长生，曰：'金丹之术百数，其要在神水华池；玉女之术百数，其要在还精采气。驯致之久则自能脱百骸，遗六腑，如蜩甲焉蝉蜕焉，形貌有移而神气无改。若去迷于炼石化金，惑于金箓玉检，以求长生者，非吾所谓道也。'苏曰：'世博白日飞升者何邪？'曰：'其变靡常，其化无方，此又非所以语子也。'言毕命酒同酌，有抵掌而歌者曰：'红尘纷处兮人间世，白云深处兮神仙地。仙家春色兮亿万年，蟠桃香暖兮双鸾睡。北看瀛洲兮咫尺门，西顾方壶兮三百里。逍遥无为兮古洞天，洞天不老兮无人至。'酒酣，苏求退。其人曰：'盍不少留，以竟挥麈之乐乎？'苏曰：'有生则不能无形，有形则不能无累，故物色之际，相仍而不停，忧患之来有进而无已。'其人曰：'子知有形，而不知所以有形，知有累，而不知所以有累，如影之随形，响之应声者，皆有以招之。'"又载清杜文澜《古谣谚》卷七六。

仙姝休休歌*

休休休，偷得休时便好休，欢喜冤家无彻头。

【按】宋曾慥《类说》卷四六《续青琐高议》："太原府助教张世宁暴疾将终，吟曰：'翠羽旌幢仙子室，紫云楼殿玉皇家。人间风物易分散，回首武陵空落花。'既卒，神降一姝曰：'我籍系上天第十八洞玉仙人也，因会瑶池，考视尘中地仙功行簿，闻人间曲糵香，徘徊不进，遂犯后至之罚。西王母启其事，为我有人世酒分，宜谪偿之。寓迹浮生，今还本籍。'因歌曰：'休休休，偷得休时便好休，欢喜冤家无彻头。'"亦载宋陈葆光《三洞群仙录》卷一八。

茅山鬼歌*

四十三，四十三。
一轮明月落清潭。

【按】宋洪迈《夷坚志》丙志卷一六《秦昌龄》："秦昌龄写真挂于书室,鱼肉和尚见之,题曰:'动着万丈悬崖,不动当处沉埋。弥勒八万楼阁,击着处处门开。会得紫罗帐里事,不妨行处作徘徊。'时绍兴二十三年也。至九月,昌龄调宣州签判。归,中涂感疾,至溧水疾亟。寓于王季羔宗丞空宅中,忽觉寒甚。欲得夹帐,县令薛某买紫罗,制以遗之,遂死于其间。又是年春,在茅山观前遇一人,目如鬼,着白布袍,担草屦一双,笼饼两枚,歌而过曰:'四十三,四十三。一轮明月落清潭。'盖昌龄正四十三岁也。"亦载孔凡礼《宋诗纪事续补》卷三〇。

林刘举梦中闻人唱

五飞云翔,坐吸湖光。
子今变化,因溯吾乡。

【按】宋洪迈《夷坚志》支志己卷一〇《林刘举登科梦》："福州长溪人林刘举在国学,淳熙四年将赴解省。祷于钱塘门外九西五圣行祠,梦成大殿,见五人正坐,着王者服,赞科如礼。闻殿上唱云:'五飞云翔,坐吸湖光。子今变化,因溯吾乡。'觉而不能晓。是秋获荐,来春于姚颖榜登科黄甲,注德兴尉,既交印,奠谒五显庙,知为祖祠,始验梦中之语。"亦载清杜文澜《古谣谚》卷六八。清赵翼《陔馀丛考》卷三五:"五圣、五显、五通,名虽异而实则同。"

鞠君子歌

橘橘橘,无人识。
惟有姓朱人,方知是端的。

【按】元赵道一《历世真仙体道通鉴》卷四九《朱橘》："朱橘,号翠阳,世居淮西安庆之望江,其先世皆无闻于时。橘之生也,母严氏梦吞一星光,大如斗,已有娠十五月,母常忧焉。一日遇道人于门首,手持一物如橘,谓其母曰:'食此子生矣。'母喜而受之,请问名氏。道人乃出袖中一扇示之,上有'鞠君子'三字,曰吾姓名也,言讫遂失其所。移时而橘诞,时壬戌仲冬二十有六日也。父异之,因命名橘子,及六岁而怙恃俱失。橘生而聪慧,有志儒业,尤精易数,且谓丹道造化之妙,无出于此。尝两领乡荐,未遂科第之志,喜阅道释之书。后因临池顾影,倏然惊悟,乃厌薄名利,钦慕修炼。所至名山胜地,必遂登览,意在得师以证入道。岁在戊子,因往惠之博罗,一日廛中遇一道人,手握一橘,状若风狂,且行歌笑而吟曰:'橘橘橘,无人识。惟有姓朱人,方知是端的。'众皆骇之,莫晓其意。独橘有所感,随至郊外无人之境,乃拜而问曰:'真人非鞠君子乎?'道人惊曰:'子何人也?'橘以姓名告,乃悟昔之时事……众人方知橘示神变而尸解云。时宋理宗淳祐二年十一月十三日也。"亦载清何绍基《(光绪)重修安徽通志》卷三四八、清杜文澜《古谣谚》卷五五。

林自然歌

访古老洞天,撞见神仙。
饮三杯,复三杯,又三杯,不觉醺醺醉。
回头看人间,身在青烟外。

【按】元孙道明《闲居录》:"林回阳,名自然,临江人,善导引之术。咸淳间,有朝士杨文仲股上患赘,大可半斗,众医莫能治。有言其人,因召之。但相与对坐,教其导引运气,不数日而愈,因厚礼之。常游宜兴张公洞,见诸仙人,与之饮酒,素不识字,忽作歌曰:'访古老洞天,撞见神仙。饮三杯,复三杯,又三杯,不觉醺醺醉。回头看人间,身在青烟外。'尝自歌之,或如曲调,或时如读书诵经,皆此词也。"清杜文澜《古谣谚》卷四九"古老"作"果老"。

钱相公月夜歌[*]

小小乾坤似一航,夫妻父子兄弟到崖便分张。
我也不住城,城里闹穰穰。
我也不住乡,乡里苦忙忙。
不如啸傲清风与明月,斜带箬帽过钱塘。

【按】清陈常铧《(光绪)分水县志》卷八:"钱相公者,宋时人,佚其名,操舟为业。每往还桐溪,或侦之,见其鼓棹如飞,他舟莫及。一日有杭客附舟,见其不饮不食,月夜歌曰:'小小乾坤似一航,夫妻父子兄弟到崖便分张。我也不住城,城里闹穰穰。我也不住乡,乡里苦忙忙。不如啸傲清风与明月,斜带箬帽过钱塘。'歌已,客登岸。舟忽不见,时以为仙,土人设像祀之。"

二、宋朝谚语

（一）京师

京师为陈象舆董俨语

陈三更，董半夜。

【按】宋释文莹《玉壶清话》卷五："赵参政昌言，汾人。太宗廷试，爱其词气明俊，擢置甲科，未几拜中丞。上幸金明池，旧例台臣无从游之制，太宗喜之，特召预宴，自公始也，擢为枢密副使。是时陈象舆、董俨俱为盐铁副使，胡旦知制诰，尽同年生，俱少年，为一时名俊。梁颢又尝与公同幕。五人者旦夕会饮于枢第，棋觞弧矢，未尝虚日，每每乘醉，夜分方归。金吾吏逐夜候马首声诺，象舆醉，鞭揖其吏曰：'金吾不惜夜，玉漏莫相催。'都人谚曰'陈三更，董半夜'，赵公因是坐贬崇信军司马。"亦载元脱脱等《宋史》卷二六七、清杜文澜《古谣谚》卷一三。"鞭揖其吏"，"揖"一作"指"。

时人为李沆张齐贤语

李相太醒，张相太醉。

【按】宋袁褧《枫窗小牍》卷上："李文靖贤相也，与张齐贤稍不协。齐贤竟以被酒失仪罢相。时人语曰：'李相太醒，张相太醉。'此亦里巷公论也。"亦载清杜文澜《古谣谚》卷六一。

太学中为郭盛邢昺语

景纯有孙，子才无后。

【按】宋袁褧《枫窗小牍》卷上："邢昺以九经及第，郁为儒者，乃倾意钦若，纳身垢污，为士流所薄，奉敕撰《尔雅》疏义。其后太学生郭盛言：'昔人不分老子与韩非同传，郭注邢疏,无论周公不享其意,即先人得无称冤地下?且郭连逆敦,邢附钦若,尔雅近正,今则近邪。盛举九经,乞辞此疏。'时邢自称子才之裔,太学中语曰:'景纯有孙,子才无后。'"亦载清杜文澜《古谣谚》卷六一。晋郭璞,字景纯。北齐邢劭,字子才。

咸平五年京师为贡举语

南省解一百依除,殿前放五十省陌。

【按】宋欧阳修《归田录》卷二:"用钱之法,自五代以来,以七十七为百,谓之省陌。今市井交易,又克其五,谓之依除。咸平五年,陈恕知贡举,选士最精。所解七十二人,王沂公曾为第一,御试又落其半,而及第者三十八人,沂公又为第一。故京师为语曰'南省解一百依除,殿前放五十省陌'也。是岁取人虽少,得士最多。"又载宋孙逢吉《职官分纪》卷一〇、清杜文澜《古谣谚》卷五九。

无名子嘲语

张存解放旋风炮,任弁能烧猛火油。

【按】宋吴处厚《青箱杂记》卷八:"景德中,河朔举人皆以防城得官,而范昭作状元。张存、任弁虽事业荒疏,亦皆被泽。时有无名子嘲曰:'张存解放旋风炮,任弁能烧猛火油。'存后仕尚书,弁亦仕至屯田员外郎,知安州卒。""任弁",原作"任并",《事实类苑》卷六三作"任弃",此据《诗话总龟》卷三五改。据明稗海本《青箱杂记》"弁"字写法,此亦应为"弁"。"安州"本作"要州",《事实类苑》卷六三作"安州",此据改。亦载明郭子章《六语》谐语卷六、清厉鹗《宋诗纪事》卷一〇〇。

时人为寇准语

寇准上殿,百僚股栗。

【按】宋赵善璙《自警编》卷六:"刘贡父撰《莱公传》,又《遗事》云:公性忠朴,喜直言无顾避。时人为之语曰:'寇准上殿,百僚股栗。'"又载清杜文澜《古谣谚》卷二〇。

陈旭之谚[*]

其一

旭有三史之力。

其二

旭得枢密副使者,三史之力。

【按】宋赵抃《清献集》卷九《奏札论陈旭乞黜守远藩》:"臣等伏见,近日除陈旭为枢密副使,物议喧沸,以为不当。臣等已具联署札子并奏状,论列旭奸佞不公事状甚众,乞行罢寝,未蒙施行……(旭)厥后附会宰相,结托中官,苟取禄位,曾不羞愧。昨知开封府日……以内臣史昭镐,是入内都知史志聪亲属、勾当内东门史昭锡之弟,欠负进士赵烈屋业钱七八百贯。旭结媚诸史,将词状判收不行。……旭于辇毂之下,作如此等事,欺君罔民,贪浊不公,专务诏悦陛下左右,越次干进,其不被罪废,已为天幸。又况超越流辈,骤入枢府乎?自制命之出,缙绅相顾失色,于朝士林族谈惊骇,于外下至胥吏,莫不笑怪。以旭之命颇出史志聪等主张,以至传为俚谚谓:'旭有三史之力。'此言倘著,不惟有污于公朝,实恐上玷于圣德。伏望圣慈,下察公议,早赐指挥,罢旭枢密副使之命,黜守远藩。所贵朝廷清明,奸幸屏塞。"《奏札乞黜陈旭以革交结权幸之风》重申前奏之意:"自制命之出,缙绅而下至胥吏辈,传为俚谚云:'旭得枢密副使者,三史之力。'"

时人为盛度丁谓梅询窦元宾语

盛肥丁瘦,梅香窦臭。

【按】宋欧阳修《归田录》卷二:"盛文肃公丰肌大腹,而眉目清秀。丁晋公疏瘦如削。二公皆两浙人也,并以文辞知名于时。梅学士在真宗时已为名臣,至庆历中为翰林侍读以卒。性喜焚香,其在官舍,每晨起将视事,必焚香两炉,以公服罩之,撮其袖以出。坐定撒开两袖,郁然满室浓香。有窦元宾者,五代汉宰相正固之孙也。以名家子有文行,为馆职,而不喜修饰,经时未尝沐浴。故时人为之语曰'盛肥丁瘦,梅香窦臭'也。"宋司马光《涑水记闻》卷三记四人,其一非窦元宾,而是孙何,"(孙)何性落拓,衣服垢污",因而作"梅香孙臭,盛肥丁瘦"。亦载清杜文澜《古谣谚》卷五九。

好事者为丁谓语

若见雷州寇司户,人生何处不相逢。

【按】宋欧阳修《归田录》卷一:"寇忠愍公准之贬也,初以列卿知安州,既而又贬衡州副使,又贬道州别驾,遂贬雷州司户。时丁晋公与冯相拯在中书,丁当秉笔,初欲贬崖州,而丁忽自疑,语冯曰:'崖州再涉鲸波如何?'冯唯唯而已,丁乃徐拟雷州。及丁之贬也,冯遂拟崖州。当时好事者相语曰:'若见雷州寇司户,人生何处不相逢。'比丁之南也,寇复移道州。寇闻丁当来,遣人以蒸羊逆于境上,而收其僮仆,杜门不放出。闻者多以为得体。"

亦载宋陈应行《吟窗杂录》卷四八、清杜文澜《古谣谚》卷五九。

无名子嘲语*

府试三年大聘,昌黎四子登科。

【按】宋苏象先《丞相魏公谭训》卷四:"吕溱榜试《三年大聘》,韩康公与其弟黄门及右相侄柱史皆高中。无名子嘲之曰:'府试三年大聘,昌黎四子登科。'以讥主司之有私意。正献闻之,俾四人皆不赴省。后榜正献罢,四人皆登殊科,乃知主司无私意也。"韩康公,韩绛,字子华,神宗熙宁时宰相。韩维,字持国,绛弟,官至门下侍郎。"右相"指陈尧佐,仁宗朝宰相。"正献",应指韩绛、韩维之父韩亿,时任参知政事,谥"忠宪","正献"为同时杜衍之谥。苏氏所记与史实似亦有出入。司马光《涑水记闻》卷三:"景祐四年,锁厅人最盛,开封府投牒者至数百人,国子监及诸州者不在焉。是时陈尧佐为宰相,韩亿为枢密院副使,既而解牒出,尧佐子博古为解元,亿子孙四人皆无落者,众议喧然,作《河满子》以嘲之,流闻达于禁中……景祐五年御试进士,上以时议之故,密诏陈博古、韩氏四子及两家门下士范镇、宋静试卷皆不得预。"李焘《续资治通鉴长编》卷一二〇景祐四年十月:"时锁厅应举人特多,开封府投牒者至数百,国子监及诸州不在焉。及出牓,而宰相陈尧佐之子博古为解元,参知政事韩亿子孙四人皆无落者,故嘲谤群起。然殿中侍御史萧定基与直集贤院韩琦、吴育、王拱辰实司试事,非有所私也。"

时人为王随陈尧佐语

中书番为养病坊。

【按】宋李焘《续资治通鉴长编》卷一二一仁宗宝元元年:"三月戊戌朔,门下侍郎、平章事王随罢为彰信节度使、同平章事,户部侍郎、平章事陈尧佐罢为淮康节度使、同平章事、判郑州,户部侍郎、参知政事韩亿罢归本班,礼部侍郎、参知政事石中立罢为户部侍郎、资政殿学士。初,吕夷简罢,密荐随与尧佐二人为相,其意拔引非才,居己下者用之,觊他日上意见思而复相己。及随与尧佐、亿、中立等议政,数忿争于中书。随寻属疾在告,诏五日一朝日赴中书视事。而尧佐复年高,事多不举。时有'中书翻为养病坊'之语。"亦载元佚名《宋史全文》卷七下、清杜文澜《古谣谚》卷五五。

宋初士子语

《文选》烂,秀才半。

【按】胡仔《苕溪渔隐丛话》后集卷二:"《雪浪斋日记》云,昔人有言'《文选》烂,秀才半',正为《文选》中事多,可作本领尔。"宋陆游《老学庵笔记》卷八:"国初尚《文选》,当时文人专意此书,故草必称'王孙',梅必称'驿使',月必称'望舒',山水必称'清晖'。至庆历后,恶其陈腐,诸作者始一洗之。方其盛时,士子至为之语曰:'《文选》烂,秀才半。'"又载清杜文澜《古谣谚》卷六〇。

石中立引世语戏三礼生

欲得安,三礼莫教干。

【按】宋魏泰《东轩笔录》卷一五:"礼部引试举人,常在正月末,及试经学,已在二月中旬,京师适淘渠矣。旧省前乃大渠,有'三礼'生就试,误坠渠中,举体沾湿。中春尚寒,晨兴尤甚。'三礼'者体不胜其苦,遂于帘前白知举石内翰中立,乞给少火,炙干衣服。石公素喜谑浪,遽告曰:'不用炙,当自安乐。'同列讶而诘之,石曰:'何不闻世传"欲得安,三礼莫教干"乎?'"又载清杜文澜《古谣谚》卷五九。

时人为苏绅梁适语

草头木脚,陷人倒卓。

【按】宋李焘《续资治通鉴长编》卷一五八仁宗庆历六年春正月:"丙申,翰林学士、礼部郎中、知制诰、史馆修撰苏绅为吏部郎中、翰林侍读学士、集贤殿修撰、知河阳。绅锐于进取,善中伤人,衣冠懔疾之,言者斥其状,故命出守。绅自扬州复入翰林,未三月也,是岁卒于河阳。绅与梁适同在两禁,人以为险波,故语曰:'草头木脚,陷人倒卓。'"亦载元脱脱等《宋史》卷二九四列传第五三、清杜文澜《古谣谚》卷一三。

京师为包拯宋祁谚

拨队为参政,成群作副枢。
亏他包省主,闷杀宋尚书。

【按】宋魏泰《东轩笔录》卷一一:"嘉祐中,禁林诸公皆入两府。是时包孝肃公拯为三司使,宋景文公守益州。二公风力久次,最著人望,而不见用。京师谚语曰:'拨队为参政,成群作副枢。亏他包省主,闷杀宋尚书。'明年包亦为枢密副使,而宋以翰林学士承旨召。"又清厉鹗《宋诗纪事》卷一〇〇、清杜文澜《古谣谚》卷五九。

嘉祐四真语*

富公真宰相,欧阳永叔真翰林学士,
包老真中丞,胡公真先生。

【按】宋欧阳修《欧阳文忠公集》附录欧阳修子欧阳发《(先公)事迹》卷五:"仁宗嘉祐中,先公在翰林,富郑公在中书,胡侍讲在太学,包孝肃公为中丞。士大夫相语曰:富公真宰相,呼先公字曰真翰林学士,胡先生真先生,包公真中丞,时人谓'四真'。"洪迈《容斋随笔》五笔卷三《嘉祐四真》:"嘉祐中,富韩公为宰相,欧阳公在翰林,包孝肃公为御史中丞,胡翼之侍讲在太学,皆极天下之望。一时士大夫相语曰:'富公真宰相,欧阳永叔真翰林学士,包老真中丞,胡公真先生。'遂有四真之目。"富公指富弼,包公指包拯,胡先生指胡瑗。又载清杜文澜《古谣谚》卷四五。

嘉祐中士大夫为王谢二家语

王介甫家,小底不如大底;
南阳谢师宰家,大底不如小底。

【按】宋王铚《默记》卷中:"嘉祐中,士大夫之语曰:'王介甫家,小底不如大底;南阳谢师宰家,大底不如小底。'谓王安石、安礼、安国、安上,谢景初、景温、景平、景回也。"谢氏兄弟指礼部尚书谢绛四子。又载清杜文澜《古谣谚》卷六一。

京师为包拯语

关节不到,有阎罗包老。

【按】宋司马光《涑水记闻》卷一〇:"嘉祐七年五月辛未,枢密副使包拯薨,车驾临幸其第。拯字希仁,庐州人,进士及第。以亲老侍养,不仕宦且十年,人称其孝。后历监察御史,为天章阁待制、知谏院,迁龙图阁直学士,知瀛州,又迁枢密直学士、知开封府。为人刚严,不可干以私,京师为之语曰:'关节不到,有阎罗包老。'吏民畏服,远近称之。"亦载元脱脱等《宋史》卷三一六包拯传、清杜文澜《古谣谚》卷一三。

朝中为枢密使副语

厨中赐食,阶下谢衣。

【按】宋欧阳修《归田录》卷二:"国朝之制:大宴,枢密使、副不坐,侍立殿上,既而退就御厨赐食,与阁门、引进、四方馆使列坐庑下,亲王一人伴食。每春秋赐衣门谢,则与内诸司使、副班于垂拱殿外廷中,而中书则别班谢于门上。故朝中为之语曰:'厨中赐食,阶下谢衣。'盖枢密使唐制以内臣为之,故常与内诸司使、副为伍。"亦载清杜文澜《古谣谚》卷五九。

时人为进士明经语

焚香取进士,瞑目待明经。

【按】宋沈括《梦溪笔谈》卷一:"礼部贡院试进士日,设香案于阶前,主司与举人对拜,此唐故事也。所坐设位供张甚盛,有司具茶汤饮浆。至试经生,则悉彻帐幕毡席之类,亦无茶汤,渴则饮砚水,人人皆黔其吻。非故欲困之,乃防毡幕及供应人私传所试经义,盖尝有败者,故事为之防。欧文忠有诗'焚香礼进士,彻幕待经生',以为礼数轻重如此,其实自有谓也。"宋章如愚《山堂考索》后集卷三二士门:"宋朝进士科,往往为将相,极通显。至明经之科,不过为学究之类。当时之人为之语曰:'焚香取进士,瞑目待明经。'"亦载明郭子章《六语》谚语卷七、清杜文澜《古谣谚》卷五五。明杨慎《古今谚》"取"作"礼"。

京师为三班群牧语

三班吃香,群牧吃粪。

【按】宋欧阳修《归田录》卷二:"三班院所领使臣八十余人,莅事于外。其罢而在院者,常数百人。每岁乾元节醵钱饭僧进香,合以祝圣寿,谓之'香钱'。判院官常利其余,以为餐钱。群牧司领内外坊监使副判官,比他司俸入最。又岁收粪壤钱颇多,以充公用。故京师谓之语曰:'三班吃香,群牧吃粪。'"亦载清杜文澜《古谣谚》卷五九。

京师为台官语

其一

绝市无台官。

其二

南台惟一人。

【按】宋佚名《锦绣万花谷》卷一一"讫了":"治平元年,孙觉与曾南丰言曰,闻台官以数言事不用,相约当共争濮王事,不听则决去。盖是时知杂御史吕诲、吕大防、范纯仁等与谏官司马光数论孙固庸回,王广渊奸邪,不当用,其言愈切而用之愈坚,事类此者甚众。凡台官、谏官言入进呈讫,寝之,时人谓之'讫了'。台吏每白御史曰,某事又讫了也。盖执政方持权欲一切以沮言者,而言者以不能塞职为惭,故相约如此。后数日果闻台官论濮王事甚急,疏已七八上不听,诲等皆纳敕求罢去台官,不留一人。京师为之语曰:'绝市无台官。'然人主犹采物论,后来者其言愈厉(《南丰杂记》)。"宋方大琮《宋宝章阁直学士忠惠铁庵方公文集》卷三《直前札子(嘉熙元年正月二十一日)》:"今西府亦囊言官,指摘辅臣,见谓风力。臣昔所敬,今反以眷留。苟挽欲去不能,其勃郁当何如,三院宁几人?其绝江者未必可回。其犹居职者,各闭阁求去,月纸不书,台纲尽废。'南台惟一人'之谣兴,'绝市无台官'之谚起,此何景哉!"亦载清杜文澜《古谣谚》卷二〇。

时人论职官语*

宁登瀛,不为聊。

宁抱椠,不为监。

【按】宋陈均《皇朝编年备要》卷一七"命宰执举馆职"注:"各五人。先是,上谓中书曰:'水潦为灾,言事者云咎在不能进贤,何也?'欧阳修曰:'近年进贤路狭。'上曰:'何如?'修曰:'往时入馆有三路,今塞其二矣。'上曰:'何谓三路?'修曰:'进士高科一路也,大臣荐举一路也,因差遣例除一路也。往年进士五人以上皆得试,第一人及第,有不十年即至辅相者。今第一人两任方得试,而第二人以下不复试,是高科路塞矣。往岁大臣荐举即召试,今止令上簿候阙人乃试,是荐举路塞矣。惟有因差遣例除者,半是年劳老病之人。此臣所谓荐贤路狭也。'上嘉纳之,故有是命。韩琦、曾公亮、赵概等举蔡延庆以下凡二十人皆令召试,宰臣以为人多,难之。上曰:'既委公等举之,苟贤岂患多也?'先召试蔡延庆等十人,馀须后。时士人以登台阁,陛禁从为显官,而不以官之迟速为荣滞。故为之语曰:'宁登瀛,不为卿。宁抱椠,不为监。'"又载元脱脱等《宋史》卷一六一职官志第一一四、清杜文澜《古谣谚》卷一三。

王安石当国时谚语

台官不如伶官。

【按】宋蔡絛《铁围山丛谈》卷四:"熙宁初,王丞相介甫既当轴处中,而神庙方赫然。一切委听,号令骤出,但于人情适有所离合。于是故臣名士往往力陈其不可,且多被黜降,后来者乃寝结其舌矣。当是时,以君相之威权,而不能有所帖服者,独一教坊使丁仙现尔。丁仙现,时俗但呼之曰'丁使'。丁使遇介甫法制适一行,必因燕设于戏场中,乃便作为嘲浑,肆其诮难,辄有为人笑传。介甫不堪,然无如之何也。因遂发怒,必欲斩之。神庙乃密诏二王,取丁仙现匿诸王邸。二王者,神庙之两爱弟也。故一时谚语有'台官不如伶官'。"亦载清杜文澜《古谣谚》卷六一。

时人为韩维王珪王安石语

一时同榜用三人。

【按】宋洪迈《容斋随笔》续笔卷一三《贞元制科》:"唐德宗贞元十年,贤良方正科十六人。裴垍为举首,王播次之,隔一名而裴度、崔群、皇甫镈继之。六名之中,连得五相,可谓盛矣。……本朝韩康公、王岐公、王荆公亦同年联名。熙宁间,康公、荆公为相,岐公参政。故有'一时同榜用三人'之语,颇类此云。"又载清杜文澜《古谣谚》卷四五。

京城为王雱侯叔献语

其一

王太祝生前嫁妇,郑夫人死后出家。

其二

王太祝生前嫁妇,侯工部死后休妻。

【按】宋王辟之《渑水燕谈录》卷一〇:"丞相王公之夫人郑氏,奉佛至谨,临终嘱其夫曰:'即死愿得落发为尼。'及死,公奏乞赐法名师号,敛以紫方袍。王荆公之子雱,少得心疾,逐其妻,荆公为备礼嫁之。好事者戏之曰:'王太祝生前嫁妇,郑夫人死后出家。'人以为异。又工部郎中侯叔献妻悍戾,叔献既殂,儿女不胜其酷,诏离之。故好事者又曰:'侯工部死后休妻。'"魏泰《东轩笔录》卷七:"王荆公之次子名雱,为太常寺太祝,素有心疾,娶同郡庞氏女为妻,逾年生一子,雱以貌不类己,百计欲杀之,竟以悸死。又与其妻日相斗閧。荆公知其子失心,念其妇无罪,欲离异之,则恐其误被恶声,遂与择婿而嫁之。是时有工部员外郎侯叔献者,荆公之门人也,取魏氏女为妻,少悍。叔献死,而帷薄不肃。荆公奏逐魏氏妇归本家。京师有谚语曰:'王太祝生前嫁妇,侯工部死后休妻。'"孔平仲《谈苑》卷一:"王雱,丞相舒公之子,不惠,有妻未尝接。其舅姑怜而嫁之,雱自若也。侯叔献再娶而悍,一旦叔献卒,朝廷虑其虐前夫之子,有旨出之,不得为侯氏妻。时京师有语云:'王太祝生前嫁妇,侯兵部死后休妻。'"亦载清杜文澜《古谣谚》卷五九。宋彭乘《墨客挥犀》卷三、清厉鹗《宋诗纪事》卷二五等,或只有一二两句,语稍异。

宋御史台中语

聚厅向火,分厅吃饭。

【按】宋王得臣《麈史》卷一:"御史俸薄,故台中有'聚厅向火,分厅吃饭'之语。熙宁初,程颢伯淳入台为里行,则反之,遂聚厅吃食,分厅向火。"清杜文澜《古谣谚》卷四七作:"聚厅向火,分厅吃食。"

时人为中允修撰语

热中允不博冷修撰。

【按】宋沈括《梦溪笔谈》卷二三:"旧日官为中允者极少,唯老于幕官者累资方至,故为之者多潦倒之人。近岁州县官进用者多除中允,遂有'冷中允'、'热中允'。又集贤殿修撰,旧多以馆阁久次者为之。近岁有自常官超授要任、未至从官者多除修撰,亦有'冷撰'、'热撰'。时人谓'热中允不博冷修撰'。"又载清杜文澜《古谣谚》卷四七。

时人为士人应敌文章语

问即不会,用则不错。

【按】宋沈括《梦溪笔谈》卷二三:"士人应敌文章,多用他人议论,而非心得。时人为之语曰:'问即不会,用则不错。'"亦载清杜文澜《古谣谚》卷四七。宋彭乘《续墨客挥犀》卷七"会"作"知"。

陈师道引俗语

其一
有甚意头。

其二
没些巴鼻。

【按】宋陈师道《后山诗话》:"熙宁初,有人自常调上书,迎合宰相意,遂丞御史。苏长公戏之曰:'有甚意头求富贵,没些巴鼻使奸邪。''有甚意头'、'没些巴鼻',皆俗语也。"又载清杜文澜《古谣谚》卷八四。

京师谚语

昔有磨,磨浆水。

今见碓,捣冬凌。

【按】宋赵彦卫《云麓漫钞》卷一:"虏使来贺正,多值冰雪。有司作浮筏,前设巨锥以捣冰,谓之冰排,又以小舟摇荡于其间,谓之混舟。其制始于王荆公当国,熙宁中欲行冬运,汴渠旧制有闭口,十月则舟不行。于是以小船数十,前设锥以捣冰,役夫苦寒,死者甚众。京师谚语有'昔有磨,磨浆水。今有碓,捣冬凌'之诮。"

伶人语

右丞今日大拜,都是夫人裙带。

【按】宋周煇《清波杂志》卷四:"蔡卞之妻七夫人,颇知书,能诗词。蔡每有国事,先谋之于床笫,然后宣之于庙堂。时执政相语曰:'吾辈每日奉行者,皆其咳唾之余也。'蔡拜右相,家宴张乐。伶人扬言曰:'右丞今日大拜,都是夫人裙带。'讥其官职自妻而致,中外传以为笑。"蔡卞妻是王安石女。亦载清厉鹗《宋诗纪事》卷一〇〇。

汴京临安为六部诸曹语*

京师语

吏勋封考,笔头不倒。

户度金仓,日夜穷忙。

礼祠主膳,不识判砚。

兵职驾库,典了祓袴。

刑都比门,总是冤魂。

工屯虞水,白日见鬼。

临安语

吏勋封考,三婆两嫂。

户度金仓,细酒肥羊。

礼祠主膳,淡吃齑面。

63

兵职驾库,咬姜呷醋。

刑都比门,人肉馄饨。

工屯虞水,身生饿鬼。

【按】宋陆游《老学庵笔记》卷六:"自元丰官制,尚书省复二十四曹,繁简绝异。在京师时,有语曰:'吏勋封考,笔头不倒。户度金仓,日夜穷忙。礼祠主膳,不识判砚。兵职驾库,典了被袴。刑都比门,总是冤魂。工屯虞水,白日见鬼。'及大驾幸临安,丧乱之后,士大夫亡失告身、批者者多。又军赏百倍平时,赂贿公行,冒滥相乘。饷军日滋,赋敛愈繁,而刑狱亦众。故吏、户、刑三曹吏胥,人人富饶,他曹寂寞弥甚。吏辈又为之语曰:'吏勋封考,三婆两嫂。户度金仓,细酒肥羊。礼祠主膳,淡吃齑面。兵职驾库,咬姜呷醋。刑都比门,人肉馄饨。工屯虞水,身生饿鬼。'"亦载明郭子章《六语》谚语卷六、清厉鹗《宋诗纪事》卷一〇〇、清杜文澜《古谣谚》卷六一。

京师为程师孟张安国语

程师孟生求速死,张安国死愿托生。

【按】宋司马光《涑水记闻》卷一六:"谏议大夫程师孟尝请于介甫曰:'公文章命世,师孟多幸,生与公同时,愿得公为墓志,庶传不朽,惟公矜许。'介甫问:'先正何官?'师孟曰:'非也,师孟恐不得常侍左右,自欲豫求墓志,俟死而刻之耳。'介甫虽笑不许,而心怜之。及王雱死,有习学检正张安国者,被发藉草,哭于枢前,曰:'公不幸,未有子,今闻方有娠,安国愿死,托生为公嗣。'京师为之语曰:'程师孟生求速死,张安国死愿托生。'"又载清杜文澜《古谣谚》卷五九。

王岩叟引父老谚

儿曹空手,不可以入教场。

【按】宋李焘《续资治通鉴长编》卷三六一:"监察御史王岩叟尝言:窃以保甲之法行之累年,朝廷固已知人情之所共苦……朝廷知教民以为兵,而不知教之太苛而民不易堪;知别为一司以总之,而不知扰之太烦而民以生怨。教之欲以为用也,而使之至于怨,则恐一日用之,有不能如吾意者矣,不可不思也。民之言曰,教法之难,不足以为苦也,而羁縻之虐有甚焉;羁縻不足以为苦也,而鞭笞之酷有甚焉;鞭笞不足以为苦也,而诛求之无已有甚焉。方耕而辍,方耘而罢,方敛而去,此羁縻之所以为苦也。其教也,保长得笞之,保正又笞之,巡检之指使与巡检者又交挞之,提举司之指使与提举司之干当公事者又互鞭之,提举之官长又鞭之。一有逃避,县令又鞭之。人无聊生,每相与言曰,恨不死尔,此鞭笞之所以为甚苦也……创袍、市巾、买弓、修箭、添弦、换包指、治鞍辔、盖凉棚、画象法、造队牌……之类,其名百出不可胜数。故其父老之谚曰:'儿曹空手,不可以入教场。'非虚语也。"亦载元脱脱等《宋史》卷一九二兵志第一四五、清杜文澜《古谣谚》卷一三。

时人为苏颂司马光语

古事莫语子容,今事莫告君实。

【按】宋周必大《周益文忠公集》卷一八二《二老堂杂志》卷四《记陆务观二说》:"陆务观云:苏子容闻人引故事,必就令检出处。司马温公闻新事,即录于册,且记所言之人。故当时谚曰:'古事莫语子容,今事勿告君实。'"又载清杜文澜《古谣谚》卷五三。

元丰末天下为宣仁皇后语

复见女中尧舜。

【按】宋李焘《续资治通鉴长编》卷三五二载江端友上书:"臣伏睹宣仁圣烈皇后,当元丰末垂帘听政,保佑哲宗皇帝,起司马光为宰相,天下归心焉。九年之间,朝廷清明,海内乂安,人到于今称之。其大公至正之道,仁民爱物之心,可以追配仁宗。至于力行祖宗故事,抑绝外家私恩,当是时,耆老盛德之士、田野至愚之人,皆有'复见女中尧舜'之语。"又载宋邵博《邵氏闻见后录》卷二、清杜文澜《古谣谚》卷六〇。

状元焦

其一

烧得状元焦。

其二

不因开宝火,安得状元焦。

【按】宋蔡絛《铁围山丛谈》卷三:"元丰末,叔父文正知贡举,时以开宝寺为试场。方考,一夕寺火大发,鲁公以待制为天府尹,夜率有司趋拯焉。寺屋皆雄壮,而人力有不能施。穴寺庑大墙,而后文正公始得出,试官与执事者多焚而死。于是都人上下唱言:'烧得状元焦。'及再命试,其殿魁果焦蹈也。"亦载清杜文澜《古谣谚》卷六一。宋吴曾《能改斋漫录》卷一二《状元焦》:"元丰八年,尚书户部侍郎李定权知贡举。给事中兼侍讲蔡卞、起居舍人朱服,同权知贡举。其夜四鼓,开宝寺寓礼部贡院火。承议郎、韩王冀王宫大小学教授兼穆亲宅讲书翟曼,奉议郎陈之方,宣德郎、大学博士马希孟皆焚死。其后别更,得焦蹈为魁。谚曰:'不因开宝火,安得状元焦。'"陆游《家世旧闻》卷上作"不因试官火,安得状元焦"。祝穆《事文类聚》前集卷二六作:"不因南省火,安得状元焦。"明沈德符《万历野获编》卷一五作:"不因科场烧,那得状元焦。""韩王冀王宫大小学教授兼穆亲宅讲书翟曼","穆亲"一作"睦亲",是。

京师为辛雍顾子敦语

治礼已差辛博士,修河仍用顾将军。

【按】宋孔平仲《谈苑》卷二:"元祐二年,辛雍自光禄寺丞移太常博士,顾子敦自给事中除河朔漕,付以治河。京师语曰:'治礼已差辛博士,修河仍用顾将军。'子敦好谈兵,人谓之顾将军也。"又载清杜文澜《古谣谚》卷五九。

元祐初朝中语

闽蜀同风,腹中有虫。

【按】宋邵博《邵氏闻见后录》卷二〇:"朝中有语云:'闽蜀同风,腹中有虫。'以二字各从虫也。东坡在广坐,作色曰:'《书》称立贤无方,何得乃尔?'(刘)器之曰:'某初不闻其语,然立贤无方,须是贤者乃可。若中人以下,多系土地风俗,安得不为土习风移?'东坡默然。至元符末,东坡、器之各归自岭海,相遇于道,始交欢。器之语人云:'浮华豪习尽去,非昔日子瞻也。'东坡则云:'器之铁石人也。'"王得臣《麈史》卷下:"世言闽蜀同风,孙光宪作《北梦琐言》以为不同,大略引蜀有不仕之类,以为异。孙盖蜀人也,故主其乡风。今读书应举,为浮屠氏,并多于他所,一路虽不同,相逢则曰乡人,情好倍密。至于亲在堂,兄弟异爨,民间好蛊毒者,此其所同者。则知古语之传盖不虚耳。"又载杜文澜《古谣谚》卷六〇。

宋时四方为折纳藉纳产业语

黄纸放,白纸收。

【按】宋苏轼《苏文忠公全集》东坡奏议卷七《应诏论四事状》贴黄:"臣伏见四方百姓,皆知二圣恤民之心,无异父母。但臣子不能推行,致泽不下流……已给还产业,却行追收。人户诣臣哀诉,皆云'黄纸放了,白纸却收',有泣下者,臣窃深悲之。自二圣嗣位已来,恩贷指挥多被有司巧为艰阁,故四方皆有'黄纸放而白纸收'之语。"范成大《石湖诗集》卷五

《后催租行》:"老父田荒秋雨里,旧时高岸今江水。佣耕犹自抱长饥,的知无力输租米。自从乡官新上来,黄纸放尽白纸催。卖衣得钱都纳却,病骨虽寒聊免缚。去年衣尽到家口,大女临岐两分首。今年次女已行媒,亦复驱将换升斗。室中更有第三女,明年不怕催租苦。"宋徐梦莘《三朝北盟会编》卷一〇一:"自来赦书,所放逋欠,转运司及州县迫于调度,依旧催纳,至民间有'黄纸放,白纸催'之语,甚失朝廷宽恤爱民之意。"亦载清杜文澜《古谣谚》卷七六。

京师为宣医敕葬家语

宣医丧命,敕葬破家。

【按】宋孔平仲《谈苑》卷一:"京师语曰:'宣医丧命,敕葬破家。'盖所遣医官云'某奉敕来,须奏服药加减次第',往往必令饵其药,至死而后已。敕葬之家,使副洗手帨巾,每人白罗三匹,它物可知也。元祐中,韩康公病革,宣医视之,进金液丹。虽暂能饮食,然公老年真气衰,不能制客阳,竟以薨背。朝廷遣使问后事,病乱中误诺敕葬,其后子侄辞焉。"又载清杜文澜《古谣谚》卷五九。

时人为范纯仁语

孟尝有三千珠履客,范公有三千布被客。

【按】宋范公偁《过庭录》:"己巳十二月七日夜,家君论人贵贱寿夭,命不可逃。亨运未穷,则大患不能相害,忠宣是矣。忠宣自入仕,门下多食客,至贵益盛。守陈以己俸作布衾数十幅待寒士。时人为之语曰:'孟尝有三千珠履客,范公有三千布被客。'讥其俭也。"范纯仁,范仲淹子,官至中书侍郎,谥忠宣。又载清杜文澜《古谣谚》卷六一。

崇宁间谚

不养健儿,却养乞儿。
不管活人,只管死尸。

【按】宋陆游《老学庵笔记》卷二:"崇宁间,初兴学校。州郡建学,聚学粮,日不暇给。士人入辟雍,皆给券,一日不可缓,缓则谓之害学政,议罚不少贷。已而置居养院、安济坊、漏泽园,所费尤大。朝廷课以为殿最,往往竭州郡之力,仅能枝梧。谚曰:'不养健儿,却养乞儿。不管活人,只管死尸。'盖军粮乏,民力穷,皆不问,若安济等有不及,则被罪也。"亦载清厉鹗《宋诗纪事》卷一〇〇、清杜文澜《古谣谚》卷六〇。

赵升引俗谚论中书

不到中书不是官。

【按】宋赵升《朝野类要》卷四《书黄》:"凡事合经给事中书读,并中书舍人书行者,书毕即备录。录黄,过尚书省,给札施行。如不可行,即不书而执奏,谓之缴驳。故俗谚曰:'不到中书不是官。'"又载清杜文澜《古谣谚》卷四五。

快活三谚*

不着凉衫,好个金棱快活三。

【按】宋张知甫《张氏可书》:"邓知刚任待制,守军器监。形貌魁伟,每以横金炫众,未尝衣衫。京师谚曰:'不着凉衫,好个金棱快活三。'盖一时目肥人为'快活三'也。"

时人为胡伸汪藻语

江左二宝,胡伸汪藻。

【按】宋王应麟《小学绀珠》卷六"二宝":"胡伸、汪藻,有声太学,学中为之语曰'江左二宝'。"元脱脱等《宋史》卷四四五列传第二〇四:"汪藻字彦章,饶州德兴人。幼颖异,入太学,中进士第。调婺州观察推官,改宣州教授,稍迁江西提举学事司干当公事。徽宗亲制君臣庆会阁诗,群臣皆赓进,惟藻和篇众莫能及。时胡伸亦以文名,人为之语曰:'江左二宝,胡伸汪藻。'"又载清杜文澜《古谣谚》卷一三。

时人为童贯蔡京谣

打破筒,泼了菜。
便是人间好世界。

【按】宋吴曾《能改斋漫录》卷一二《打破筒泼了菜》:"童贯自崇宁二年,始以入内内侍省东头供奉官,奉旨差往江南等路,计置景灵宫材料。续差往杭州,制造御前生活。又差委制造修盖集禧观斋殿、本命殿、火德真君观,缘此进用被宠。继西边用兵,又以功进。于是缙绅无耻者,皆出其门。而士论始沸腾矣,至以蔡京为比。当时天下谚曰:'打破筒,泼了菜,便是人间好世界。'而朝廷曾不悟也,二人卒乱天下。"亦载清杜文澜《古谣谚》卷六二、清潘永因《宋稗类钞》卷二。

王黼当国时京师谣*

三千索,直秘阁。
五百贯,擢通判。

【按】宋朱弁《曲洧旧闻》卷一〇:"王将明当国时公然受贿赂,卖官鬻爵,至有定价。故当时为之语曰:'三千索,直秘阁。五百贯,擢通判。'"亦载清杜文澜《古谣谚》卷六〇。宋徐梦莘《三朝北盟会编》卷三一作"三百贯,且通判。五百索,直秘阁"。宋佚名《大宋宣和遗事》利集:"钦宗诏窜王黼永州,籍其家,得金宝以万计。其侍妾甚多,有封号者,为令人者八,为安人者十。王黼平时公然卖官,取赃无数,京师谣言云:'三百贯,曰通判;五百索,直秘阁。'盖言其卖官爵之价也。"王黼,字将明。

时人为蔡京三子语

蔡京之后尤萧条。

【按】宋袁文《瓮牖闲评》卷八:"蔡京三子,长曰攸,次曰脩,次曰儵。当时语云'蔡京之后尤萧条',不为无谶兆也。"亦载清杜文澜《古谣谚》卷四五。

时人为御史台开封府语

孝顺御史台,忤逆开封府。

【按】宋叶梦得《石林燕语》卷一〇:"熙宁以前,台官例少贬责,间有补外者,多是平出,未几复召还。故台吏事去官,每加谨焉,其治行及区处家事,无不尽力。近岁台官进退既速,贬责复还者无几,然吏习成风,犹不敢懈。开封官治事略如外州,督察按举必绳以法,往往加以笞责,故府官罢,吏率掉臂不顾,至或欺侮之。时称'孝顺御史台,忤逆开封府'。"亦载清杜文澜《古谣谚》卷六〇。

宣和中反语

寇莱公之知人则哲,王子明之将顺其美。
包孝肃之饮人以和,王介甫之不言所利。

【按】宋袁褧《枫窗小牍》卷上:"宣和中,有反语云:'寇莱公之知人则哲,王子明之将顺其美。包孝肃之饮人以和,王介甫之不言所利。'此皆贤者之过,人皆得而见之者也。"所言四人为寇准、王旦、包拯、王安石。亦载清杜文澜《古谣谚》卷六一。

时人为朱勔家奴语

金腰带,银腰带。
赵家世界朱家坏。

【按】 宋陆游《老学庵笔记》卷一:"国初,士大夫戏作语云:'眼前何日赤,腰下几时黄?'谓朱衣吏及金带也。宣和间,亲王、公主及他近属戚里,入宫辄得金带关子。得者旋填姓名卖之,价五百千。虽卒伍屠酤,自一命以上皆可得。方腊破钱塘时,朔日,太守客次有服金带者数十人,皆朱勔家奴也。时谚曰:'金腰带,银腰带。赵家世界朱家坏。'"亦载明郭子章《六语》谚语卷六、清厉鹗《宋诗纪事》卷一〇〇、清杜文澜《古谣谚》卷六〇。

十不管

不管太原,却管太学;
不管防秋,却管《春秋》;
不管炮石,却管安石;
不管肃王,却管舒王;
不管燕山,却管聂山;
不管东京,却管蔡京;
不管河北地界,却管举人免解;
不管河东,却管陈东;
不管二太子,却管立太子。

【按】 宋徐梦莘《三朝北盟会编》卷五一:"《靖康遗录》曰,初驿召徐处仁于北京,令星夜前来赴阙。二十三日制以徐处仁为太宰兼门下侍郎。处仁始为北京留守,以刚廉自名,因太学生言其可任,遂以通奉大夫召人,都人倾望,咸谓有所建明。既至当轴,殊无嘉谋良策,谈者失望。时中国多事,符檄纷纷,处仁不能决。又与吴敏不协,每朝罢议事,互相诋訾。未几,吴敏于东府见处仁,处仁方秉笔据案,敏既坐,有所咨启,语渐相侵。处仁忿然以笔掷之,正中敏面,额鼻皆黑,同坐者引去。明日吴敏奏其事,而御史亦相继弹劾,不逾月罢。敏以少年,多不习事,胥吏将文牒至,有所呈覆,吴敏不能裁遣,但云依旧例可也。是时军期紧急,遽如星火,敏不留意,方具札子,乞令学者添治《春秋》。又因司业杨时上言王安石《三经新义》邪说瞽瞽学者,致蔡京、王黼因缘为奸以误上皇,皆安石启之也。又谓安石不当继'十哲',宜依郑康成画壁从祀。上从其言,下太学,如敏所请。时人有'十不管'之语云:'不管太原,却管太学;不管防秋,却管《春秋》;不管炮石,却管安石;不管肃王,却管舒王;不管燕山,却管聂山;不管东京,却管蔡京;不管河北地界,却管举人免解;不管河东,却管陈东;不管二太子,却管立太子。'盖讥其不切事务故也,咸谓深中时病。"宋石茂良《避戎夜话》卷下、陈东《少阳集》卷七亦载此事,然都只有"不管肃王,却管舒王;不管燕山,却管聂山;不管山东,却管陈东;不管东京,却管蔡京;不管河北界;却管秀才解"五事。宋庄绰《鸡肋编》卷中:"靖康中罢舒王,王安石配享宣圣,复置《春秋》博士,又禁销金。时皇弟肃王使敌,为其拘留未归。种师道欲击之,而议和既定,纵其去,遂不讲防御之备。太学轻薄子为之语曰:'不取肃王废舒王,不杀大金禁销金,不议防秋治《春秋》。'"则变化更多。清李有棠《金史纪事本末》卷六录作:"不管太原,只管太学;不管防秋,只管《春秋》;不管炮石,只管安石;不管肃王,却管舒王;不管燕山,却管聂山;不管疆界,却管举人免解;不管河东,却管陈东;不管二太子,却管立太子。"清李塨《阅史郄视》卷三题作"八不管"。亦载明郭子章《六语》谣语卷六、清杜文澜《古谣谚》卷二一,均不全。

不籍军人谣*

不籍军人籍党人,不理防秋理《春秋》。

【按】明郭子章《六语》谣语卷六:"《清夜录》:宋人不以报复为急,崇尚虚文为务。当时语曰:'不籍军人籍党人,不理防秋理《春秋》。'"宋人记载本朝《清夜录》有沈括《清夜录》一卷、王铚《续清夜录》一卷、俞文豹《清夜录》一卷,此或为俞氏所撰,然今百二十卷《说郛》本未见此条。

靖康元年谚*

麦过人,不入口。

【按】宋庄绰《鸡肋编》卷上:"谚云:'麦过人,不入口。'靖康元年,麦多高于人者,既熟,大雨,所损十八。"清杜文澜《古谣谚》卷六一作"麦过口,不入口"。

宋人为使金者谚

归为官人,病为死人,留为番人。

【按】宋周煇《清波别志》卷下:"建炎兵兴,从使绝域者,厮舆辈亦补官。谚语曰:'归为官人,病为死人,留为番人。'"亦载清杜文澜《古谣谚》卷六二。

蜀人为张浚谚*

一事无成,二帅枉死。

三军怨恨,四川空虚。

五路轻失,六亲招擢。

七书旋学,八位自除。

九重怎知,十诚不会。

【按】宋张知甫《张氏可书》:"绍兴初,张浚以宣抚处置按行川陕。至富平之败,蜀谚曰:'一事无成,二帅枉死(曲端、赵哲)。三军怨恨,四川空虚。五路轻失,六亲招擢。七书旋学,八位自除。九重怎知,十诚不会。'"

敌为岳家军语

撼山易,撼岳家军难。

【按】宋谢起岩《忠文王纪事实录》卷四:"临事定猝,遇敌不为摇动,敌以为'撼山易,撼岳家军难'。"宋留正《皇宋中兴两朝圣政》卷二七作:"撼山易,撼岳飞兵难。"亦载元脱脱等《宋史》卷三六五岳飞传、清杜文澜《古谣谚》卷一三。此当为金朝语,然未见金人记载。

建炎后俚语

其一

仕途捷径无过贼,上将奇谋只是招。

其二

欲得官,杀人放火受招安。

欲得富,赶着行在卖酒醋。

【按】宋庄绰《鸡肋编》卷中:"建炎后俚语,有见当时之事者,如:'仕途捷径无过贼,上将奇谋只是招。'又云:'欲得官,杀人放火受招安;欲得富,赶着行在卖酒醋。'"其二亦载清厉鹗《宋诗纪事》卷一〇〇、清杜文澜《古谣谚》卷六一。宋张知甫《张氏可书》作:"若要富,守定行在卖酒醋;若要官,杀人放火受招安。"清陈绍箕《鉴古斋日记》卷四仅录为:"要得官,杀人放火受招安。"

时人为陈修语

新人若问郎年岁,五十年前二十三。

【按】宋罗大经《鹤林玉露》卷乙编卷六《中兴赋联》:"绍兴间,黄公度榜第三人陈修,福州人,解试'四海想中兴之美赋',第五韵隔对云:'葱岭金堤,不日复广轮之土;泰山玉牒,何时清封禅之尘。'时诸郡试卷多经御览,高宗亲书此联于幅纸,粘之殿壁。及唱名,玉音云:'卿便是陈修?'吟诵此联,凄然出涕。问:'卿年几何?'对曰:'臣年七十三。'问:'卿有几子?'对曰:'臣尚未娶。'乃诏出内人施氏嫁之,年三十,赀奁甚厚。时人戏为之语曰:'新人若问郎年岁,五十年前二十三。'"亦载清杜文澜《古谣谚》卷四八。元佚名《新编排韵增广事类氏族大全》卷四二作"新人若问郎年纪",明郭子章《六语》谐语卷六作"佳人问我年多少"。余皆不出此三种。

时人为徐履语

殿榜若还颠倒挂,徐履依前作状元。

【按】宋佚名《绍兴十八年同年小录》:"徐履,南省第一人。时相秦桧,欲妻以女。因阳狂,廷对不答一字,乃附第五甲末。时人为之语曰:'殿榜若还颠倒挂,徐履依前作状元。'终朝请郎。"亦载清杜文澜《古谣谚》卷二六。

时人为李邦彦梁师成语*

太傅扁舟东下,丞相只履西归。

【按】宋张知甫《张氏可书》:"绍兴间以执政充都督诸军事,出师江上,幕官呼督办。道君逊位东幸,梁师成以扁舟出淮。李邦彦为相,都人欲击之。驰入西府,已失一履。时人语曰:'太傅扁舟东下,丞相只履西归。'"亦载杜文澜《古谣谚》卷六一。

时人为洪迈语

一日之饥禁不得,苏武当时十九秋。
传与天朝洪奉使,好掉头时不掉头。

【按】宋罗大经《鹤林玉露》丙编三《容斋奉使》:"绍兴辛巳,亮既授首,葛王篡位,使来修好,洪景卢往报之。入境,与其接伴约用敌国礼,伴许诺。故沿路表章,皆用在京旧式。

未几,乃尽却回,使依近例易之。景卢不可。于是扃驿门,绝供馈,使人不得食者一日。又令馆伴者来言,顷尝从忠宣公学,阳吐情实,令勿固执,恐无好事,须通一线路乃佳。景卢等惧留,不得已,易表章授之,供馈乃如礼。景卢素有风疾,头常微掉。时人为之语曰:'一日之饥禁不得,苏武当时十九秋。传语天朝洪奉使,好掉头时不掉头。'"亦载清李有棠《金史纪事本末》卷三一,"传与"作"寄语"。清杜文澜《古谣谚》卷四八"禁"作"忍","传与"亦作"寄语"。

时人为饶州朝士语

其一

凡事得忍且忍,饶人不是痴汉,痴汉不会饶人。

其二

诸公皆不是痴汉。

其三

得饶人处且饶人

【按】宋陆游《老学庵笔记》卷一:"绍兴末,朝士多饶州人。时人语曰:'诸公皆不是痴汉。'又有监司发荐京官状,以关节欲与饶州人。或规其当先孤寒,监司者愤然曰:'得饶人处且饶人。'时传以为笑。"亦载清杜文澜《古谣谚》卷六〇。宋释普济《五灯会元》卷二〇:"南剑州剑门安分庵主,少与木庵同肄业安国,后依懒庵,未有深证,辞谒径山大慧。行次江干,仰瞻宫阙,闻街司喝侍郎来,释然大悟……后庵居剑门,化被岭表,学者从之。所作偈颂,走手而成,凡千余首,盛行于世……卓拄杖一下,曰:'冤有头,债有主。'遂左右顾视曰:'自出洞来无敌手,得饶人处且饶人。'示众:'十五日已前,天上有星皆拱北。十五日已后,人间无水不朝东。已前已后总拈却,到处乡谈各不同。'"元吴亮《忍经》:"谚曰:'凡事得忍且忍,饶人不是痴汉,痴汉不会饶人。'"由此可见"饶人不是痴汉"、"得饶人处且饶人"语,宋时已经流行。

淮人为徐协功许子中胡与可语

徐协恭,许子中,胡元功,
　　三人鼎足说脱空。

【按】宋李心传《建炎以来朝野杂记》甲集卷一八《淮南万弩手》:"淮南万弩手者,经始绍兴季年。始朝廷命籍民为兵,淮南乃选丁壮,欲涅其面,民骇而逃。杜莘老为殿中侍御史,为上言,敌未至而先驱吾民,非计。请令民兵止听郡县官节制,征役无出乡。从之,淮民乃定。张魏公再起,又增招之,后亦废弛。乾道五年冬,上命措置两淮官田,徐子寅领其事,复以神劲军为名,于是淮东之籍千四百,淮西之籍千六百,始议淮南即直州置寨。子寅奏每路可各增为二千,但聚而养之则不便。上问其故,子寅曰:今人给钱米,岁用约二十五万缗(每人日支钱三百米三升),招集之费又须五万缗……异时财用不给,未免放散,则失信于民。如淮西封疆阔远,聚而教之,民尤不以为便。上曰财非所惜,扰则勿行。子寅因请即乡社教阅,从之,时六年春矣。明年夏,淮西帅臣赵善俊因奏乞复取所散神劲军一千八百三十一人赴庐州,仍旧军额,每八月下旬聚教,二月上旬放散,亦从之。时万弩手之家,已有旨损三百亩税赋矣,至是复令与民兵一体教阅焉。民兵者于山水寨保伍中取之,三丁籍一,亦名义兵。岁以农隙,聚教官,给口粮,乾道四年冬所创也。七年秋,又诏本名丁钱皆蠲之。八年冬,论者以其扰民,止命教一月而罢。淳熙初,上又命子寅往淮东措置。子寅上其数山水寨民兵凡二万六千九百人万,弩手凡一千四百四十五。明年秋遂命淮西提举常平茶盐张宗元与子寅分路提督,宗元奏每郡以土豪见任官一员统辖,月增给人三十千。诸郡自十月下旬为始,赴帅司教阅二月。淮西五郡凡费钱十六万缗、米三万余石。淮东亦仿此,惟光、黄、濠、楚、安丰、盱眙七郡则但就本州岛教阅,其犒设钱减半焉。宗元者,安丰人,与(徐)子寅皆敢为诞谩。时又有许子中、胡与可二人,亦以耕屯之策见用。淮人为之语曰:'徐协恭,许子中,胡元功,三人鼎足说脱空。'协恭、元功,子寅、与可之字也。"亦载清杜文澜《古谣谚》卷三二。

蜀人讽胡元质*

胡置制果然胡置制,折提刑毕竟折提刑。
高路分却成低路分,成将军乃是败将军。

【按】宋周必大《周益文忠公集》卷一八一《记黎州事》:"淳熙七年夏,兴州都统制吴挺、兴元都统制田世卿密申,黎蛮自四月二十三日犯漠界,本州驻札、路分统领高晃平日失于措置,迎敌错乱,失利,退入州城。致蛮人深入,抄掠一空。制置使胡元质既调发绵州屯驻军一百五十八人(系兴州军马),又调潼州屯驻军五百人(系兴元军马),急于星火夜行百三四十里。制置司仍起复前成都钤辖成光廷节制军马,与本路提刑折知常、制司参议官吕某、运司主管官唐某并住黎州。是时蛮人已退,而官军冒暑涉远,疲劳病瘴。光廷、晃侥幸功赏,驱率将士于盘陀岭修筑堡垒,昼夜不休,虚发捷旗,公肆诞谩。至六月九日,蛮人于三角圩出没,诱致官兵。光廷、晃遽率兵赴之,既为蛮人所乘,即上马先遁。蛮据羊纳隘桥,截断官军归路,坠崖死亡甚众,遂弃新堡军需粮食。蛮人进至富庄城,距州城三十里。城中扰乱,几至失守。统领府顺、将官张琦皆死,官兵死者四百余人,瘴疫死者不在其数。……至七月,四川制置胡元质奏黎蛮已返巢穴,乞暂抽回大军,量留戍卒。九月,蛮进马三百匹,献珊瑚等乞盟,诏却其献,而许互市。初知常以提刑督捕而败,蛮既纳款,就权黎州。十一月十四日夜,戍兵利州左军怨知常,走避三日,而后归贼。劫府库,纵狱囚,执通判李照并知常之子。三签判欲俱入番,赖主兵官王去恶率衙兵出城,驻相公岭,邀止之,得其首领仵进、石景并叛兵七十八人,械送黎州狱。李照复入城,抚定军民。雅州巡尉伏路把截,亦获叛兵陈忠等五十七名,解雅州,随身各有军器金帛。其后胡元质宫观,知常追三官勒停,汀州居住。光廷、晃并除名勒停,光廷达州编,晃军前自效。于是蜀人谚曰:'胡置制果然胡置制,折提刑毕竟折提刑。高路分却成低路分,成将军乃是败将军。'或云此语亦达禁中。"

众人出钱*

众人出钱,一户入役。

【按】宋刘时举《续宋编年资治通鉴》卷一〇:"监察御史谢谔言,蒋继周所奏,系是两项。见行义役,听从民便,是行义役法也……民间自难久行,不能息讼,依次差募,是待差役法也。是欲差役、义役并行,不曾名言,尽罢义役。访闻江东西诸路,乘此颇有摇动,盖民间旧因差役,吏缘为奸。当差之时,枚举数名,广行追扰,望其脱免,邀求货赂,使之争讼,至有累月而不定者。所以吏人自为谚曰:'众人出钱,一户入役。'民间因此多有困竭。"

淳熙时太学诸生诮陈贾

周公大圣犹遭谤,伊洛名贤亦被讥。
堪叹古今两陈贾,如何专把圣贤非。

【按】宋李心传《道命录》卷五:"晦庵先生祠命之未下也,时相先擢太府寺丞陈贾为监察御史,至是轮当面对,遂上此奏。时郑丙为吏部尚书,亦上言:'近世有所谓道学者,欺世盗名,不宜信用,遂有道学之目焉。夫道学云者,谓以道为学也。其曰周公殁,圣人之道不行,孟轲死,圣人之学不传者,谓道衰学废也。近世学者不知其实,因小人立为道学之目,以攻善类,遂并其名而自讳之,可胜叹哉。'当时太学诸生为之语曰:'周公大圣犹遭谤,伊洛名贤亦被讥。堪叹古今两陈贾,如何专把圣贤非。'"又载清厉鹗《宋诗纪事》卷九六、清杜文澜《古谣谚》卷二一。

乡人嘲王孝严施士衡语*

快杀施得求,愁杀王行先。

【按】宋周密《齐东野语》卷二〇《文臣带左右》:"绍兴以来,文散阶皆带'左'、'右'字,以别有无出身,惟尝犯赃者则去之。刘岑季高得罪秦氏,坐赃废,后复官,去其'左'字,季高署衔,不以为愧也。孙觌仲益亦以赃罪去'左'字,但自称晋陵孙某而已。至绍兴末,复朝奉郎,乃始署衔。淳熙中,因赵善俊奏,又例去之。吴兴有王孝严行先居城西,俗称为王团练宅,盖将种也。以鹖冠登壬辰科,沾沾自喜,以带'左'字为荣。时施士衡得求,因忤魏道弼,坐赃失官。素负气,殊以不带'左'字为耻,而有诏尽去之。乡人嘲之曰:'快杀施得求,愁杀王行先。'"

文官武官谚

文官学士,武官大夫。

【按】宋洪迈《容斋随笔》三笔卷五《过称官品》:"士大夫僭妄相尊,日以益甚。予向昔所记'文官学士,武官大夫'之谚,今又不然。天圣职制,内外文武官不得容人过称官品。诸节度观察,虽检校官,未至太傅者,许称太傅。防御使至横行使许称太保,诸司使许称司徒,幕职官等称本官,录事参军称都曹,县令称长官,判司簿尉许称评事。其太傅、太保、司徒,皆一时本等检校所带之官也。自后法令不复有此一项,以是其风愈炽,不容整革矣。"亦载清杜文澜《古谣谚》卷四五。

太学古谚

有发头陀寺,无官御史台。

【按】宋罗大经《鹤林玉露》丙编卷二《无官御史》:"太学古语云:'有发头陀寺,无官御史台。'言其清苦而鲠亮也。嘉定间,余在太学,闻长上同舍言,乾淳间,斋舍质素,饮器止陶瓦,栋宇无设饰。近时诸斋,亭榭帘幙,竞为靡丽,每一会饮,黄白错落,非头陀寺比矣。国有大事,鲠论间发,言侍从之所不敢言,攻台谏之所不敢攻,由昔迄今,伟节相望。近世以来,非无直言,或阳为矫激,或阴有附丽,亦未能纯然如古之真御史矣。余谓必甘清苦如老头陀,乃能摅鲠亮如真御史。"又载清杜文澜《古谣谚》卷四八。

时人为许及之语

由窦尚书,屈膝执政。

【按】宋樵川樵叟《庆元党禁》:"许(及之)乃更迁给事中、吏部尚书,既而逾二年不迁。乃间见侂胄,叙其知遇之意。及衰迟之状,不觉涕零,继以屈膝。侂胄恻然,语之曰:'尚书才望,简在上心,行且进拜矣。'不数日遂除同知枢密院事。侂胄尝值生辰,群公上寿,既毕集矣,许为吏部尚书,适后至,阍人掩关拒之,许大窘。会门闸未及闭,遂俯偻而入。当时有'由窦尚书,屈膝执政'之语,传以为笑。"亦载元脱脱等《宋史》卷三九四列传第一五三、清杜文澜《古谣谚》卷二一。

都下为韩侂胄语

释迦佛中间坐,罗汉神立两旁。
文殊普贤自斗,象祖打杀师王。

【按】明陶宗仪《说郛》百二十卷本曾三异《同话录》:"韩侂胄封平原郡王,而官至太师,一时献佞,过称'师王'。晚年伏诛,钱伯通在政府,奉御笔施行。都下撰为文言,曰:'释迦佛中间坐,罗汉神立两旁。文殊普贤自斗,象祖打杀师王。'象祖,乃伯通名也。谬妄称呼,至是亦可发后世一笑。"亦载明冯梦龙《古今谭概》口碑部卷三一、清李有棠《金史纪事本末》卷三七。杜文澜《古谣谚》卷七〇"罗汉"作"胡汉"。

韩侂胄将败时民语

其一
满潮都是贼,满潮都是贼。

其二
冷底吃一盏,冷底吃一盏。

【按】宋叶绍翁《四朝闻见录》卷五《满潮都是贼》:"韩用事岁久,人不能平。又所引用,率多非类,天下大计,不复白之上。有市井小人以片纸摹印乌贼出没于潮,一钱一本以售,儿童且诵言云:'满潮都是贼,满潮都是贼。'京尹廉而杖之。又有卖浆者,敲其盏以唤人曰:'冷底吃一盏,冷底吃一盏。'冷谓寒,盏谓斩也。亦遭杖。不三月,而韩为郑发所刺。"亦载清杜文澜《古谣谚》卷六二。

时人为易祓语

阳城毁裴延龄之麻,由谏官而下迁于司业。
易祓草苏师旦之制,由司业而上擢于谏官。

【按】宋周密《齐东野语》卷一一《苏师旦麻》:"苏师旦将建节,学士颜棫、莫子纯皆莫肯当制。易祓彦章为枢密院检详文字,师旦为都承旨,祓与之昵,欣然愿任责。遂以国子司业兼两制,竟为师旦草麻,极其谀佞。至用前人旧对所为有文事、有武备、无智名、无勇功者,盖以孔子比之,子房不足道也。既宣布,物论哗然,亟擢祓左司谏。诸生为之语曰:'阳城毁裴延龄之麻,由谏官而下迁于司业。易祓草苏师旦之制,由司业而上擢于谏官。'既而韩诛,苏得罪,祓遂远贬。"亦载清杜文澜《古谣谚》卷四八。

宁宗朝语

舍人旧错夏商鳖,御史新争舜禹龟。

【按】宋刘克庄《后村诗话》续集卷一:"高文虎作《西湖放生池记》,以'鸟兽鱼鳖咸若'为商王事,太学诸生为谑词,哂其误。陈晦行史集贤制,用'昆命元龟'字,闽帅倪侍郎驳论之,陈累疏援引唐人及本朝命相制皆用此语。史擢陈台端,劾倪,削秩罢去。或为一联云:'舍人旧错夏商鳖,御史新争舜禹龟。'闻者绝倒。"亦载清厉鹗《宋诗纪事》卷一〇〇。

绍定初时人语

也红佳丽地,灰尘瓦砾场。

【按】宋张仲文《白獭髓》:"绍定初,御街中瓦前卖团子者,目为三火下店,如此两三处。先因郑德懋家遗火,焚烧中瓦及御街数千家,时有'也红佳丽地,灰尘瓦砾场'之语。后三年间,中瓦后娼户李博士家遗火,焚烧中瓦及大街十余家,是夜在家饮酒者府吏王德用连坐被罪。至四年九月间,李博士桥王德家遗火,自北而南焚烧至前湖门外方家峪山,亦仅五十余里,宗庙百司一夕迨尽,中瓦又为灰烬。此三火之谶明矣。"亦载明郭子章《六语》谶语卷五。清杜文澜《古谣谚》卷六二作"锦城佳丽地,红尘瓦砾场"。

绍定中语

阴阳眠燮理,天地醉经纶。

【按】元佚名《宋季三朝政要》卷一:"绍定三年……明堂,上饮宴过度,史弥远卧病中。时人讥之曰:'阴阳眠燮理,天地醉经纶。'"亦载清厉鹗《宋诗纪事》卷一〇〇、清杜文澜《古谣谚》卷一五。

民间为真德秀语

其一
若欲百物贱,直待真直院。

其二
吃了西湖水,打作一锅面。

【按】宋周密《癸辛杂识》前集《真西山入朝诗》:"真文忠负一时重望,端平更化人傒(傒,一本作俟)其来,若元祐之涑水翁也。是时楮轻物贵,民生颇艰,意谓真儒一用,必有建明,转移之间,立可致治。于是民间为之语曰:'若欲百物贱,直待真直院。'及童马入朝,敷陈之际,首以尊崇道学,正心诚意为第一义,继而复以《大学衍义》进。愚民无知,乃以其所言为不切于时务,复以俚语足前句云:'吃了西湖水,打作一锅面。'市井小儿,嚣然诵之。"亦载清杜文澜《古谣谚》卷六二。

时人为乔行简史嵩之语

桥老无人渡,松枝作栋梁。

【按】元李东有《古杭杂记》诗集:"理宗朝乔行简拜平章,史嵩之作相专政,时人为之语云:'桥老无人渡,松枝作栋梁。'"亦载清杜文澜《古谣谚》卷八一。

宝祐中书朝门语

阎马丁当,国势将亡。

【按】元佚名《宋季三朝政要》卷二:"时阎妃怙宠,马天骥、丁大全用事,有无名子书八字于朝门云:'阎马丁当,国势将亡。'"亦载清厉鹗《宋诗纪事》卷一〇〇。

时人为陈宜中曾唯黄镛刘黻陈宗林则祖语

开庆六君子,至元三搭头。

【按】宋周密《癸辛杂识》续集卷上《开庆六士》:"陈宜中、曾唯、黄镛、刘黻、陈宗、林则祖,皆以甲辰岁史嵩之起复上书,倡为期之论。一时朝绅如卢越、徐霖、元杰、赵无堕皆和之,时人号为'六君子'。既贬旋还,时相好名,牢笼宜中为伦魁,余悉擢魏科。三数年间皆致通显。然夷考其人平日践履,殊有可议者,然同声合党,孰敢撄其锋。郭方泉闻在台日,尝疏黄镛之罪,因论虚名之弊。时宜中在政府,戮在从班,竞起攻之,阃为之出台。及镛知庐陵,文宋瑞起义兵勤王,百端沮之,遂成大隙。既而北兵大入,则如黄、如曾数公,皆相继卖降。或言其前日所为皆伪也。于是有为之语云:'开庆六君子,至元三搭头。'宋之云亡,皆此辈有以致之,其祸不止于典午之清谈也。"亦载清杜文澜《古谣谚》卷六二。

时人为伪道学言

道学先牌人欲行。

【按】宋周密《癸辛杂识》续集卷上《罗椅》:"罗椅字子远,号磵谷,庐陵产也。……饶双峰者,番阳人,自诡为黄勉斋门人,于晦庵为嫡孙行。同时又有新淦董敬庵、韩秋岩,皆为双峰门人。子远与之极相得,互相称道。及世变后,道学既扫地,董、韩再及门,则子远不复纳之矣。董、韩亦行怪者,俱不娶。双峰死,二君匍匐往哭,缟素,背负木主。每夕旅邸辄设位,奉木主哭临之,旅主人皆患苦之。及道由抚州,黄东发震时为守,津吏报云:'有二秀才素衣背位牌入界,大哭而去,行止怪异,不知何人。'东发闻之,即往迎之,亦制服于郡厅设位。三人会哭,俱称先师之丧。及自石洞回,东发聘董为临汝堂长,书币极厚,留韩郡斋。盖一时道学之怪,往往至此。时人有言云:'道学先牌人欲行。'董敬庵,淦之浮薄者,乡人呼为董苟庵。韩自诡为魏公之裔,僻居蔀屋,而榜帖则必称本府,常语朋友云:'先忠献王勋德在国史,先师文公精神在四书,诸贤不必对老夫说功名说学问。'以此往往为后生辈所讥云。"亦载清杜文澜《古谣谚》卷六二。

杭人为西湖谚

销金锅儿。

【按】宋周密《武林旧事》卷三:"西湖天下景,朝昏晴雨,四序总宜。杭人亦无时而不游,而春游特盛焉。承平时,头船如大绿、闲绿、十样锦、百花、宝胜、明玉之类,何翅百余。其次则不计其数,皆华丽雅靓,夸奇竞好。而都人凡缔姻、赛社、会亲、送葬、经会、献神、仕宦、恩赏之经营,禁省台府之嘱托,贵珰要地,大贾豪民,买笑千金,呼卢百万,以至痴儿呆子,密约幽期,无不在焉。日糜金钱,靡有纪极。故杭谚有'销金锅儿'之号,此语不为过也。"亦载清杜文澜《古谣谚》卷三○。

四司六局宴会*

烧香点茶,挂画插花。
四般闲事,不宜累家。

【按】宋吴自牧《梦粱录》卷一九《四司六局筵会假赁》:"凡官府春宴,或乡会或遇鹿鸣宴,文武官试中设同年宴……如遇宴席,官府各将人吏差拨,四司六局人员督责,各有所掌,无致苟简……盖四司六局等人,祇直惯熟,不致失节,省主者之劳也……俗谚云:'烧香点茶,挂画插花。四般闲事,不宜累家。'若有失节者,是祇役人不精故耳。且如筵会不拘大小,或众官筵上,喝犒亦有次第,先茶酒,次厨司,三伎乐。"宋耐得翁《都城纪胜》之《四司六局》作"烧香点茶,挂画插花。四般闲事,不许戾家"。亦载《古谣谚》卷三〇,题为《又引俗谚论宴会》。

南宋学子谚*

时文熟,秀才绿

【按】清褚人获《坚瓠集》七集卷一:"宋初尚文选,士子专意此书。至为之语曰'文选烂,秀才半',见陆务观《老学庵笔记》。又云'文选熟,秀才绿',谓脱白着绿也。"亦载清杜文澜《古谣谚》卷七〇。此谚未见宋人有载,元黄溍《金华黄先生文集》卷二二《记高祖墓表后》:"(黄焱)掇俚谚为启以辞,曰:'举子怕,槐花黄,早已觉壮心之动;时文熟,秀才绿,要须取本色而归。'"黄焱从学吴渊,是南宋后期已有此语。

叶寘引俗言*

宰相客位可纳凉。

【按】宋叶寘《爱日斋丛抄》卷三:"俗言'宰相客位可纳凉',以炎暑有所不避也。"

时人为贾似道语

朝中无宰相,湖上有平章。

【按】元刘一清《钱塘遗事》卷五《似道专政》:"咸淳丁卯,贾似道平章军国重事,魏国公叶梦鼎为右丞相。时贾似道专政,梦鼎充位而已。似道一月三赴经筵,三日一朝,赴中书堂治事。……后叶梦鼎、江万里皆归田。军国重事,似道于湖上闲居遥制。时人语曰:'朝中无宰相,湖上有平章。'"亦载清杜文澜《古谣谚》卷一七。

好事者为李珏杨安宇语

左史直前论大尹,草茅上疏诋都司。

【按】宋周密《齐东野语》卷一七《咸淳三事》："汉嘉布衣杨安宇者,狂生也,自谓知兵,献言于朝,逐送机速房看详。都司许自书拟本房,知其狂妄,遂侮笑之。安宇不胜其愤,遂上书痛诋自书短,且谓其操乡音秽谈,一时传以为笑。会奉口有米局之变,京尹吴益区处失当,于是左史李珏自经筵直前论之,吴遂斥出。时好事者为之语曰:'左史直前论大尹,草茅上疏诋都司。'"亦载清杜文澜《古谣谚》卷四八。

时人为咸淳省试试题语

正院无天子,别院除圣人。

广运与天眷,却把比咸淳。

【按】元刘一清《钱塘遗事》卷六《龙飞赋题》："咸淳戊辰龙飞,省试考官商议出题,题皆不欲出天子、圣人。于是别院出乾为天,正院出帝德、广运、天眷命,皆大金年号,而天眷又正是徽、钦过北之时。时人为之语:'正院无天子,别院除圣人。广运与天眷,却把比咸淳。'"亦见清杜文澜《古谣谚》卷一七。

幼主即位时京师为三元语

龙在泽,飞不得。

万里路,行不得。

幼而黄,医不得。

【按】元刘一清《钱塘遗事》卷六《谅阴三元》："度宗崩,幼君谅阴榜第一名王龙泽(按《说郛》作'王龙潭'),二名路万里,三名胡幼黄。京师为之语曰:'龙在泽,飞不得。万里路,行不得。幼而黄,医不得。'"亦见清杜文澜《古谣谚》卷一七。

（二）州县

1. 人事

宋初州郡官吏语

闭关迎使者,灭烛看家书。

【按】宋朱弁《曲洧旧闻》卷二："祖宗时，州郡虽有公库，而皆畏清议，守廉俭，非公会不敢过享，至有'灭烛看家书'之语。"周紫芝《竹坡诗话》："李京兆诸父中，有一人尝为博守者，不得其名。其人极廉介，一日迓监司于城门，吏报酉时，守急命闭关。已而使者至，不得入，相与语于门隙。使者请入见，曰：'法当闭钥，不敢启关，请以诘朝奉迎。'又京递至，发缄视之，中有家问，即令灭官烛，取私烛阅书。阅毕，命秉官烛如初。当时遂有'闭关迎使者，灭烛看家书'之句。廉白之节，昔人所高，矫枉太过，则其弊遂至于此。"亦载清杜文澜《古谣谚》卷六〇。

时人为安肃广信二军语

铜梁门，铁遂城。

【按】宋魏泰《东轩笔录》卷二："辽犯澶渊，傅潜坚壁不战，河北诸郡城守者多为蕃兵所陷，或守城，或弃城出奔。当是时，魏能守安肃军，杨延朗守广信军，乃世所谓梁门、遂城者也。二军最切敌境，而攻围百战不能下，以至敌退出界，而延朗追蹑转战，未尝衄败。故时人目二军为'铜梁门，铁遂城'，盖由二将善守也。"亦载清杜文澜《古谣谚》卷五九。

曾巩引谚*

前姜后陈。

【按】宋曾巩《曾巩集》卷四七《太子宾客致仕陈公神道碑铭》："天圣初，潭州茶课视景德亏十之六。公（陈巽）谨于绳吏，而果于去民之所素不便者，茶视旧课岁增九百万斤。用荐者改秘书省著作佐郎，知吉州庐陵县。庐陵人喜斗讼，械系常充县庭。公除其害政者，人心大变。月余，囹圄空虚，而人自得田里之闲。枢密副使姜遵尝为庐陵，民便之。至是有'前姜后陈'之谚。"

俚谚纪赵世长事

赵老送灯台，一去更不来。

【按】宋欧阳修《归田录》卷二："俚谚云：'赵老送灯台，一去更不来。'不知是何等语，虽士大夫亦往往道之。天圣中有尚书郎赵世长者，常以滑稽自负。其老也，求为西京留台御史。有轻薄子送以诗云：'此回真是送灯台。'世长深恶之，亦以不能酬酢为恨。其后竟卒于留台也。"亦见清杜文澜《古谣谚》卷五九。

海陵为许氏周氏查氏谚

一学许周查。

【按】宋王象之《舆地纪胜》卷四〇淮南东路泰州诗:"许氏与周氏、查氏俱为海陵望族,以三家子弟多游乡校,故有'一学许周查'之谚云。"祝穆《方舆胜览》卷四五泰州"文会堂"条注:"范希文《书滕子京从事文会堂》诗云:'东南沧海郡,幕府清风堂。诗书对周孔,琴瑟视羲黄。君子不独乐,我朋来无方。'又云:'一学许周查,三仙周陈唐。德星一聚会,千载有余光。'"今本范仲淹集此诗无此四句。或者本为范仲淹诗句,而流为民谚。亦载清杜文澜《古谣谚》卷二六。

世人谓二宋二连语

人才二宋,盛德二连。

【按】宋王得臣《麈史》卷中:"应山二连,伯氏庶,字君锡;仲氏庠,字符礼。少从学于二宋,相继登科。君锡为人修清孤洁,故当官,人号为'连底清'。元礼加以肃,人号为'连底冻'。其父处士舜宾,字辅之,为乡里所悦服。岁饥出粟万斛,损价以粜。及旁邑有盗其牛者,官捕甚急,盗穷自归,处士愧谢厚遗以遣之。故欧阳文忠公表其墓,具述其事。二宋谓元宪、景文。"宋王象之《舆地纪胜》卷八三京西南路随州人物:"连舜宾,字辅之,应山人。有隐德,乡里所悦服。岁饥,出谷万斛,损价以粜,惠及旁邑。欧阳公表其墓,庶、庠其子也。从学于二宋,相继登第。世谓'人才二宋,盛德二连'。"亦载清杜文澜《古谣谚》卷二六、孔凡礼《宋诗纪事续补》卷三〇。

华亭民为县仓亭圃谚*

责亭葺而游,席不理而休。
责圃滋而育,蔬不供而朴。

【按】宋杨潜《(绍熙)云间志》卷下李璋《济民仓记》:"夫事有巨可遗,而微可书者,抑有民忘其劳,犹以大为小者,其并见于秀州华亭之县仓乎?治平三年五月一日,予舣舟仓下,会老人植杖而言曰:我邑岁输公租一十万有奇,入于州,户苦之,近俾就藏僧寺客亭,人忧之,借粮贷种数加多,无定计。凤夜警,逻卒勤之,素无仓也,其谁敢议其仓者?今仓成之初,筑蔬圃,割湖地,为敖十八,容受十二万斛,自请号济民仓,实济而悦之也……湖亭、蔬圃不利人而害人者也。谚有之曰:'责亭葺而游,席不理而休。责圃滋而育,蔬不供而朴。'今变害为利,反谚为颂。其颂云:'仓亦有亭,廨亦有囷。亭席高广,囷蔬蕃庑。'"亦载元徐硕《至元嘉禾志》卷一九。

秦人为韩缜语

宁逢暴虎,莫逢韩玉汝。

【按】 宋苏轼《东坡志林》卷七:"韩缜为秦州,酷暴少恩,以贼杀不辜去官。秦人语曰:'宁逢暴虎,不逢韩玉汝。'玉汝,缜字也。孙临最喜滑稽,尤善对,或问曰'莫逢韩玉汝',当以何对?临应声曰:'何怕李金吾。'天下以为口实。"清杜文澜《古谣谚》卷四七作"不逢韩玉汝"。

猪嘴关语

说法马留为察访,凑氛狮子作知州。

【按】 宋蔡絛《铁围山丛谈》卷三:"熙宁间,东平有名士王景亮者,喜名貌人,后反为人号作'猪嘴关',世谓'郓有猪嘴关'由此始。继有不肖者,乃更从而和之,日久为人号猪嘴关大使(案:此句似当云又为人号曰猪嘴关大使)。亦各有僚吏之目。吕升卿者,形貌短劣,谈论好举臂指画,奉使过东平,遂被目为'说法马留'。厥后相去将三十余年,王大粹靓以给事中出守东平,乃被目为'香柸圆者',盖谓不能害人,且不治病也。凡轻薄类此。昔鲁公以元祐时亦帅郓,到郡大会宾客,把酒当广坐,谓之曰:'闻公号猪嘴关,凡人物皆有所雌黄。某下车来未几,然敢问其目?'其人曰:'已得之矣。'众皆为悚,公喜且笑而逼之,则曰'相公璞'也。"鲁公指蔡絛父蔡京,曾封鲁国公。胡仔《苕溪渔隐丛话》前集卷五五:"《桐江诗话》云:元祐间,东平王景亮,与诸仕族无成子,结为一社,纯事嘲诮,士大夫无间贤愚,一经诸人之目,即被不雅之名,当时人号曰'猪嘴关'。吕惠卿察访京东,吕天资清瘦,语话之际,喜以双手指画。社人目之曰'说法马留'。又凑为七字曰:'说法马留为察访。'社中弥岁不能对。一日,邵篪因上殿氛泄,出知东平。邵高鼻鬈髯,社人目之曰'凑氛狮子',仍对曰:'说法马留为察访,凑氛狮子作知州。'"亦载清厉鹗《宋诗纪事》卷一〇〇。

时人为李稷李察语

宁逢黑杀,莫逢稷、察。

【按】 宋李焘《续资治通鉴长编》卷二九七:"辛酉,盐铁判官、提举成都府等路茶场、国子博士李稷权陕西转运使,兼制置解盐使、都大提举茶场。稷在长安州军县镇,创增'侵街钱'。一路骚然,与李察皆苛暴。时人为之语曰:'宁逢黑杀,莫逢稷、察。'"亦载清杜文澜《古谣谚》卷一三。

元丰时人为郭时亮余行之语*

行之三截断,时亮一生休。

【按】宋王明清《挥麈录》后录卷六:"元丰中,太原府推官郭时亮,首教授余行之有文字结连外界……行之既腰斩,时亮改京秩,辞不受。时人有诗云:'行之三截断,时亮一生休。'"

挂冠三李歌

元丰济济称多士,南郡堂堂有三李。
万钟于我何加焉,一瓢乐在其中矣。

【按】宋王象之《舆地纪胜》卷六五荆湖北路江陵府下人物"李尧言李立言李竦"后注:"李尧言与荆公友善,熙宁中除侍御史,以疾辞郡,年未七十即上印绶,其兄立言亦自澶州纳政。李竦亦引疾,同时里居。邦人为之语曰:'元丰济济称多士,南郡堂堂有三李。万钟于我何加焉,一瓢乐在其中矣。'"清杜文澜《古谣谚》卷二六题作《江陵邦人为李尧言李立言李竦语》。亦载孔凡礼《宋诗纪事续补》卷三〇,此题从孔凡礼。

四明宗党为袁蔡二夫人语

百世之纪,蔡袁夫人。

【按】宋袁燮《絜斋集》卷二一《林太淑人袁氏墓志铭》:"太淑人袁氏,赠通议大夫林公讳勉之妻也。……淑人事母笃孝,夫人信爱异他女,使掌珍藏,无秋毫私。及嫁,归诸母氏,不以一物自随,其廉如此。……有蔡夫人者,寺丞君之四世祖妣也。婉淑有节操,嫠居,介然起敬。乡党醉呼者,过门亦羞愧自戢。曰:'毋惊此母。'淑人闻其风而师焉,每曰:'吾何法?法蔡夫人尔。'冰寒玉洁,前后相望,有补于世教。故宗党为之语曰:'百世之纪,蔡袁夫人。'"亦载清杜文澜《古谣谚》卷七七。

陕西人为曲端吴玠语

有文有武是曲大,有谋有勇是吴大。

【按】宋陆游《老学庵笔记》卷五:"曲端、吴玠,建炎间有重名于陕西,西人为之语曰:'有文有武是曲大,有谋有勇是吴大。'玠能书,今阆中锦屏山壁间有其书,奇伟可爱。"亦载宋周密《齐东野语》卷一五、清杜文澜《古谣谚》卷六〇。

都下酒家为孔端中语

酒似淳安知县彻底清。

【按】宋曾敏行《独醒杂志》卷六:"清江孔端中,三孔之族也。绍兴间为淳安令,邑近行都。凡邑之舟,皆自托于贵要,其肯应公家之漕者仅得一舟耳。端中集而喻之曰:'凡为贵家之舟者勿役,第贵家虑有不时之用,当谨伺之,辄以他运则有罪。'召其一舟之肯应公家者,假以资费,俾多造舟,令于众曰:'商贾往来,惟许用某人之舟。'令一下,舟人争愿听役。自是贵要护舟之挠自戢。其为政多此类,时誉翕然。都下酒家至为之语曰:'酒似淳安知县彻底清。'"亦载清杜文澜《古谣谚》卷六二。

道州人为蔡元定弟子语

初不敬,今纳命。

【按】元脱脱等《宋史》卷四三四列传第一九三:"(蔡元定)至春陵,远近来学者日众,州士子莫不趋席下,以听讲说。有名士挟才简傲,非笑前修者,亦心服谒拜,执弟子礼甚恭。人为之语曰:'初不敬,今纳命。'爱元定者谓宜谢生徒,元定曰:'彼以学来,何忍拒之?若有祸患,亦非闭门塞窦所能避也。'"亦载清杜文澜《古谣谚》卷一三。

越人为尹焕语

梅津一生辛勤,只办得食笋一担。

【按】宋周密《癸辛杂识》别集卷上《梅津食笋》:"尹梅津焕无子,螟蛉罗石二姓名,一越人为之语曰:'梅津一生辛勤,只办得食笋一担。'"亦载清杜文澜《古谣谚》卷六二。

时人为岳麓书院谚

道林三百众,书院一千徒。

【按】明彭簪《衡岳志》卷六明杨茂元《重修岳麓书院记》:"方其盛也,学徒千余人,食田五十顷。故谚曰:'道林三百众,书院一千徒。'而五十顷之文,断碑可考也。"亦载清杜文澜《古谣谚》卷二九,题作宋时谚。

时人为赵昂发夫妇语

臣为君死,妻为夫亡。

【按】元刘一清《钱塘遗事》卷七《破池州》:"乙亥正月,大兵破饶州,遂至池州。时池州无守臣,蜀人赵昂发为池州倅,权州事。措置备御等官谓昂发曰:'州不可守,不如弃之。'昂发曰:'吾守土臣也,岂可偷生避死也。'大兵至,留诗其第。夫妇遂自经而死。时人语之:'臣为君死,妻为夫亡。'"亦载清杜文澜《古谣谚》卷一七。赵昂发,多写作赵卬发。

时人为忠义潭语

苍苍义山,汤汤义潭。
是生烈士,义胆忠肝。

【按】明余之祯《(万历)吉安府志》卷一二"忠义潭":"在城南袍陂渡。元寇破城邑,八姓勤王弗克,相率赴潭水死,故名。时人为之语曰:'苍苍义山,汤汤义潭。是生烈士,义胆忠肝。'"亦载清杜文澜《古谣谚》卷五六。

2. 风土

辜负口眼谚

不到长安辜负眼,不到两浙辜负口。

【按】宋曾慥《类说》卷五三杨亿《谈苑》"辜负口眼":"谚曰:'不到长安辜负眼,不到两浙辜负口。'"亦载清褚人获《坚瓠集》续集卷一。此或为唐人谚,然唐文献似未见,姑录此备考。

人为岭南八州言

春循梅新,与死为邻。
高窦雷化,说着便怕。

【按】宋佚名《太上感应篇》卷五:"刘器之,既登第,不即就选,复归从学……人为温公所知。初拜谏官,即抗疏二十有四,甄别朝臣邪正;又抗疏一十有九,论章子厚小人不可用。人皆为缩颈,公则不问。及子厚用事,公遂走窜。人言:'春循梅新,与死为邻。高窦雷化,说着便怕。'凡此八州,公历其七。"亦载清潘永因《宋稗类钞》卷四。宋赵善璙《自警编》卷六、宋朱熹《三朝名臣言行录》卷一二、宋祝穆《方舆胜览》卷四二则录作:"春循梅新,与死为邻。高窦雷化,说着也怕。"清杜文澜《古谣谚》卷二〇《人为岭南八州言》录作:"春循奉新,与死为邻。高窦雷化,说着也怕。"此从其题。春州(治今广东阳春)、循州(治今广东龙川西)、梅州(今属广东)、新州(治今广东新兴)、高州(今属广东)、窦州(治今广东信宜西南)、雷州(治今广东海康)、化州(今属广东)八州,为宋广南路海隅小州,宋时为穷乡僻壤,环境恶劣。其中窦州,唐贞观八年(634)由南扶州改名,以境内镇隆东江、西江汇合处的罗窦洞得名,辖怀德、信义、潭峨、特亮、扶莱等五县。宋熙宁四年(1071)废窦州,称信宜县至今。因此该谚语当产生于北宋前期。

过巢湖*

过湖三升米,不然五石粟。

【按】宋刘斧《青琐高议》后集卷一《大姆续记(盗贼不敢过巢湖)》:"治平年间,有辖舟王潜济湖,潜方半醉,调小管自娱。时湖风细清,调愈高,闻于数里。他舟皆至于岸,惟潜舟泛泛湖中,不能及焉。潜惧,舍管,与举舟人望庙拜祷谢过。他舟亦潜祷焉。舟方抵岸,不月妻死,潜被罪流徙远方。谚云:'过湖三升米,不然五石粟。'意谓美人君子仗忠信仁义,则神佑以清风,一日可济;苟行有欺于人,心或负于神,则顺风莫可得,舟舣岸数日亦不可知,此五石米之意也。"宋佚名《绀珠集》卷一一《过湖三升米》:"巢湖间舟人语曰:'过湖三升米,不过三石米。'言顺善之人过湖甚速,而有负于神者,百倍不可过也。"

容州鬼门关*

若度鬼门关,十人九不还。

【按】宋王存《元丰九域志》卷九:"鬼门关在容州。谚云'若度鬼门关,十人九不还',言多瘴也。"清杜文澜《古谣谚》卷一二《鬼门关谚》录作:"鬼门关,十人九不还。"

程缜引黄河谚语

侧手障黄河。

【按】宋王十朋《东坡诗集注》卷七苏轼《有言郡东北荆山下,可以沟畎积水。因与吴正字、王户曹同往相视,以地多乱石,不果。还游圣女山,山有石室如墓,而无棺椁。或云宋司马桓魋墓。二子有诗,次其韵二首》"侧手区区未易遮"句程缜注:"时河决,水方退,谚有'侧手障黄河'之语。"亦见《施注苏诗》卷一三、清杜文澜《古谣谚》卷七六。

苏轼引里谚论上下乡

上乡熟,不抵下乡一锅粥。

【按】明董斯张《吴兴艺文补》卷一四载苏轼《论浙西闭籴状》:"本路今岁不熟,初水后旱,早晚俱伤,高下并损,已具事由闻奏……本路惟苏、湖、常、秀等州出米浩瀚,常饱数路,漕输京师。自杭、睦以东,衢、婺等州,谓之上乡,所产微薄,不了本在所食。里谚云:'上乡熟,不抵下乡一锅粥。'盖全仰苏、秀等州商旅贩运,以足宫师之用。"亦载清杜文澜《古谣谚》卷七六。

龚颐正引俚语

弹琴种花,陪酒陪歌。

【按】宋陈元靓《岁时广记》卷一六《看花局》引释仲殊《花品序》:"每岁禁烟前后,迟日融和。花既劳矣,人亦乐矣。于是置酒馔,命乐工以待宾。赏花者不问亲疏,谓之'看花局'。故里谚云:'弹琴种花,陪酒陪歌。'"亦载清杜文澜《古谣谚》卷四五。

金渊谚

锦担垂两头。

【按】宋吕陶《净德集》卷三一《次伯通云顶山长句韵》:"金渊地界东西州,谚云锦担垂两头。中间石城最佳胜,二十余年尝再游。奇峰虽向郡城见,好景半是僧家收。……问之浮世辄不语,应笑世人多谬悠。下山傥有顿悟者,直须作意无迟留。"亦载清杜文澜《古谣谚》卷七六。

沈括引方谚论风土

汝州风,许州葱。

【按】宋沈括《梦溪笔谈》卷二四:"解州盐泽之南,秋夏间多大风,谓之'盐南风'。其势发屋拔木,几欲动地。……解盐不得此风不冰,盖大卤之气相感,莫知其然也。又汝南亦多大风,虽不及盐南之厉,然亦甚于他处,不知缘何如此。或云自城北风穴山中出,今所谓风穴者已夷矣,而汝南自若,了知非有穴也。方谚云:'汝州风,许州葱。'其来素矣。"亦载清杜文澜《古谣谚》卷四七。

池州语

东流速客,惊动建德。

【按】宋史容《山谷外集诗注》卷五黄庭坚《丙申泊东流县》诗:"沧江百折来,及此始东流。东流会宾客,建德椎羊牛。"题下原注:"语曰:'东流速客,惊动建德。'"史容注:"东流、建德二邑,皆隶池州。"亦载清厉鹗《宋诗纪事》卷一○○。

凤宣二州谚

凤州三出,手、柳、酒。
宣州四出,漆、栗、笔、蜜。

【按】宋彭乘《墨客挥犀》卷六:"陕西凤州伎女,虽不尽妖丽,然手皆纤白。州境内所生柳,翠色尤可爱,与他处不同。又公库多美醖。故世言凤州有三出,谓手、柳、酒也。宣州士人李愈云:'吾乡有四出。'问何物,答云:'漆、栗、笔、蜜。'"宋太平老人《袖中锦》之《三出》:"凤州三出,手、柳、酒;宣州四出,漆、栗、笔、蜜。"亦载清厉鹗《宋诗纪事》卷一○○、清杜文澜《古谣谚》卷七○。

伊洛坊里谚

吾乡有宰相坊、侍郎里。

【按】宋彭乘《墨客挥犀》卷七:"西洛有五相宅,常有五相邻居,诗赓相继和,乃文潞公、富相、王相、二张相也。伊洛山水之秀,士风之厚,自昔卿相间出。故谚云'吾乡有宰相坊、侍郎里'。"亦载宋潘自牧《记纂渊海》卷四○、清杜文澜《古谣谚》卷五九。

诸州风土诗五则*

郑州诗

南北更无三座寺,东西只有一条街。
四时八节无筵席,半夜三更有界牌。

延州诗

沙堆套里三条路,石炭烟中两座城。

又

土洞里头行十日,山棚上面住三年。

宁州诗

鸡足斜分三道水,蛇腰慢转一条街。

宁州三不可

宁州有三不可,斩(缺)、蹴踘、晒豆。

河南诗*

宪州浑如枉死市,岢岚仿佛似杨间。

邠州十拗

雪下炭贱,雨下水贵,出北门游西湖。

【按】宋庄绰《鸡肋编》卷上:"郑州去京师两程,当川陕驿路,有纪事诗十余韵。其切当者:'南北更无三座寺,东西只有一条街。四时八节无筵席,半夜三更有界牌。'延州亦有诗云:'沙堆套里三条路,石炭烟中两座城。'又云:'土洞里头行十日,山棚上面住三年。'谓中倚高山,自过蒲中,行土谷中十程始到也。宁州亦云:'鸡足斜分三道水,蛇腰慢转一条街。'盖州依山而立,通衢宛转而上也。三水会于城下,故驿名三河,谓九陵、三桥、马岭,皆合流于泾。九陵河在东南,出庆州华池县千子山,川中九堆如陵,故名。三桥河在城西北,自襄乐界来,不知其源。马岭河在城西,自庆州乐蟠县界天固府下流至县。《水经注》云:洛水,一名马岭川。俗谓宁州有三不可,斩(缺)、蹴踘、晒豆,言地峻不可住也。河南亦有诗云:'宪州浑如枉死市,岢岚仿佛似杨间。'邠州有十拗,谓雪下炭贱,雨下水贵,出北门游西湖等。"

浙江风土谚二则

其一

苏杭两浙,春寒秋热。
对面厮啜,背地厮说。

其二

雨下便寒晴便热,不论春夏与秋冬。

【按】宋庄绰《鸡肋编》卷上:"浙西谚曰:'苏杭两浙,春寒秋热。对面厮啜,背地厮说。'言其反覆如此。又云:'雨下便寒晴便热,不论春夏与秋冬。'言其无常也。此言亦通东西为然。"宋楼钥《攻媿集》卷六七《答杨敬仲论诗解》:"麦秋之寒则不可,俗谚云:'江南两浙,春寒秋热。'若中原北方,则立春便温和,入夏便热,入秋便冷,冬则极寒。"第二条似非仅两浙如此,宋周去非《岭外代答》卷四《广右风气》:"南人有言曰,'雨下便寒晴便热,不论春夏与秋冬',此语尽南方之风气矣。桂林气候与江浙颇相类,过桂林城南数十里,则便大异。"又载清杜文澜《古谣谚》卷六一。

越州谚两则

其一
有山无薪,有水无鱼,有人无义。

其二
地无三尺土,人无十日恩。

【按】宋庄绰《鸡肋编》卷上:"越州在鉴湖之中,绕以秦望等山,而鱼薪艰得。故谚云:'有山无薪,有水无鱼,有人无义。'里俗颇以为讳,言及无鱼,则怒而欲争矣。又井深者不过丈尺,浅者可以手汲。霖雨时平地发之则泉出,然旱不旬日,则井已涸矣,皆谓泉乃横流故尔,盖灭裂不肯深浚,致源不广也。谚又云:'地无三尺土,人无十日恩。'此语通二浙皆云。"清杜文澜《古谣谚》卷六一、孔凡礼《宋诗纪事续补》卷三〇皆作"人无十日欢"。

京师三月谚

三月十八,村里老婆风发。

【按】宋金盈之《醉翁谈录》卷三:"上巳,上开金明池、金水河、琼林苑。是日开金明池,细民作小儿戏弄之具,而街卖者甚众,而龙船为最多,大率仿御座龙船及竞渡龙虎头船,其巨细工拙不一制也。自元丰初,每开一池日,许士庶蒲博其中。自后游人益盛,旧俗相传。里谚云:'三月十八,村里老婆风发。'盖是日村姑无老幼皆入城也。是日郡府为盛会,争标水、秋千之戏,皆如上巳,而观者杂沓,过之远甚。"亦载孔凡礼《宋诗纪事续补》卷三〇。

开封俗语

其一

肥冬瘦年。

其二

冬馄饨，年馎饦

其三

新节已过，皮鞋底破。

大担馄饨，一口一个。

【按】宋金盈之《醉翁谈录》卷四《十一月》："都城以寒食、冬至、元旦为三大节。自寒食至冬至久无节序，故民间多相问遗。至岁除，或财力不及，不复讲此俗。谚有'肥冬瘦年'之语，盖谓冬至人多馈遗，除夜则不然也。人家是日多食馄饨，故有'冬馄饨，年馎饦'之语，开封俗语：'新节已过，皮鞋底破。大担馄饨，一口一个。'"又载孔凡礼《宋诗纪事续补》卷三〇。

京师守岁谚

守冬爷长命，守岁娘长命。

【按】宋金盈之《醉翁谈录》卷四："除夜，京师民庶之家，痴儿呆女，多达旦不寐。俗谚云：'守冬爷长命，守岁娘长命。'"亦载孔凡礼《宋诗纪事续补》卷三〇。

京师寒食谚

寒食十八顿。

【按】宋陈元靓《岁时广记》卷一五《畜食品》："《岁时杂记》：京都寒食多畜食品，故谚有'寒食十八顿'之说。"亦载孔凡礼《宋诗纪事续补》卷三〇。

吴中为苏常二州语

苏常熟，天下足。

【按】宋陆游《渭南文集》卷二〇《常州奔牛闸记》:"方朝廷在故都时,实仰东南财赋,而吴中又为东南根柢。语曰:'苏常熟,天下足。'故此闸尤为国用所仰。"亦载清杜文澜《古谣谚》卷七七。

蜀人为唐安郡语

唐安有三千官柳,四千琵琶。

【按】宋陆游《剑南诗稿》卷四《雨夜怀唐安》:"归心日夜逆江流,官柳三千忆蜀州。小阁帘栊频梦蝶,平湖烟水已盟鸥。萤依湿草同为旅,雨滴空阶别是愁。堪笑邦人不解事,区区犹借陆君留。"自注:"蜀人旧语谓'唐安有三千官柳,四千琵琶'。'湿萤依草没',梅宛陵诗。"清杜文澜《古谣谚》卷七七作"四十琵琶"。

桂林古记

癸水绕东城,永不见刀兵。

【按】宋范成大《桂海虞衡志》:"癸水:桂林有古记,父老传诵之,略曰:'癸水绕东城,永不见刀兵。'癸水,漓江也。"亦载宋王象之《舆地纪胜》卷一〇三、清厉鹗《宋诗纪事》卷一〇〇、清杜文澜《古谣谚》卷三〇。

范成大引蜀谚

益梓利,夔最下。
忠涪恭,万尤卑。

【按】宋范成大《吴船录》卷下:"又行五十里至万州武宁县,八十里至万州宿。在江滨,邑里最为萧条,又不及恭、涪,蜀谚曰:'益梓利,夔最下。忠涪恭,万尤卑。'"亦见清杜文澜《古谣谚》卷三一、孔凡礼《宋诗纪事续补》卷三〇。益、梓、利、夔,为川中四路,忠、涪、恭、万,为夔州路所属四州。

苏杭*

其一
天上天堂,地下苏杭。

其二

苏湖熟,天下足。

【按】宋范成大《吴郡志》卷五〇:"谚曰:'天上天堂,地下苏杭。'又曰:'苏湖熟,天下足。'湖固不逮苏,杭为会府,谚犹先苏后杭,说者疑之。白居易诗云:'霅川殊冷僻,茂苑太繁雄。惟有钱塘郡,闲忙正适中。'则在唐时,苏之繁雄,固为浙右第一矣。"茂苑,指苏州。

郑渠昆山*

郑渠无旱亩,昆山无矿土。

【按】宋杨万里《诚斋集》卷一一一《与衡州陈通判》:"适有天幸,乃得走趋服事于旗纛旎麾之下,亲炙熏陶于宗师道德之侧。抑谚有之'郑渠无旱亩,昆山无矿土。'前之说以徼恩纪之庇,后之说以丐乐育之惠,惟执事垂意焉。"同卷《与湖北傅提举》引此谚"昆山"作"昆丘"。

吴兴西北乡旧谚*

诸郡旱,我有岸。
诸郡熟,我无谷。

【按】宋谈钥《(嘉泰)吴兴志》卷二〇:"西北诸乡接近山溪,春夏水易暴长。曩年悉为湖泊,亩亩荒芜,十岁九潦。今渐复起塍围,岁亦有收矣。旧谚云:'诸郡旱,我有岸。诸郡熟,我无谷。'今不然也。然西北之田,终以地势高下不齐,水骤长而易退,多病干隘,非东南乡比也。"

金焦两山谚

其一
金山屋里山,焦山山里屋。

其二
金山寺里山,焦山山里寺。

【按】宋周必大《周益文忠公集》卷一七〇《起四月丁亥至九月辛丑》:"金、焦二山在左右,而对面瓜洲似胜旧基也。辛巳,早同邓子长冒大风雨登浮玉亭,亭在江边独山上。或谓此即浮玉山，故创亭焉。傍有小石山，是为祢山。……至金山，龙游寺长老宝印，川人，有众二百，栋宇鼎新。寺绕山临水为屋，故谚云'金山屋里山，焦山山里屋'，盖实录也。"卷一八三《记镇江府金山》："山在京口江心，号龙游寺。登妙妙峰，望焦山、海门皆历历。此山大江环绕，每风涛四起，势欲飞动，故南朝谓之浮玉山。别有小岛，相传为郭璞墓，大水不能没……承平时，寺极盛，楼观几万楹，兵乱后十无一二。绍兴末，复遭回禄，以金使年例登赏，官亟营葺之，复不逮于前。惟自歙州门过藏经楼，兵火岿然独存，当时歙人造此，因以为名。谚云：'金山山里寺，焦山寺里山。'"亦载清厉鹗《宋诗纪事》卷一〇〇、清杜文澜《古谣谚》卷三一。第二条，周必大所记与第一条相反，当是抄刻之误，此据后世所说改。如清吴锡麒《游焦山记》所记即是，见其《有正味斋集》卷一六。

周必大引俗谚

太平州不如芜湖，芜湖不如黄池。

【按】宋周必大《周益文忠公集》卷一七一《南归录（起是年二月丙辰至六月庚辰）》："夜泊黄池镇，距固城湖已百一十里。商贾辐凑，市井繁盛。俗谚有"三不如"，谓'太平州不如芜湖，芜湖不如黄池'也。"亦载清杜文澜《古谣谚》卷二九。

行都谚

东门菜，西门水，南门柴，北门米。

【按】宋周必大《周益文忠公集》卷一八二《临安四门所出》："车驾行在临安。土人谚云：'东门菜，西门水，南门柴，北门米。'盖东门绝无人居，弥望皆菜圃。西门则引湖水注城中，以小舟散给坊市。严州、富阳之柴聚于江下，由南门入。苏、湖米则来自北关云。"亦载清厉鹗《宋诗纪事》卷一〇〇。宋潜说友《咸淳临安志》卷五八《物产》"菜之品"注："城东横塘一境，种菜最美，谚云：'东菜西水，南柴北米。'"此应是简而言之，清杜文澜《古谣谚》卷三〇同。

汤岭谚*

汤岭兜，北岭头。

【按】宋梁克家《三山志》卷五"下汤岭"注："谚云'汤岭兜，北岭头'，志险也。"明陈道《（弘治）八闽通志》卷四："汤岭，在六都，由北岭行十余里，乃至此岭，又三十里至连江县界。谚云'汤岭兜，北岭头'，言至险也。岭畔有庵，庵下有温泉岭，因以名上二岭。俱府城东北。"

南台江水谚*

南台江水颠倒流。

【按】宋梁克家《三山志》卷六"抵东峡二十里入海"注:"潮由西峡上者,先至洪塘。由南台上者差逢大潮至大箬。南台江中有洲数里,潮至鼓山分为二,南广而北狭。由北上者入直渎浦,由南上者涉洲尾,又东流而与之遇。谚谓'南台江水颠倒流'以此。"

潮至钱夯头谚*

钱夯头,无风自球流。

【按】宋梁克家《三山志》卷六"十五潮至钱夯头"注:"谚云'钱夯头,无风自球流',言荡漾也。"

江水俗谚

第一扬子江,第二钱塘江,第三枫江。

【按】宋吕祖谦《东莱吕太史文集》卷一五《入越记》:"淳熙元年八月二十八日,自金华与潘叔度为会稽之游……五里涉枫江。土俗谚云:'第一扬子江,第二钱塘江,第三枫江。'盖甚言其水波恶,实小溪耳。闻春夏颇湍悍,今仅至胫而已。"亦载清杜文澜《古谣谚》卷三一,"扬"作"杨"。

靠天收谚*

十年九不收,一熟十倍秋。

【按】宋吴泳《鹤林集》卷三九《隆兴府劝农文》:"吴中之民开荒垦洼,种粳稻,又种菜麦、麻豆。耕无废圩,刈无遗陇。而豫章所种,占米为多,有八十占,有百占,有百二十占。率数日以待,获而自余。三时则舍稼不务,皆旷土、皆游民也。所以吴中之农,专事人力,故谚曰'苏湖熟,天下足',勤所致也。豫章之农,只靠天幸,故谚曰'十年九不收,一熟十倍秋',惰所基也。勤则民富,惰则民贫。"

魁峰谚

魁峰顶秀,石女峰高。

【按】宋王象之《舆地纪胜》卷一九江南东路宁国府景物上"魁峰"注:"在泾县南七十里,约高百余丈。峰峦耸秀,举目高视,圆如钟形。昔有谚云:'魁峰顶秀,石女峰高。'"亦载清杜文澜《古谣谚》卷二六。宋祝穆《方舆胜览》卷一五"石"作"玉"。

铁牛门谚

丑上无山置铁牛。

【按】宋王象之《舆地纪胜》卷一九江南东路宁国府景物下"铁牛门"注:"在宣城县东北百七十步。俗传双牛冶铁为之,以郡无丑山,故象大武以厌胜之。谚云:'丑上无山置铁牛。'"亦载清杜文澜《古谣谚》卷二六。

云居山归宗寺俗语

天上云居,地下归宗。

【按】宋王象之《舆地纪胜》卷二五南康军风俗形胜"云居山"注:"在建昌,乃欧发得道之处。或以山尝出云,故曰云居山。俗谓:'天上云居,地下归宗。'"亦载清杜文澜《古谣谚》卷二六。

牯牛石滩里谚

过得牯牛抄石滩,寄书归去报平安。

【按】宋王象之《舆地纪胜》卷九五广南东路英德府景物下"牯牛石"注:"在县南十九里真阳峡中,真水为峡山所束,已湍怒;其下又有矶石横截,为行舟之害。里谚云:'过得牯牛抄石滩,寄书归去报平安。'"亦载清杜文澜《古谣谚》卷二六、孔凡礼《宋诗纪事续补》卷三〇。

惠州土人语

红螺白饼。

【按】宋王象之《舆地纪胜》卷九九广南东路惠州风俗形胜"红螺白饼"注:"红螺,蚬属也,冬间甚盛,土人多以配白酒。故有'红螺白饼'之语。"亦载宋祝穆《方舆胜览》卷三六、清杜文澜《古谣谚》卷二六。

广西俗语

梧州乐,昭州角。

【按】宋王象之《舆地纪胜》卷一○八广南西路梧州风俗形胜:"乐音节闲美,有京洛遗风"注:"《苍梧志》云:'广西俗语,推逊亦谓"梧州乐,昭州角"云。'"亦载清杜文澜《古谣谚》卷二六。《苍梧志》,薛诚之编,时代不详,南宋人始见引用。

三嵎古民谣

三嵎青,陵阳荣。
三嵎翠,陵阳贵。

【按】宋王象之《舆地纪胜》卷一五○成都府路隆州风俗形胜:"郡治居三嵎之中,两山左右环合,有自然之势。'三嵎青,陵阳荣。三嵎翠,陵阳贵。'(古民谣。绍兴中,郡守赤城何公凿石于东山之下,作青荣台以表之。)东嵎、西嵎、南嵎山相对,故号三嵎。"亦载清杜文澜《古谣谚》卷二六。

淮安军方谚

军不如县,县不如镇。

【按】宋王象之《舆地纪胜》卷一六四怀安军风俗形胜:"怀安,县二而镇九。以县而言,金堂为大。以镇而言,古城为富。方谚谓:'军不如县,县不如镇。'(《图经》)"亦载孔凡礼《宋诗纪事续补》卷三○。

世谓广安语

纸似池,席似苏,梨似耿,鱼似嘉。

【按】宋王象之《舆地纪胜》卷一六五广安军风俗形胜"广安有十似"后注曰:"世谓广安有十似,纸似池,席似苏,梨似耿,鱼似嘉,犹之可也,他则未必皆然。若所谓金羹玉饭与夫红腊紫梨,则不为溢美。注:金羹,谓鸭也。"亦载宋王象之《舆地纪胜》卷一六五、孔凡礼

《宋诗纪事续补》卷三〇。池、苏、耿、嘉,均为州名。

龙床滩古谚

龙床如拭,济舟必吉。
龙床仿佛,济舟必没。

【按】宋王象之《舆地纪胜》卷一八〇夔州路南平军景物下"龙床滩"注:"在隆化县北五十五里,县有朱婆渡。滩面广百步,渡与龙床相近。古语云:'龙床如拭,济舟必吉。龙床仿佛,济舟必没。'是语颇信。"亦载清杜文澜《古谣谚》卷二六。

大悲口谚语

船过大悲口,盐方是你有。

【按】宋王象之《舆地纪胜》卷一八一夔州路大宁监"大悲口"注:"在郡西十六里,溪心两巨石对峙,上广下狭,故名,行人乞灵之祠也。谚云:'船过大悲口,盐方是你有。'又宇文绍节诗曰:'过口此舟方属汝,行人何用较锥刀。'"亦载清杜文澜《古谣谚》卷二六、孔凡礼《宋诗纪事续补》卷三〇。

曲江俗语

铁胎相公,铜身六祖。

【按】宋张端义《贵耳集》:"曲江有二奇,张相国以铁铸,六祖禅师以铜铸。俗语云:'铁胎相公,铜身六祖。'铁胎有二身,一在庙,一在郡庠。铜身在大鉴寺。"亦载清杜文澜《古谣谚》卷四〇。

俞塘谚

虽有珠千斛,不卖俞塘北。

【按】宋许尚《华亭百咏》之《俞塘》:"延袤三乡外,东流与海通。河神屡加惠,帆借往来风。"题注:"(俞塘)府东五里,往来之舟皆可扬帆。谚云:'虽有珠千斛,不卖俞塘北。'"亦载清厉鹗《宋诗纪事》卷一〇〇、清杜文澜《古谣谚》卷七七。

蜀人澡浴谚

蜀人生时一浴,死时一浴。

【按】宋周密《癸辛杂识》续集上《蜀人不浴》:"蜀人未尝浴,虽盛暑不过以布拭之耳。谚曰:'蜀人生时一浴,死时一浴。'"亦载清杜文澜《古谣谚》卷六二。

杭州谚*

杭州人一日吃三十丈木头。

【按】宋周密《武林旧事》卷六《小经纪》"擂槌"按:"俗谚云:'杭州人一日吃三十丈木头。'以三十万家为率,大约每十家日吃擂槌一分,合而计之,则三十丈矣。"擂槌,古书无解,似为碾物用的木棍之类。

周密引谚释甄云卿词

海坛沙涨,温州出相。

【按】宋周密《齐东野语》卷一三《甄云卿》:"永嘉甄云卿,字龙友,少有俊声,词华奇丽,而资性浮躁,于乡人无不狎侮,木待问蕴之为尤甚。木生朝,为词贺之,末云:'闻道海坛沙涨也,明年。'盖谚云:'海坛沙涨,温州出相。'明年者,俗言且待也。"又载清杜文澜《古谣谚》卷四八。木待问,字蕴之,永嘉人,隆兴元年进士第一,官至太子詹事。

铜山谚*

铜山八面,有藏无人见。

【按】宋陈著《本堂集》卷三四《见山说》:"余投老杜门,一日,闻剥啄声,启关,则有捧刺而前者,姓马名元炎,求一见。……余感其云云之勤勤,乃诘之以古谚云,'铜山八面,有藏无人见'。而面铜山以居,其见之否乎?(马)矍然而扬眉掀髯,道其山之来冈去水,伏垄起峰,屏摺而壁削,爪足布而髓脉引,指诸掌。"

卢宗原引谚

拆船湾。

【按】元脱脱等《宋史》卷九九河渠志第五〇:"六年九月,卢宗原复言:池州大江乃上流纲运所经。其东岸皆暗石,多至二十余处;西岸则沙洲,广二百余里。谚云'拆船湾',言舟至此必毁拆也。"亦载清杜文澜《古谣谚》卷一三。

龙南安远谚

龙南安远,一去不转。

【按】元脱脱等《宋史》卷四七三列传第二三二:"赣有十二邑,安远滨岭,地恶瘴深。谚曰:'龙南安远,一去不转。'言必死也。"亦载清杜文澜《古谣谚》卷一三。

龙床石谚

石蛇一半露,鼋头微微出。
行舟见两山,下有龙床没。

【按】见清杜文澜《古谣谚》卷四一:"《太湖石志》:龙床石,石公山下,有若床者。谚云:'石蛇一半露,鼋头微微出。行舟见两山,下有龙床没。'"《太湖石志》,未见诸家书目著录,传为范成大著。

鼋山下舟人语

东抵鼋壳,西抵鼋山。
两舟连网,悭过中间。

【按】清张玉书《佩文韵府》卷九二之三:"鼋壳:《太湖石志》:鼋壳石,鼋山之下有,若蹒跚见水面。舟人往来,恐有触突之患,故语云'东抵鼋壳,西抵鼋山。两舟连网,悭过中间'。"亦载清杜文澜《古谣谚》卷四一。《太湖石志》,未见诸家书目著录,传为范成大著。

（三）百姓

太祖引俗语

依样画葫芦。

【按】宋胡仔《苕溪渔隐丛话》前集卷五五："陶谷久在翰林，意希大用。乃俾其党，因事荐引，言谷在词禁，宣力实多，微伺上旨。太祖笑曰：'翰林草制，皆检前人旧本，改换词语，所谓"依样画葫芦"耳，何宣力之有？'"又载清杜文澜《古谣谚》卷五九。

衫带谚

阑单带，叠垛衫。
肥人也觉瘦岩岩。

【按】宋陶谷《清异录》卷三："谚曰'阑单带，叠垛衫。肥人也觉瘦岩岩。'阑单，破裂状。叠垛，补衲盖掩之多。"亦载清杜文澜《古谣谚》卷七〇。

磨镰*

磨镰杀马。

【按】宋李焘《续资治通鉴长编》卷三五太宗淳化五年宋琪上书："彼灵州便是吾土，刍粟储蓄，率皆有备，缘路五七程，不烦供馈。止令逐部兵骑，裹粮轻赍，便可足用。谚所谓'磨镰杀马'，劫一时之力也。"亦载元脱脱《宋史》卷二六四宋琪传、清杜文澜《古谣谚》卷一三。《抱朴子》外篇有"炙鼓使鸣，绞弦令急，实鼓使速，穿弦早绝，磨刀杀马，立可验也"之语，可见此语由来已久。

人为孝妇谚二则

其一

腊月煮笋羹,大人道便是。

其二

恭敬不如从命,受训莫如从顺。

【按】宋释赞宁《笋谱》之《五之杂说》:"谚曰:'腊月煮笋羹,大人道便是。'昔有新妇不得舅姑意,凡所须索,必背时而逆意。其妇善承,须不违所要,皆巧图与夫求变,而副舅姑,无以取责。姑一日岁暮而索笋羹,妇答:'即煮供上。'妯娌问之曰:'今腊月中,何处求笋?'妇曰:'且应为贵,以顺攘逆责耳,其实何处求笋?'姑闻而后悔,倍怜新妇。故又谚曰:'恭敬不如从命,受训莫如从顺。'"亦载清杜文澜《古谣谚》卷四二。"背时而逆意"原作"昔时而逆意",不通。《骈字类编》卷二百草木门二十五"笋羹"条下引作"背时而逆意",此从改。

鬻棺者谚*

鬻棺者喜岁之疫。

【按】宋晁迥《昭德新编》卷下《说用刑之本意》:"今之听狱者,求所以杀之。古之听狱者,求所以生之……谚曰:'鬻棺者喜岁之疫。'非憎人欲杀之,利在于人死也。今治狱吏欲陷害人,亦犹此矣。"

讽老少婚配谚*

少女少郎,相乐不忘。
少女老翁,苦乐不同。

【按】曾慥《类说》卷二九张君房《丽情集·烟中仙》:"越渔者杨父一女绝色,为诗不过两句,或问:'胡不终篇?'答曰:'无奈情思缠绕,至两句即思迷不继。'有谢生求娶焉,父曰:'吾女宜配公卿。'谢曰:'谚云"少女少郎,相乐不忘。少女老翁,苦乐不同",且安有少年公卿耶?'"亦载宋施宿《(嘉泰)会稽志》卷一九。

赵尚书夫人引谚议婚

薄饼从上揭。

【按】宋吴处厚《青箱杂记》卷四："龙图刘公晔未第前，娶赵尚书晃之长女，早亡。而赵氏犹有二妹，皆未适人。既而刘公登科，晃已捐馆。夫人复欲妻之，使媒妇通意，刘公曰：'若是武有之德，则不敢为姻。如言禹别之州，则庶可从命。'盖刘公不欲七姨为匹，意欲九姨议姻故也。夫人诘之曰：'谚云"薄饼从上揭"，刘郎才及第，岂得便简点人家女？'刘公曰：'非敢有择，但七姨骨相寒薄，非某之对，九姨乃宜匹。'遂娶九姨，后生七子，皆至大官。七姨后适关生，竟不第，落泊寒馁。暮年，刘氏养之终身。"亦载清杜文澜《古谣谚》卷五九。刘氏言"武有之德"，指七，《白氏六帖》卷二六："武有七德：禁暴、戢兵、安民、和众、保大、定功、丰财。""禹别之州"，指九。

悭啬谚

悭值风，啬值雨。

【按】宋江少虞《新雕皇朝类苑》卷六五辑《倦游录》："陈恭公以待制知扬，性严重，少游宴。时陈少常亚罢官居乡里，一日上谒，公谓曰'近何著述'，亚止作得一谜，因谓之曰：'四个脚子直上，四个脚子直下。经年度岁不曾下，若下不是风起便雨下。'公思之良久，曰：'殊不晓，请言其旨。'亚曰：'两个茶床相合也。''方欲以此为对，然不晓风雨之说。'亚笑曰：'乃待制厅上茶床也。苟或宴会，即悭值风，涩值雨也。'公为之启齿，复为之开樽。"王十朋《东坡诗集注》卷二五《次韵曹子方龙山真觉院瑞香花》"置酒要妍暖，养花须晏阴。及此阴晴间，恐致悭啬霖。"师注："谚有'悭值风，啬值雨'之语。"亦载清杜文澜《古谣谚》卷四七。

时人为打碑书生语

有客打碑来荐福，无人骑鹤上扬州。

【按】宋释惠洪《冷斋夜话》卷二《雷轰荐福碑》："范文正公馆鄱阳，有书生献诗甚工，文正礼之。书生自言：'天下之至寒饿者，无在某右。'时盛行欧阳率更书，荐福寺碑墨本直千钱。文正为具纸墨，打千本，使售于京师。纸墨已具，一夕，雷击碎其碑。故时人为之语曰：'有客打碑来荐福，无人骑鹤上扬州。'东坡作穷措大诗曰：'一夕雷轰荐福碑。'"又载清杜文澜《古谣谚》卷四七。

迟疾谚*

迟是疾，疾是迟。

【按】宋王巩《闻见近录》:"庆历中,韩、范、富执政,日务兴作。时章郇公为相,张文定因往见之,语以近日诸公颇务兴作如何,郇公不答,凡数问之,曰:'得象每见小儿跳踯作戏,禁止不得,到触着墙自退耳。方其举步时,势难遏也。'未几,三公悉罢。文定尝曰'事不可竞',古谚曰'迟是疾,疾是迟'。"亦载清杜文澜《古谣谚》卷五五。章得象,封郇国公。张方平,谥文定。

形影谚*

形端影直,响顺声和。

【按】宋释契嵩《镡津集》卷五《教化》:"礼义者,教之所存也。习尚者,化之所效也。……政不正而责人违义,教不中而责人犯礼,是亦惑矣。礼也者,中也;义也者,正也。上不中正,而下必欺邪焉。教化之感,盖其势之自然也,犹影响之从形声也。谚曰:'形端影直,响顺声和。'(上二句似文倒)及其不直也,不顺也,责形声邪?责影响邪?是故君子入国,观其俗尚,而后议其政治也。"唐释道宣《广弘明集》卷第二七上萧子良《净住子净行法门·皇觉辨德门一》:"形端则影直,声调则响和。未见貌丑鉴镜,有悦目之华;体矬照水,发溢群之观。"可见此语最迟见于唐时,而宋时已流为俗谚。

欧阳修引俗谚论致仕

也卖弄得过里。

【按】宋欧阳修《欧阳文忠公集》外集卷七《寄韩子华(并序)》:"余与韩子华、长文、禹玉同直玉堂,尝约五十八岁致仕,子华书于柱上。其后荐蒙恩宠,世故多艰,历仕三朝,备位二府,已过限七年,方能乞身归老,俗谚云:'也卖弄得过里。'"亦载清杜文澜《古谣谚》卷六〇。韩绛,字子华。吴奎,字长文。王珪,字禹玉。

张安道引谚论人材

水到鱼行。

【按】宋苏辙《龙川别志》卷上:"张公安道尝为予言治道之要,罕有能知之者。老子曰,道非明民,将以愚之。国朝自真宗以前,朝廷尊严,天下私说不行,好奇喜事之人不敢以事摇撼朝廷。故天下之士知为诗赋以取科第,不知其它矣。谚曰:'水到鱼行。'既已官之,不患其不知政也。"亦载清杜文澜《古谣谚》卷五九。

省费*

多求不如省费。

【按】宋司马光《温国文正公文集》卷第三三《招军札子》:"天下冗兵愈众,国力愈贫……此盖边鄙之臣庸愚懦怯,无它材略,但求添兵。在朝之臣又恐所给之兵不副所求,它日边事或有败阙,归咎于己。是以不顾国家之匮乏,只知召募,取其虚数,不论疲软,无所施用。此群臣容身保位苟且目前之术,非为朝廷深谋远虑经久之画也。谚曰'多求不如省费',此言虽小,可以喻大。"亦见李焘《续资治通鉴长编》卷二○四。

王丞相客引俗谚

急则抱佛脚。

【按】宋刘攽《中山诗话》:"王丞相嗜谐谑,一日论沙门道,因曰'投老欲依僧',客遽对曰'急则抱佛脚'。王曰:'投老欲依僧,是古诗一句。'客亦曰:'急则抱佛脚,是俗谚全语。上去投,下去脚,岂不的对也?'王大笑。"亦载宋邵博《邵氏闻见后录》卷一九。清杜文澜《古谣谚》卷八四作"闲时不烧香,急则抱佛脚"。称前句据《宦游纪闻》补,当是明人所载。

抱桥不溺谚*

抱桥柱而浴,必不溺。

【按】宋司马光《传家集》卷六一范镇《答司马君实论乐书》:"太史公曰:'不附青云之士,则不能成名。'君实欲成其名而知所附矣,惟其是而附之则可,其不是而附之安可哉?谚曰:'抱桥柱而浴者,必不溺。'君实之议,无乃为浴者类乎?"

病人夜雨之畏*

病人畏腹胀,雨下畏天亮。

【按】宋杨彦龄《杨公笔录》:"浙谚云:'病人畏腹胀,雨下畏天亮。'方言以明为亮,谓雨作,天色忽明即雨,卒不止。验之犹信。"

苏轼引蜀谚论政

学书者纸费,学医者人费。

【按】宋苏轼《苏文忠公全集》东坡集卷三一《张君宝墨堂记》:"毗陵人张君希元,家世好书,所蓄古今之遗迹至多,尽刻诸石,筑室而藏之,属予为记。予蜀人也,蜀之谚曰:'学书者纸费,学医者人费。'此言虽小,可以喻大。世有好功名者,以其未试之学,而骤出之于政,其费人岂特医者之比乎?"亦载清杜文澜《古谣谚》卷七六。

苏轼引乡谚诮吝啬

缺口镊子。

【按】宋苏轼《苏文忠公全集》续集卷五《答陈季常三首》:"彼不相知者,视仆之饥饱,如观越人之肥瘠耳,虽象亦未易化也。乡谚有云'缺口镊子'者,公识之乎?想当抚掌绝倒。……(缺口镊子者,取一毛不拔。恐未尝闻,故及。)"亦载清杜文澜《古谣谚》卷七六。

苏轼引里谚论江瑶柱

果蓏失地则不荣,鱼龙失水则不神。

【按】宋苏轼《苏文忠公全集》东坡续集卷一二《江瑶柱传》:"里谚有云:'果蓏失地则不荣,鱼龙失水则不神。'物固且然,人亦有之。嗟乎!瑶柱诚美士乎,方其为席上之珍,风味蔼然,虽龙肝凤髓,有不及者。一旦出非其时而丧其真,众人且掩鼻而过之。士大夫有识者亦为品藻,而置之下。士之出处,不可不慎也,悲夫!"亦载清杜文澜《古谣谚》卷七六。

施元之引俗谚释百巧

百无一有,百巧百穷。

【按】宋施元之《施注苏诗》卷一九苏轼《又一首答二犹子与王郎见和》"贫家百物初何有,古来百巧出穷人"句,施元之注:"古老有'百无一有,百巧百穷'之语,至今俗谚尚尔。"又载杜文澜《古谣谚》卷七六。宋李新《跨鳌集》卷四《岁尽行县归示时雨》:"一岁山行今解火,百巧百穷无似我。"韩淲《涧泉集》卷一〇《苦旱》:"一邱一壑自栖迟,百巧百穷谁富奢。"

施元之引俗谚释面赤

无钱吃酒,妒人面赤。

【按】宋施元之《施注苏诗》卷二一苏轼《岐亭五首并引》其四,施元之注"何从得此酒,冷面妒君赤"句:"俗谚有'无钱吃酒,妒人面赤'之语。"亦载清杜文澜《古谣谚》卷七六。

赵次公引谚

龟背上刮毡毛。

【按】宋王十朋《集注分类东坡先生诗》卷四《东坡八首（并序）》"刮毛龟背上，何时得成毡"后注："次公：'龟背上刮毡毛'，谚语也。"又载杜文澜《古谣谚》卷七六。

仕宦俗谚

贺下不贺上。

【按】宋苏轼《东坡志林》卷一二："'贺下不贺上'，此天下通语，士人历官一任，得外无官谤，中无所愧，于心释肩而云。如大热远行，虽未到家，得清凉馆舍，一解衣漱濯，已足乐矣。况于致仕而归，脱冠佩，访林泉，顾平生一无可恨者，其乐岂可胜言哉。"元方回《瀛奎律髓》卷六"宦情类"刘禹锡《罢郡姑苏北归渡扬子津》诗，方回评："俗谚云，于仕宦谓'贺下不贺上'，凡初至官者，乃任事之始，未知其终也，故不贺。解官而去，则所谓善终者也，故贺。"

酒谚*

入腹无赃，任见大王。

【按】宋何薳《春渚纪闻》卷六《东坡事实·牛酒帖》："先生在东坡，每有胜集，酒后戏书，以娱坐客，见于传录者多矣。独毕少董所藏一帖，醉墨澜翻，而语特有味。云：'今日与数客饮酒，而纯臣适至，秋热未已，而酒白色。此何等酒也，"入腹无赃，任见大王"。既与纯臣饮，无以侑酒，西邻耕牛适病足，乃以为炙。饮既醉，遂从东坡之东，直之出，至春草亭而归，时已三鼓矣。'所谓春草亭，乃在郡城之外，是与客饮私酒，杀耕牛，醉酒逾城，犯夜而归。又不知纯臣者是何人，岂亦应不当与往还人也。"宋苏辙《栾城集》后集卷四《戏作家酿二首》："嗣宗尚出仕，兵厨可常到。嗟我老杜门，奈此平生好。未出禁酒国，耻为瓮间盗。一醉汁滓空，入腹谁复告（俗谚有'入腹无赃'之语）。"

苏轼引俚语

处贫贱易，耐富贵难。

安劳苦易，安闲散难。

忍痛易，忍痒难。

【按】宋何薳《春渚纪闻》卷六《论古文俚语二说》:"'文章至东汉始陵夷,至晋宋间,句为一段,字作一处,其源出于崔、蔡。史载文姬两诗特为俊伟,非独为妇人之奇,乃伯喈所不逮也。'又:'俚俗语有可取者,"处贫贱易,耐富贵难。安劳苦易,安闲散难。忍痛易,忍痒难"。人能安闲散,耐富贵,忍痒,真有道之士也。'二段所书,皆东坡醉墨。薳家宝之甚久,后入御府,世无传此语者,故录于此。"又载清杜文澜《古谣谚》卷四八。

明镜谚

明镜为丑妇之冤。

【按】宋程颢《二程文集》卷一三《先公大中家传》:"寓居黄陂时,主簿贪凶人也,常曰:'谚云,"明镜为丑妇之冤",君居此照我,何其不幸也。'遂颇自敛。"

善恶谚

锄一恶,长十善。

【按】宋毕仲游《西台集》卷一六《起居郎毕公夷仲行状》:"君字夷仲,以卫尉恩补太庙斋郎,调许州阳翟主簿……(马)宏素为乡里所患苦,常轻视县官。而君年才二十余,宏尤少之,尝举其手而出幼指曰:'县官于我犹是也。'及为君捕系,犹曰'无害',恃其能数以词辨自解。而竟抵罪,阳翟人大喜。是时故给事中张问居阳翟,谓君曰:'鄙语曰"锄一恶,长十善",君之谓也。'"亦载元脱脱等《宋史》卷二八一毕仲衍传、清杜文澜《古谣谚》卷一三。

痴人说梦

痴人面前,不得说梦。

【按】宋黄庭坚《豫章黄先生文集》卷二六《书陶渊明责子诗后》:"观渊明之诗,想见其人恺弟慈祥,戏谑可观也。俗人便谓渊明诸子皆不肖,而渊明愁叹见于诗,可谓'痴人前不得说梦'也。"宋胡仔《苕溪渔隐丛话》前集卷二三:"蔡宽夫《诗话》云:诗家有假对,本非用意,盖造语适到,因以用之。……而晚唐诸人,遂立以为格,贾岛'卷帘黄叶落,开户子规啼',崔峒'因寻樵子径,得到葛洪家'为例,以为假对胜的对,谓之高手,所谓'痴人面前,不得说梦'也。"此语出处或古,然流行于宋。

事不如意

事不如意,十常八九。

【按】宋黄庭坚《山谷别集》卷十七《与益修四弟强宗帖》:"数日来不平之气,想已销歇。古人云'事不如意,十常八九',况此小小,何足置怀,世间逆顺境界,如寒暑昼夜必至之理。"陈文蔚《克斋集》卷一一《祭江陵府粮料院傅材甫》:"呜呼!材甫遽弃我而死耶!相期林下,定岁寒之交,曾未践言,兄乃止于此耶?……夫何不淑,一病弥留。长夏卧床,百疗不瘳。年未半百,竟成一丘。谚语有之,'事不如意,十常八九'。兄于斯世,亦云不偶。赏心欲共,无从把酒。有怀欲倾,无从握手。酹此一觞,哭我良友。魂兮有灵,知此情否?"唐房玄龄《晋书》卷三四羊祜传:"祜叹曰:'天下不如意,恒十居七八。'"此语本晋人羊祜,而宋人由"七八",改言"八九",并传为俗言。

鄙谚

其一

情人眼里有西施。

其二

千里寄鹅毛,物轻人意重。

【按】宋胡仔《苕溪渔隐丛话》后集卷三一:"《复斋漫录》云,谚云:'情人眼里有西施。'又云:'千里寄鹅毛,物轻人意重。'皆鄙语也。山谷取以为诗,故《答公益春思》云:'草茅多奇士,蓬荜有秀色。西施逐人眼,称心最为得。'《谢陈适用惠纸》云:'千里鹅毛意不轻。'"黄庭坚《戏答公益春思》、《长句谢陈适用惠送吴南雄所赠纸》两诗分别见《山谷外集》卷一一、卷三。

眇倡引谚

心相怜,马首圆。

【按】宋秦观《淮海集》卷二五《眇倡传》:"美倡有眇一目者,贫不能自赡,乃计谋与母西游京师。或止之曰:'倡而眇,何往而不穷?且京师,天下之色府也,美盼巧笑,雪肌而漆发,曳珠玉,服阿锡,妙弹吹,籍于有司者,以千万计。使若具两目,犹恐往而不售,况眇一焉,其瘠于沟中必矣。'倡曰:'固所闻也,然谚有之:"心相怜,马首圆。"以京师之大,是岂知无我俪者。'遂行抵梁,舍于滨河逆旅。居一月,有少年从数骑出河上,见而悦之,为解鞍留饮宴,终日而去。"亦载清杜文澜《古谣谚》卷九八。

王告引俗谚判牒

客僧做寺主。

【按】宋沈括《梦溪笔谈》卷二三："庐山简寂观道士王告,好学有文,与星子令相善。有邑豪修醮,告当为都工,都工薄有施利。一客道士自言衣紫,当为都工。讼于星子云:'职位颠倒,称号不便。'星子令封牒与告,告乃判牒曰:'客僧做寺主,俗谚有云;散众夺都工,教门无例。虽紫衣与黄衣稍异,奈本观与别观不同。非为称呼,盖利乎其中有物;妄自尊显,岂所谓大道无名。宜自退藏,无抵刑宪。'告后归贯登科,为健吏,至祠部员外郎、江南西路提点刑狱而卒。"亦载清杜文澜《古谣谚》卷四七。

南京石上语

猪拾柴,狗烧火。
野狐扫地请客坐。

【按】宋赵令畤《侯鲭录》卷六："南京人家掘得一石,上有字可考云:'猪拾柴,狗烧火。野狐扫地请客坐。'不知是何等语也。"亦载清厉鹗《宋诗纪事》卷一〇〇、清杜文澜《古谣谚》卷九九。

赵令畤引古语*

力能胜贫,谨能胜祸。

【按】汉刘向《说苑》说苑卷一六："力胜贫,谨胜祸,慎胜害,戒胜灾。为善者天报以德,为不善者天报以祸。君子得时如水,小人得时如火。"赵令畤《侯鲭录》卷六："古语云'力能胜贫,谨能胜祸',盖言勤力不已则不贫,谨身可以避祸。"其意虽古,其言宋时新出,故录。

陆佃引俗语释熊罴

熊罴眼直,恶人横目。

【按】宋陆佃《埤雅》卷四释兽《罴》："《释兽》云:罴如熊,黄白文。罴似熊而大……能缘能立,遇人则擘而攫之。俗云:'熊罴眼直,恶人横目。'"亦载清杜文澜《古谣谚》卷三。

女生谚*

女生向外。

【按】宋李新《跨鳌集》卷二九《世系略》："虔即某之五世祖也,家于陵……自虔而下,亦各有女适良家。谚曰'女生向外',此固逸而不书,然则虔远矣,不得而计也。"

江公望引俚语

私事官仇。

【按】元脱脱等《宋史》卷三四六列传第一〇五:"江公望,字民表,睦州人,举进士。建中靖国元年,由太常博士拜左司谏。时御史中丞赵挺之与户部尚书王古,用赦恩理逋欠,古多所蠲释,挺之劾古倾天下之财以为私惠。公望以为天子登极大赦,将与天下更始,故一切与民,岂容古行私惠于其间。乃上疏曰:'……臣闻挺之与古论事,每不相合,屡见于辞。气怀不平之心,有待而发。俚语有之,"私事官仇",此小人之所不为,而挺之安为之,岂忠臣乎?'"亦载清杜文澜《古谣谚》卷一三。

普融僧引俚语

书头教娘勤作息,书尾教娘莫瞌睡。

【按】宋释普济《五灯会元》卷一九:"普融知藏,福州人也。至五祖入室次,祖举《倩女离魂》话问之,有契呈偈曰:'二女合为一媳妇,机轮截断难回互。从来往返绝踪由,行人莫问来时路。'凡有乡僧来谒,则发闽音,诵俚语,曰:'书头教娘勤作息,书尾教娘莫瞌睡。'"亦载清杜文澜《古谣谚》卷七五。

传抄谚*

字经三写,乌焉成马。

【按】宋释惠洪《禅林僧宝传》卷二一《慈明禅师》赞:"有际天之云涛,乃可容吞舟之鱼。有九万里之风,乃可负垂天之翼。三世如来之法印,重任也,岂寻常之材可荷担乎?余观慈明以英伟绝人之姿……视其施为,不见辙迹,未三世而死为绳墨。谚曰:'字经三写,乌焉成马。'此言虽小,可以喻大。"叶廷珪《海录碎事》卷一九《乌焉》:"古语云,'字经三写,乌焉成马'。"

故都头钱语*

千钱精神头钱卖。

【按】宋陆游《老学庵笔记》卷一〇:"唐小说载李纾侍郎骂负贩者云:'头钱价奴兵。''头钱',犹言'一钱'也。故都俗语云'千钱精神头钱卖',亦此意云。"

李如箎引俗谚释水火

人能变火,龙能变水。

【按】宋李如箎《东园丛说》卷下《天雨》:"天将雨,必先蒸湿,云气腾结而后降雨。又龙见而雨必旋至。以雨主于龙乎,则何待于蒸郁而后作雨也?又有薄云而能作雨者,且龙所取江河之水,曾几何而为泛溢,怀襄之患者何哉?二者之说盖无定论也。俗谚有云:'人能变火,龙能变水。'此虽俗说,细详之,亦甚有理。"又载清杜文澜《古谣谚》卷六〇。

杨幺叛时贼中语

其一

有能害我,除是飞来。

其二

除是飞过洞庭湖。

【按】宋刘时举《续宋编年资治通鉴》卷四:"湖寇杨幺据洞庭,遂为剧寇。官军陆袭之则入湖,水攻之则登岸。曰:'有能害我,除是飞来。'浚为上疏,不先去幺,为腹心害,将无以立国,请自行。浚至湖南,会岳飞兵至,贼将杨钦以三千人降,飞乘胜急攻其水寨,幺穷蹙赴水死,遂平。"亦载清杜文澜《古谣谚》卷九〇。元脱脱等《宋史》卷三六五、明陈邦瞻《宋史纪事本末》卷一五作:"欲犯我者,除是飞来。"明郭子章《六语》谣语卷六作:"若欲除我,除是飞来。"明杨慎《古今风谣》作:"若是欲我,除是飞来。"清厉鹗《宋诗纪事》卷一〇〇作:"若要除我,除是飞来。"又陆游《老学庵笔记》卷一:"鼎澧群盗,惟夏诚、刘衡二砦据险不可破。二人每自咤曰:'除是飞过洞庭湖。'其后卒为岳飞所破,盖语谶云。"又载清杜文澜《古谣谚》卷九一。

叶梦得引俚语

和尚置梳篦。

【按】宋叶梦得《避暑录话》卷下:"'和尚置梳篦'亦俚语,言必无用也。崇宁中间改僧为德士,皆加冠巾。蔡鲁公不以为然,尝争之,不胜。翌日有冠者数十人诣公谢,发既未有,皆为赝髻以簪其冠。公戏之曰:'今当遂梳篦乎?'不觉烘堂大笑,冠有坠地者。"亦载清杜文澜《古谣谚》卷六〇。

吴人俚语

等人易得久,瞋人易得丑。

【按】宋徐度《却扫编》卷上:"石林公言:吴中俚语,若'等人易得久,瞋人易得丑',虽鄙,亦甚有理。"石林公,指叶梦得。亦载清杜文澜《古谣谚》卷三〇。

忍之谚

忍事敌灾星。

【按】宋吕本中《官箴》:"忍之一事,众妙之门。当官处事,尤是先务。若能清、慎、勤之外,更行一忍,何事不办。《书》曰:'必有忍其乃有济。'此处事之本也,谚曰'忍事敌灾星'。"

劳心

劳心不如劳力。

【按】宋吕本中《官箴》:"前辈常言:小人之性,专务苟且。明日有事,今日得休且休。当官者不可徇其私意,忽而不治。谚有之曰:'劳心不如劳力。'此实要言也。"

贱人之相

欲识为人贱,先须看四般。
饭迟屙屎疾,睡易着衣难。

【按】宋庄绰《鸡肋编》卷上:"小人之相,亦多其易验者。有一绝载云:'欲识为人贱,先须看四般。饭迟屙屎疾,睡易着衣难。'盖无不应者也。"此诗或言俗语。

讥南人不北食语

孩儿先自睡不稳,更将杆面杖柱门。
何如买个胡饼药杀着!

【按】宋庄绰《鸡肋编》卷上:"《笔谈》载陕右以蟹辟疟鬼。余在安定尝会客曹,黄中庸食虾驹不去壳,齿根皆伤,遂掷去之。都监杨璋见琼枝皆拨去,曰:'不喜食此脆骨。'游师雄景叔,长安人,范丞相得新沙鱼皮,煮熟剪以为羹,一缕可作一瓯。食既,范问游:'味新觉胜平常否?'答云:'将谓是馎饦,已哈了。'盖西人食面儿不嚼也。南人罕作面饵,有戏语云:'孩儿先自睡不稳,更将杆面杖柱门。何如买个胡饼药杀着!'盖讥不北食也。建炎之后,江、浙、湖、湘、闽、广,西北流寓之人遍满。绍兴初,麦一斛至万二千钱,农获其利,倍于种稻。而佃户输租,只有秋课,而种麦之利,独归客户。于是竞种春稼,极目不减淮北。"

庄季裕引俚语九则释陈无己诗

其一
巧媳妇做不得无面馎饦。

其二
远水不救近渴。

其三
瓦罐终须井上破。

其四
急行赶过慢行迟。

其五
将勤补拙。

其六
大斧斫了手摩挲。

其七
鸡飞狗上屋。

其八
鹭鸶腿上割股。

【按】宋庄绰《鸡肋编》下:"陈无己诗,亦多用一时俚语。如'昔日剜疮今补肉','百孔千窗容一罅','拆东补西裳作带','人穷令智短','百巧千穷只短檠','起倒不供聊应俗','经事长一智','称家丰俭不求余','卒行好步不两得',皆全用四字。'巧手莫为无面饼'(巧媳妇做不得无面馎饦),'不应远水救近渴','谁能留渴须远井'(远水不救近渴),'瓶悬罋间终一碎'(瓦罐终须井上破),'急行宁小缓'(急行赶过慢行迟),'早作千年调一生','也作千年调'(人作千年调,鬼见拍手笑),'拙勤终不补'(将勤补拙),'斧斫仍手摩'(大斧斫了手摩娑),'惊鸡透篱犬升屋'(鸡飞狗上屋),'割白鹭股何足难'(鹭鸶腿上割股),'荐贤仍赌命'。而东坡亦有'三杯软饱后,一枕黑甜余',皆世俗语。如'赌命'、'软饱'犹可解,而'黑甜'后世不知其为睡矣。"亦载清杜文澜《古谣谚》卷六一,"媳"作"息"。馂饻,汤面。"人作千年调,鬼见拍手笑"本唐僧王梵志诗句,宋时已为俗谚,此不录。

菱角鸡头*

其一
菱角鸡头。

其二
菱角磨作鸡头。

【按】宋龚明之《中吴纪闻》卷六《羊充实》:"羊充实旧与子肄业郡学,其为人好崖异,且狠愎。一夕同舍对床剧谈,充实偶以言侵,众遂相率联句戏之云:'彼美羊充实,弯弯角向天。口内餐荷叶,尻中放瑞莲。细毛堪作笔,粗氀可为毡。子贡虽曾爱,齐宣不见怜。'(其它不能尽记)充实见诸公更相应答,机锋甚锐,遂哀鸣不已。自是处众和易,待人亦有礼。谚所谓'菱角鸡头'之说信矣。"陆游《剑南诗稿》卷四〇《书斋壁》:"平生忧患苦萦缠,菱刺磨成芡实圆。"自注:"俗谓因折多者谓'菱角磨作鸡头'。"后一条亦载清杜文澜《古谣谚》卷七七,题作"陆游引俗语论忧患"。

酒肆歌

吃酒二升,籴麦一斗。
磨面五斤,可饱十口。

【按】宋范公偁《过庭录》:"嵩山道中小市曰金店,范弇学究居焉。先子自许省坟河南,往来数见之,貌古性直,君子人也。邻有酒肆,诗云:'吃酒二升,籴麦一斗。磨面五斤,可饱十口。'"亦载明郭子章《六语》谚语卷六、清厉鹗《宋诗纪事》卷一〇〇、清杜文澜《古谣谚》卷九九。

陈旉引谚论财力

多虚不如少实,广种不如狭收。

【按】宋陈旉《农书》卷上《财力之宜篇第一》:"凡从事于务者,皆当量力而为之,不可苟且贪多务得，以致终无成遂也……欲其财力优裕，岁岁常稔，不致务广而俱失。故皆以深耕易耨，而百谷用成，国裕民富可待也，仰事俯育可必也。谚有之曰：'多虚不如少实，广种不如狭收。'岂不信然。"亦载清杜文澜《古谣谚》卷三七。

李季可引谚论众情

龙多乃旱。

【按】宋李季可《松窗百说》之《恃众》："壬申岁，乐清，元日贺令至，客次者二十一人。炉火盛，爇炉木至一边尽。众客环视，莫令止之，直舍吏至，始扑灭。仆常好犯众，然亦方观其理，徐笑谓邻坐曰：'一二客在，岂至此乎？'今不救之罪，分于众而难责，则皆莫之顾。况横身犯众，为人肩利害事邪？谚所谓'龙多乃旱'是也。因言京师役徒舁重物，度其人已多不能举，则复减之乃举。盖众则相恃，寡则尽力也。苻坚以众败，光武以寡胜，亦由此。"亦载清杜文澜《古谣谚》卷四八。

教子读书谚*

世无科举，人不教子。
朝无利禄，士不读书。

【按】宋林之奇《拙斋文集》卷九《答黄晦叔仙尉》："谚有之曰：'世无科举，人不教子。朝无利禄，士不读书。'今天下闺门、乡党之间，父诏其子、兄诏其弟者，何尝无教。而家塾、党庠之内，日读百纸，月读一箱，何尝无学。岂其所教所学，举皆为科举利禄设哉！岂其无科举利禄，则教学俱废哉！此言疑于厚诬天下之人，然而亦非过论也。"

吴中下里谚

其一
消梨应郎心上冷，甘蔗应郎心上甜。

其二
罗裙十二摺，小妻也是妾。

【按】明徐伯龄《蟫精隽》卷一〇《子夜歌》："《槁简赘笔》云：吴中俗言俚曲有云：'消梨应郎心上冷，甘蔗应郎身上甜。'又云：'罗裙十二摺，小妻也是妾。'遂采为《子夜歌》二章云：'消梨得能冷，甘蔗得能甜。总应郎心上，为侬素比缣。桃根复桃叶，罗裙十二褶。阿郎自欢依,小妻也是妾。'"亦载清厉鹗《宋诗纪事》卷四八、卷一〇〇,清杜文澜《古谣谚》卷六二。宋陈振孙《直斋书录解题》卷一一:"《槁简赘笔》二卷,承议郎章渊伯深撰。"厉鹗《宋诗纪事》卷四八:"章渊,渊字伯渊(渊当作深),惇之后。用荫入仕不就,卜居长兴之若溪,有《槁简赘笔》。"

葛立方引俗言

腰缠十万贯,骑鹤上扬州。

【按】宋葛立方《韵语阳秋》卷一三:"俗言:'腰缠十万贯,骑鹤上扬州。'言扬州,天下之乐国。"又载清杜文澜《古谣谚》卷八四。

喜怒盛极不宜*

盛喜中不许人物,盛怒中不答人简。

【按】宋吴曾《能改斋漫录》卷二《盛喜中不许人物》:"俗谚云:'盛喜中不许人物,盛怒中不答人简。'按,《列子》宋元君曰:'昔有异技干寡人者,技无庸,适值寡人有欢心,故赐金帛。'乃知俗语亦有所自也。"是此语由来已久。

生有时谚*

生有时,死有地。

【按】宋吴曾《能改斋漫录》卷一八《生有时死有地》:"龚侍郎,邵武人。布衣时,在京师,以祖未葬,就一道人课之。得诗云:'乌军山畔走纷纷,余分际上照一坟。但请涂樊二师下,儿孙朱紫入朝门。'暨还家,家已葬祖讫。地名余分际,近乌军山,乃涂、樊二道士为迁穴。信乎谚曰'生有时,死有地'也。"

胡仔引俚语论不管闲事和喝酒生事*

其一
闻事莫说,问事不知。
闲事莫管,无事早归。

其二

少吃不济事,多吃济甚事。

有事坏了事,无事生出事。

【按】宋胡仔《苕溪渔隐丛话》前集卷五四:"世间俚语,往往极有理者。如'闻事莫说,问事不知。闲事莫管,无事早归',若能践此言,岂有不省事乎?又'少吃不济事,多吃济甚事。有事坏了事,无事生出事',若能守此戒,岂复为酒困乎?"亦载清杜文澜《古谣谚》卷八四。

郑耕老引里谚

积丝成寸,积寸成尺。

寸尺不已,遂成丈匹。

【按】宋吕祖谦《少仪外传》卷下郑耕老《劝学》:"立身以力学为先,力学以读书为本。今取六经及《论语》、《孟子》、《孝经》以字计之。……大小九经,合四十八万四千九十五字。且以中才为率,若日诵三百字,不过四年半可毕。或以天资稍钝,减中才之半,日诵一百五十字,亦止九年可毕。苟能熟读而温习之,使入耳著心,久不忘失,全在日积之功耳。里谚曰:'积丝成寸,积寸成尺。寸尺不已,遂成丈匹。'此语虽小,可以喻大,后生勉之。"亦载清杜文澜《古谣谚》卷五五。黄宗羲《宋元学案》卷四:"郑耕老,字谷叔,莆田人。绍兴十五年进士,明州教授,以荐召见,孝宗擢国子监簿,添差福建安抚司机宜文字。著《诗》、《易》、《中庸》、《洪范》、《论》、《孟》训释。"

小大之喻谚*

涔蹄之水,不容吞舟之鱼。

【按】宋程大昌《演繁露》卷八《土部鱼》:"《说苑》二卷曰,庄周贷粟于魏文侯,曰周之来,见道傍牛蹄中,有鲋鱼焉,得斗升之水,斯活矣。鲋,今俗名土部,盖声讹也。此鱼质沉,常附土而行,不似他鱼浮水游逝也,故曰土附也。顾后人加鱼去部,则书以为鲋焉耳。《说苑》之谓牛蹄者,牛足践泥,泥之为洼,洼中水停不通,故此鱼附着,亦不能去。若得斗升之水,则可它适而活也。谚言:'涔蹄之水,不容吞舟之鱼。'正举此以为之况也。"

李昌龄引楚谚

此辈只堪林下见,不宜引入画堂前。

【按】宋李昌龄《乐善录》卷下:"僧道不可入宅院,犹鼠雀之不可入仓廪也。鼠雀入仓廪,未有不食谷粟者;僧道入宅院,未有不为乱行者。此事之必然,不可隐者也。故楚谚亦云:'此辈只堪林下见,不宜引入画堂前。'"亦载清杜文澜《古谣谚》卷四四。

河井谚*

河满则井盈。

【按】宋释宝昙《橘洲文集》卷五《洞山置田记》:"谚曰:'河满则井盈。'河竭矣,井乌有哉,吾之田亦岂得已也。"

洪迈引俗谚二则*

其一

外甥多似舅。

其二

便重不便轻。

【按】宋洪迈《容斋随笔》续笔卷一二《天生对偶》:"又有用书语两句而证以俗谚者,如'尧之子不肖,舜之子亦不肖'。谚曰:'外甥多似舅','吾力足以举百钧,而不足以举一羽'。谚曰'便重不便轻'之类是也。"亦载清杜文澜《古谣谚》卷四五。

杀人欠债谚*

杀人偿命,欠债还钱。

【按】宋洪迈《夷坚志》支志甲卷三《方禹冤》:"鄱阳县人方禹为郡吏,与凶子杨五有隙。杨从事于驵侩,禹每为所凌。尝因酒酣相值即执其裾,禹度力不能敌,卑辞请命。杨弗顾,曳之于地,恣行棰踢,伤已甚。傍人劝谏,犹搦之不释。众舁禹寸步归家,因惫殆绝。……遂没,妻子衔茹冤恨,不复彰闻。杨自以为得志,愈肆凶虐。历数月,当秋末时,日正中,见禹从远来,二鬼随其后。……禹曰:'昔尔苦我时,荒窘之状亦如此。"杀人偿命,欠债还钱。"岂悠悠闲言词所可救解。'路人过者见杨垂头慄慄,往复自语,且以手掴面,流血不止。为报其家来视之,尚能道所遇,顷之而死。"宋李之彦《东谷随笔》:"谚有之,'杀人偿命,欠债还钱',理也。近世豪家巨室,威力使令,逼人致死,但捐财贿饵血属,坦然无事。至如人或逋负,督迫取偿,必使投溺自经然后已。由此观之,乃是杀人偿钱,欠债还命。"亦见清杜文澜《古谣谚》卷四四。

曾敏行引里谚

张果老撑铁船。

【按】宋曾敏行《独醒杂志》卷一〇:"里谚有'张果老撑铁船'之语,以为难遇,不可复见也。乡人杨元皋为举子时,尝梦人告之曰:'子欲及第,除是撞着张果老撑铁船。'元皋心甚疑之。绍兴初,以乡举就吉州类试。一禅刹为试院,元皋试毕,忽回顾壁间,有画一老人撑船,旁题云:'此是张果老撑铁船处。'元皋喜,以为符梦中之言。榜揭,吉州之士中者六七人,元皋预其一元。皋名迈。"清杜文澜《古谣谚》卷六二作:"若要事成全,张果老撑铁船。"

成家由妇谚*

成家由妇,破家由妇。

【按】宋刘清之《戒子通录》卷三《李恕》:"谚云:'成家由妇,破家由妇。'缅寻其语,谅匪虚谈。未有娣姒相怜而兄弟不睦,娣姒相嫉而昆季雍和者也。"

李翀引俗言论仕宦

三世仕宦,方解着衣吃饭。

【按】宋陆游《老学庵笔记》卷五:"隆兴间有扬州帅,贵戚也。宴席间语客曰:'谚谓三世仕宦,方解着衣吃饭。仆欲作一书,言衣帽酒殽之制,未得书名。'通判鲜于广蜀人,即对曰:'公方立勋业,今必无暇及此。他时功成名遂,均逸林下,乃可成书耳,请先立名曰《逸居集》。'帅不之悟。有牛签判者,京东归正官也,辄操齐音曰:'安抚莫信,此是通判骂安抚饱食暖衣,逸居而无教,则近于禽兽,是甚言语?'帅为发怒赧面,而通判欣然有得色。"亦载明郭子章《六语》谚语卷六、清杜文澜《古谣谚》卷四九。

范石湖引吴谚

一口不能着两匙。

【按】宋范成大《石湖诗集》卷二六《丙午新正书怀十首》其四:"人情旧雨非今雨,老境增年是减年。口不两匙休足谷,身能几屐莫言钱。"自注:"吴谚云'一口不能着两匙'。"元方回《瀛奎律髓》卷一六、清杜文澜《古谣谚》卷八四均作"一口不能插两匙"。

小儿语*

其一

卖汝痴！卖汝呆！

其二

卖痴呆，千贯卖汝痴，万贯卖汝呆。

见卖尽多送，要赊随我来。

【按】宋范成大《石湖诗集》卷三〇《腊月村田乐府十首并序》："余归石湖，往来田家，得岁暮十事，采其语各赋一诗，以识土风……其九卖痴呆词，分岁罢，小儿绕街呼叫云：'卖汝痴！卖汝呆！'世传吴人多呆，故儿辈讳之，欲贾其余，益可笑。"元高德基《平江记事》："吴人自相呼为呆子，又谓之苏州呆。每岁除夕，群儿绕街呼叫云：'卖痴呆，千贯卖汝痴，万贯卖汝呆。见卖尽多送，要赊随我来。'盖以吴人多呆，儿辈戏谑之耳。"

弈者谚*

旁观者审，当局者迷。

【按】宋范成大《吴郡志》卷二七宋孝宗新制论："今之朝士大夫，当居台谏给舍侍从之时，评议朝政，十中八九，谋王体、断国论，有优为之者。及一旦迁入政府，往往识虑详明，顿减于前，使人得以反议其后。谚有'旁观者审，当局者迷'，此不特为弈者之论。"亦见陆九渊《象山集》卷六《与包详道》。

苏州民为大水谣*

吴江以北，露地而哭。

平望以南，刈禾而歌。

【按】宋范成大《吴郡志》卷四六："元丰四年七月，苏州大水。西风驾湖水，浸没民居。凡边湖者皆荡尽，或举家不知所在。松江长桥亦推去其半，桥南至平望皆如扫，内外死者万余人。翌日水退，村人渐获流尸，苏匠为棺一日尽售，无以继之。人云：'吴江以北，民露地而哭。平望以南，刈禾而歌。'"由范氏记载可知，最初只是灾民传言，后世视为民谣，姑备存参考。明沈岱《吴江水考增辑》卷二无"民"字，亦不称"谣"。清陈荀纕《(乾隆)吴江县志》卷四〇始以"谣"称之，录作："吴江以北，露地而哭。平望以南，刈禾而歌。"此处据以删"民"字，而成整齐之四言。

倪思引谚论筵宴

未有不散之筵。

【按】宋倪思《经鉏堂杂志》卷四《筵宴三感》:"若一杯才毕,一杯继进,须臾之间,宴告终矣,宾主皆无意味,人情不得款曲,余于是乎有感一也。三杯亦散,五杯亦散,十杯亦散,极至于百杯亦散,谚曰'未有不散之筵',余于是乎有感二也。凡招客者,必以其类赴集,有必先问同招者谁,倘皆善类,宾主皆安;忽有一非类者厕其间,是为主不审之过,客则终席不乐,苟其甚,则托辞以避矣。余于是乎有感三也。"亦载清杜文澜《古谣谚》卷四四。

省使*

省使胜求人。

【按】宋倪思《经鉏堂杂志》卷五《俭》:"君子所以贵乎俭者,为其寡求耳。谚曰:'省使胜求人。'盖不俭者必至贪求,是以贵乎俭。"

倪思引谚二则论俭

其一
做个求人面不成。

其二
求人不如求己。

【按】宋倪思《经鉏堂杂志》卷七《月计》:"若乃假贷亲故,至一,至再,亦难言矣。谚曰'做个求人面不成',此言有理,若自有薄产,无此恶况矣。吾家业虽不多,若自知节省,且为二十年计,可以使汝辈待阙不至狼狈,既免聚徒就馆,又免干求假贷。谚曰'求人不如求己',此之谓也。"亦载清杜文澜《古谣谚》卷四四。

心地肚肠*

其一
好阴地,不如好心地。
好住场,不如好肚肠。

心地肚肠好,子孙代代昌;

心地肚肠恶,子孙代代殃。

其二

住场好,不如肚肠好。

坟地好,不如心地好。

【按】宋应俊《琴堂谕俗编》卷下倪思《劝积阴德文》:"佛氏有言:'修善因,结善缘,永得人身,生生富贵,代代荣昌。'……又曰:'好阴地,不如好心地;好住场,不如好肚肠。心地肚肠好,子孙代代昌;心地肚肠恶,子孙代代殃。''君不见无限朱门生饿殍,几多白屋出朝郎。岂因风水能如此,盖为前人行短长。风水人间不可无,亦须阴德两相扶。若无阴德凭风水,再生郭璞也难图。'"宋周密《癸辛杂识》别集卷上《倪氏窖藏》:"倪文节为吾乡一代名流,常与秀邸为邻,颇有侵越地界之争。常为之语云:'住场好,不如肚肠好;坟地好,不如心地好。'盖有为而发也。或议其有窖藏之癖,然余未敢以为信。既而子孙有分析窖藏不平之讼,颇为前人之辱,余始疑而终未敢以为信也。后纳一婢,乃自其孙所来,备言其事,云:一日骤雨,堂屋舍漏水,壅不泄,遂呼圬者整之。得大箧于檐溜中霤下,视之皆黄白也。或窖于墙壁间,凡数处。以此兴讼,数年不已,尽为刻木辈所有。正不救子孙之贫也,悲夫!"亦载清翟灏《通俗编》卷三。此均出倪思口述佛言,当流为俗语,此姑录其一。

王楙引鄙俗语二则

其一

不在被中眠,安知被无边。

其二

一日不作,一日不食。

【按】宋王楙《野客丛书》卷二九《俗语有所自》:"因知俗语皆有所自。……今鄙俗语谓:'不在被中眠,安知被无边。'而卢仝诗曰:'不予衾之眠,信予衾之穿。'谓'一日不作,一日不食'。而赵世家曰:'一日不作,百日不食。'"亦载清杜文澜《古谣谚》卷四五。

赤梢鲤鱼*

赤梢鲤鱼,釐瓮可以浸杀。

【按】宋吕祖谦《东莱集》外集卷五《与陈同父》:"小辈作挠,似不足介意。颜子犯而不校,淮阴侯俯出胯下,两条路径虽不同,这一般都欠不得,幸深留意。鄙谚云'赤梢鲤鱼,就蕴瓮里浸杀'。陈拾遗一代词宗,只被射洪县令断送了,事变大小,岂有定所哉。"陈亮《龙川集》卷二〇《又甲辰答(朱熹)书》:"颜渊之犯而不校,淮阴侯之俯出跨下。俗谚所谓'赤梢鲤鱼,蕴瓮可以浸杀'。王坦之以为天下之宝,当为天下惜之,所谓克己复礼者,盖无一时不以为言。"

朱子引谚

今年自家,雪里冻杀。

不知明年,甚人吃大碗不托。

【按】宋朱熹《晦庵先生朱文公文集》卷三四《答吕伯恭》:"窃观事势,万一不稔,即军食所须是第一义,而后可及赈恤。已多方擘画,未知其济否。如何切幸,因风有以见教,于其思虑之所不及者,幸甚幸甚。囊封付出乃邸吏云尔,方窃怪之。当时诚亦轻发,然今已不可悔矣。积其诚意,待时而发,固所当然。但恐如谚所谓'今年自家,雪里冻杀。不知明年,甚人吃大碗不托'耳,言之痛心,苦事苦事。"亦载清杜文澜《古谣谚》卷七七。

灾祸谚[*]

闭门家里坐,祸从天上来。

【按】朱熹《朱子语类》卷七一:"邑人之灾,正如俗云'闭门家里坐,祸从天上来'耳。"

朱子引谚训人

成人不自在,自在不成人。

【按】宋罗大经《鹤林玉露》乙编卷三《朱文公贴》:"庐陵士友藏朱文公一小简真迹云:'……第一更切检束操守,不可放逸。亲近师友,莫与不胜己者往来,熏染习熟,坏了人也。景阳想已赴省,季章当只在家。凡百必能尽心苦口,切须承禀,不可有违。谚云:"成人不自在,自在不成人。"此言虽浅,然实切至之论,千万勉之。'"又载清杜文澜《古谣谚》卷四八。

袁采引谚论家业

莫言家未成,成家子未生。

莫言家未破,破家子未大。

【按】宋袁采《袁氏世范》卷一《家业兴替系子弟》："同居父兄子弟，善恶贤否相半。若顽很刻薄、不惜家业之人先死，则其家兴盛，未易量也。若慈善长厚勤谨之人先死，则其家不可救矣。谚云：'莫言家未成，成家子未生。莫言家未破，破家子未大。'亦此意也。"亦载清杜文澜《古谣谚》卷三五。

袁采引俗语论言语

打人莫打膝，道人莫道实。

【按】宋袁采《袁氏世范》卷二《言语虑后则少怨尤》："亲戚故旧，人情厚密之时，不可尽以密私之事语之，恐一旦失欢，则前日所言皆他人所凭，以为争讼之资。至有失欢之时，不可尽以切实之语加之，恐忿气既平之后，或与之通好结亲，则前言可愧。大抵忿怒之际，最不可指其隐讳之事，而暴其父祖之恶。吾之一时怒气所激，必欲指其切实而言之，不知彼之怨恨深入骨髓。古人谓'伤人之言，深于矛戟'是也，俗亦谓：'打人莫打膝，道人莫道实。'"又载清杜文澜《古谣谚》卷三五。

袁采引谚论兼并

富儿更替做。

【按】宋袁采《袁氏世范》卷三《兼并用术非悠久计》："兼并之家，见有产之家子弟昏愚不肖，及有缓急，多是将钱强以借与，或始借之时设酒食以媚悦其意，或既借之后历数年不索取，待其息多，又设酒食招诱使之结转，并息为本，别更生息。又诱勒其将田产折还。法禁虽严，多是幸免。惟天网不漏，谚云'富儿更替做'，盖谓迭相酬报也。"又载清杜文澜《古谣谚》卷三五。

衣成人水成田谚*

衣则成人，水则成田。

【按】宋陈亮《龙川集》卷四《问答》："身与心内也，夫物皆外也。徇外而忘内，不若乐其内而不愿乎其外也。是教人以反本，而非本末具举之论也。二帝三王，未尝不择形势而居之，而周公于宫室之制，阔大端丽，欲用以为万世之法。夫岂以形势为德之辅，而宫室为德之华哉！此帝王所以备人道而与天下为公也。萧何、娄敬，盖亦知天下之势而已，而未知圣人本末具举之道，故使论者犹有疑焉。且谚有之：'衣则成人，水则成田。'此岂有内外轻重之异哉！世儒之论所未及也。"

129

人之高下谚*

非尔之高,我之下也。

【按】宋陈亮《龙川集》卷一三《高世传序》:"余历观诸史,见若此者,窃有慕焉。而恨当时之自闭于山林者,史不得而尽载也。幸其犹或载也,总而为高士传,以备日览。谚曰:'非尔之高,我之下也。'将与学者尽心焉。"

泥中洗弹子*

黄泥塘中洗弹子。

【按】宋陈亮《龙川集》卷二〇《又癸卯通书》:"孔子以礼教人,犹必以古诗感动其善意,动荡其血脉,然后与礼相入。未兴于诗,而使立于礼,是真嚼木屑之类耳。况欲运天下于掌上者,不能震动,则天下固运不转也。此说虽粗,其理却如此。震之九四有所谓震遂泥者,处群阴之中,虽有所震动,如俗谚所谓'黄泥塘中洗弹子'耳,岂有拖泥带水,便能使其道光明乎?"

陈亮引俗谚

千钱药,却在笆篱边。

【按】宋陈亮《龙川集》卷二〇《(与朱元晦)又书》:"亮不敢有望于一世之儒,先所深恨者,言以人而废道,以人而屈使。后世之君子,不免哭穷途于千五百年之间,亮虽死而目不瞑矣。'楼台侧畔杨花过,帘幕中间燕子飞'。当时论者以为贫人安得此景致,亮今甚贫,疑此景之可致,故以为可只作富贵者之事业。而来谕便谓做沂水舞雩意思不得,亦不是抱膝长啸底气象,如此则咳嗽亦不可矣。心之所欲言者甚多,来戒之乃,过是决不敢更有所言。但所谓不传绝学,更须讨论者,犹恐如俗谚所谓'千钱药,却在笆篱边'耳。许作抱膝吟,须如前书,得两篇可长讽咏者为佳,不必论到孔明抱膝长啸。各家园池自有各家景致,但要得语言气味深长耳。"亦载清杜文澜《古谣谚》卷七七。

狮狗本性*

狮子咬人,狂狗逐块。

【按】宋陆九渊《象山集》卷三五《象山先生语录》:"只与理会实处,就心上理会。俗谚云'痴人面前,不得说梦',又曰'狮子咬人,狂狗逐块'。以土打狮子,便径来咬人。若打狗,狗狂只去理会土。"

费衮引俚语

盗虽小人,智过君子。

【按】宋费衮《梁溪漫志》卷一〇《俚语盗智》:"俚语谓'盗虽小人,智过君子'。此语固可鄙笑,然盗之奸诈,实有出人意表者,可诛也。"亦载清杜文澜《古谣谚》卷六〇。

赵范引谚

护家之狗,盗贼所恶。

【按】元脱脱等《宋史》卷四一七赵范《与史弥远书》:"以抚定责之(徐)晞稷,而以镇守责之(赵)范。责晞稷者函人之事也,责范者矢人之事也。既责范,以惟恐不伤人之事,又禁其为伤人之痛,恶其为伤人之言,何哉?其祸贼见范为备,则必忌而不得,以肆其奸。他日必将指范为首祸激变之人,劫朝廷以去范。先生始未之信也,左右曰可,卿大夫曰可,先生必将曰是,何惜一赵范而不以纾祸哉?必将缚范以授贼,而范遂为宋晁错。虽然,使以范授贼,而果足以纾国祸,范死何害哉!谚曰'护家之狗,盗贼所恶',故盗贼见有护家之狗,必将指斥于主人,使先去之,然后肆穿窬之奸,而无所忌。然则杀犬,固无益于弭盗也。"又载清杜文澜《古谣谚》卷一三。

张三王大谚*

指望张三作王大,争奈王大是张三。

【按】宋王质《雪山集》卷八《与张都督书》:"相公之诚,通天地而开金石,盖有余也。然精神寖改于前时,功业未满于初心,徒使相公深悲浩叹之不足。前日临分之际,相公忽动山林之兴,退与钦夫道而伤之。谚云:'指望张三作王大,争奈王大是张三。'蹉跎相公至此者,则此曹为之也。"

袁文引世语释陟岵

娘惜细儿。

【按】宋袁文《瓮牖闲评》卷一:"世有'娘惜细儿'之语。《陟岵》之诗云:'陟彼岵兮,瞻望母兮,母曰嗟予季行役。'季,少子也,母以少子行役,其心眷眷然,而形之语言如此。此正所谓'娘惜细儿'者,不独今人为然,古亦有之。"又载清杜文澜《古谣谚》卷四五。

罗大经引谚论宰相台谏

吃拳何似打拳时。

【按】宋罗大经《鹤林玉露》丙编卷二《论事任事》:"盖已为侍从台谏,则能攻宰相之失;已为宰相,则能受侍从台谏之攻。此正无意无我、人己一视之道,实贤人君子之盛德,亦国家之美事也。岂有己则能攻人,而人则不欲其攻己哉。谚云:'吃拳何似打拳时。'此言虽鄙,实为至论。"亦载清杜文澜《古谣谚》卷四八。

儿孙谚*

皮皮隔一皮,孙子不如儿。

【按】宋刘克庄《后村先生大全集》卷九二《惟孝庵》:"子真生坟自灵石移郭墓,谓其近于祖父母。郭墓距先茔仅二里,子真犹以为远。景定壬戌之腊,复移于官林……官林在福胜之西二百步,语音相闻,依祖一幸也。翁陂之山为震,此山为兑,坐向甲庚,皆合瞻父二幸也。惟孝之义,详于前记。今新庵落成,愿识岁月焉。谚曰:'皮皮隔一皮,孙子不如儿。'野哉是言也。先民必念祖训,必述祖德,尊祢忘祖,俚俗之见,学士大夫则不然。"

刘克庄引俗言*

有今日,无明日。

【按】宋刘克庄《后村先生大全集》卷八四《商书讲义》:"劝忧,犹孟子言'安其危而利其灾,乐其所以亡'也。有今罔后,犹俗言'有今日,无明日'也。"

叶茵引谚

大姑拙,三姑巧。

【按】宋陈起《江湖小集》卷四二叶茵《顺适堂吟稿·蚕妇吟》:"大姑不似三姑巧,今岁缲丝两倍收"后注:"谚有'大姑拙,三姑巧'之语。"又载杜文澜《古谣谚》卷七七。

相骂谚*

相骂无好语。

【按】宋林希逸《庄子鬳斋口义》卷六:"'兽死不择音',言兽死之时,其声音又何所择。此譬喻忿设巧言之人,才至于争竞,则言语之出,皆不暇简择。今谚所谓'相骂无好语'是也。"

恶虎谚*

恶虎不食子。

【按】宋林希逸《庄子鬳斋口义》卷一六:"以虎狼为仁,便与'盗亦有道'意同,此皆排抑儒家之论。但其言虽偏,亦自有理。谚云:'恶虎不食子。'岂非虎狼之仁乎?"

用势谚*

有势莫尽用。

【按】宋林希逸《庄子鬳斋口义》卷三〇:"'佽溺',不自在也,若人行负重物而登高然。'取慰',取足也。'取竭',用尽也,今谚云'有势莫尽用'是也。"

俚语对偶

其一

死人身边有活鬼,强将手下无弱兵。

其二

老手旧肐膊,穷嘴饿舌头。

其三

麻油拌生菜,呷醋咬陈姜。

【按】宋周遵道《豹隐纪谈》:"天生好句,未尝无对。俚俗之语,得之为难。《栗斋诗话》载二对,一云'死人身边有活鬼,强将手下无弱兵',一云'老手旧肐膊,穷嘴饿舌头'。今有一对,亦可比拟,如'麻油拌生菜,呷醋咬陈姜'。"前二亦载宋俞琰《书斋夜话》卷四,其三亦载清杜文澜《古谣谚》卷四八。

陈叔方引俗言释平稳*

其一
三平二满。

其二
五角六张。

其三
乖角乖张。

【按】宋陈叔方《颍川语小》卷下："俗言'三平二满',盖三遇平、二遇满,皆平稳得过之。曰'五角六张'者,五遇角、六遇张,其曰不稳多乖,故云'乖角乖张'也。"

胡太初引谚

捉贼须捉赃,捉奸须捉双。

【按】宋胡太初《昼帘绪论》治狱:"史传所载,耳目所知,以疑似受枉而死、而流、而伏辜者,何可胜数。谚曰:'捉贼须捉赃,捉奸须捉双。'此虽俚言,极为有道。"又载清杜文澜《古谣谚》卷三二。

三世为儒谚*

三世为儒,收功诗书。

【按】宋姚勉《雪坡舍人集》卷四九《周恕斋墓志铭》:"遂以癸丑十有一月二十有八日终于正寝,生于淳熙乙酉,盖年八十有九,可谓卓然达理,至老死不乱者矣。娶刘氏,孝慈和勤,后公一年生,先公一年卒。夫妇皆享上寿,白首同归,亦异事也。子三人,潢、溧、洵,中子早世。女二人,适邑士张师俭、邹时英。孙三人,枏、杞、楫。曾孙二人,焱、荣。谚曰:'三世为儒,收功诗书。'矧四世皆儒者乎?是必有兴者。"

吴自牧引俗谚论善恶

作善者降百祥,天神佑之;
作恶者降千灾,鬼神祸之。

【按】宋吴自牧《梦粱录》卷一八《恤贫济老》:"俗谚云:'作善者降百祥,天神佑之;作恶者降千灾,鬼神祸之。'天之报善惩恶,捷于影响,世人当以此为鉴也。"亦载清杜文澜《古谣谚》卷三〇。

免仇杀谚*

其一
赢他一万,自损三千。

其二
人顽似铁,官法如炉。

【按】宋黄震《黄氏日抄》卷七九《晓谕新城县免仇杀榜》:"大凡冤家只可解,不可斗。才解便休,才斗转深。若去斗时,俗谚云:'赢他一万,自损三千。'本要杀他,反被他杀了,济得甚事?又俗谚云:'人顽似铁,官法如炉。'德安往年几个倡乱,何曾一人得保首领。此皆尔百姓眼见者,若能解时,只在一念,将前日报冤之心,回转息量。"

识阴阳谚*

一世识阴阳,三世翁无墟墓场。

【按】宋方逢辰《蛟峰方先生集》文集卷六《洪智堂地理心机跋》:"谚云:'一世识阴阳,三世翁无墟墓场。'此为不识阴阳之理者发。"又载清黄宗羲《宋元学案》卷八二。

林洪引谚

近水惜水。

【按】宋林洪《山家清事》之《泉源》:"腊月剖修竹相接,各钉以竹丁,引泉之甘者,贮之以缸。杜甫所谓'剖竹走泉源'者,此也。又须爱护用之,谚云'近水惜水',此实修福之事云。"亦载清杜文澜《古谣谚》卷五三。

婚嫁谚*

男婚低户,女嫁高门。

【按】宋应俊《琴堂谕俗编》卷上《重婚姻》:"胡安定遗训:嫁女必求胜吾家者,则女之

贵池驿壁间语

昨者雨，今日晴。

前月小，后月大。

君欲问百年，百年如此过。

孰为辱？孰为荣？

何者福？何者祸？

山中多白云，莫教脚一蹉。

【按】宋周密《浩然斋雅谈》卷中："候馆墙壁所书多有可纪者，予尝录数处矣。今复得池贵阳（阳字或衍）池驿壁间语云：'昨者雨，今日晴。前月小，后月大。君欲问百年，百年如此过。孰为辱？孰为荣？何者福？何者祸？山中多白云，莫教脚一蹉。'"亦载孔凡礼《宋诗纪事续补》卷三〇。

潭州四通馆题梁

蜗角名，蝇头利。

老天术何巧，以此役斯世。

昨日一替死，今日一替生。

暗里换人人不悟，门前每日见人行。

【按】宋周密《浩然斋雅谈》卷中："潭州四通馆梁间有云：'蜗角名，蝇头利。老天术何巧，以此役斯世。昨日一替死，今日一替生。暗里换人人不悟，门前每日见人行。'是皆警世之辞也。"又载孔凡礼《宋诗纪事续补》卷三〇。

周密引俗谚证解颐

兜不上下颏。

【按】宋周密《齐东野语》卷六："匡衡好学，精力绝人。诸儒为之语曰：'无说诗，匡鼎来。匡说诗，解人颐。'盖言其善于讲诵，能使人喜而至于解颐也。至今俗谚以人喜过甚者，云'兜不上下颏'，即其意也。本朝盛度，以第二名登第，其父喜甚，颐解而卒。又岐山县樊纪登第，其父亦以喜而颐脱，有声如破瓮。按《医经》云'喜则气缓，能令致脱颐'，信非戏语也。"亦载清杜文澜《古谣谚》卷四八。

周密引谚论笔墨

不善操舟，而恶河之曲。

【按】宋周密《癸辛杂识》前集："先君子善书，体兼虞、柳。余所书似学柳不成，学欧又不成。不自知其拙，往往归过笔墨，谚所谓'不善操舟，而恶河之曲'也。"亦载清杜文澜《古谣谚》卷六二。

五更睡*

骨边肉，五更睡。
虽不多，最有味。

【按】宋周密《浩然斋雅谈》卷中："余家向有小廨，在杭之曲阜桥。每夕五鼓间，早朝传呼之声，虽大雨风雪中亦然，于是慨叹虚名之役人也如此。既而于壁间，得一绝云：'霜拂金鞍玉坠腰，邻鸡催唤紫宸朝。争如林下饱清梦，残月半窗松影摇。'颇得予心之同。因以类得数篇，并书于此。乐天寄陈山人云：'待漏五门外，候对三殿里。髭须冻生冰，衣裳泠如水。忽思仙游客，暗谢陈居士。暖覆裯衣眠，日高应未起。'又诗云：'重裘暖帽宽毡履，小阁低窗深地炉。身稳心安眠未起，西京朝士得知无。''软绫腰褥薄绵被，凉冷秋天稳暖身。一觉晓眠殊有味，无因说与早朝人。'又云：'鸡鸣一觉睡，不博早朝人。'谚云：'骨边肉，五更睡。虽不多，最有味。'正此意也。"

姚镕引俗语

对马牛以诵经。

【按】宋周密《齐东野语》卷一四《姚幹父杂文》："姚镕，字幹父，号秋圃……余尝得其杂著数篇，议论皆有思致，今散亡之余，仅存一二。惧复失坠，因录之，以著余拳拳之怀。《喻白蚁文》云：物之不灵，告以话言而弗听，俗所谓'对马牛以诵经'是已。"清杜文澜《古谣谚》卷四八作"对马牛而诵经"。

寒食*

懒妇思正月，馋妇思寒食。

【按】宋陈元靓《岁时广记》卷五《忌针线》:"《岁时杂记》:京人元日皆忌针线之工,故谚有'懒妇思正月,馋妇思寒食'之语。"卷一五《畜食品》:"《岁时杂记》:京都寒食,多畜食品,故谚有'寒食十八顿'之说。又云'馋妇思寒食,懒妇思正月',盖正月多禁忌女工也。"

韦君安引俗语

瓜皮搭李树。

【按】宋韦居安《梅磵诗话》中:"泉南林洪,字龙发,号可山,肄业杭泮,粗有诗名。理宗朝,上书言事,自称为和靖七世孙,冒杭贯,取乡荐。刊中兴以来诸公诗,号《大雅复古集》,亦以己作附于后。时有无名子作诗嘲之曰:'和靖当年不娶妻,只留一鹤一童儿。可山认作孤山种,正是瓜皮搭李皮。'盖俗语以强认亲族者为'瓜皮搭李树'云。"亦载清厉鹗《宋诗纪事》卷七三、清杜文澜《古谣谚》卷八四。

(四)百科

1. 农事

王得臣引人言

良田畏七月。

【按】宋王得臣《麈史》卷下《乖谬》:"人有言曰:'良田畏七月。'盖百谷秀实之时,正需(需一本作须)雨也。"亦载清杜文澜《古谣谚》卷四七。

陈师道所记农谚四则*

其一

甘草先生则麦熟,苦草先生则人疫。

其二

杏熟当年麦,枣熟当年禾。

其三

枣不济俭。

其四

行得春风有夏雨。

【按】宋陈师道《后山谈丛》卷二:"谚曰:'甘草先生则麦熟,苦草先生则人疫。'甘草,荠;苦草,黄蒿也。又曰:'杏熟当年麦,枣熟当年禾。'又曰:'枣不济俭。'谓枣熟则岁丰也。谚曰:'行得春风有夏雨。'盖春之风数,为夏之雨数,小大急缓亦如之。""其二"亦载清杜文澜《古谣谚》卷五九。

陈师道引谚

田怕秋旱,人畏老贫。

【按】宋陈师道《后山谈丛》卷三:"谚语曰:'田怕秋旱,人畏老贫。'又曰:'夏旱修仓,秋旱离乡。'岁自处暑至白露不雨,则稻虽秀而不实,吴地下湿不积,一凶则饥矣。"吴欑《种艺必用》:"凡晚禾最怕秋旱。秋旱则槁枯其根。虽羡得雨,亦且收割,薄而鲜矣。故谚曰:'田怕秋时旱,人怕老时贫。'诚哉是言也。"明周文华《汝南圃史》卷一录作:"人怕老穷,田怕秋旱。"亦载清杜文澜《古谣谚》卷五九。

浙西占年谚

夏旱修仓,秋旱离乡。

【按】宋陈师道《后山谈丛》卷三:"浙西地下积水,故春夏厌雨,谚曰'夏旱修仓,秋旱离乡'。浙东地高燥,过雨即干,故春得雨即耕,然常患少耳。"亦载清杜文澜《古谣谚》卷五九。又见前条出处。

颍人黄鹂谚

黄鹂口噤,荞麦斗金。

【按】宋陈师道《后山谈丛》卷五:"谚曰:'黄鹂口噤,乔麦斗金。'夏中候黄鹂不鸣,则乔麦可广种也;八月一日雨,则角田不熟。角田,豆也。角者,荚之讹也。"亦载清杜文澜

《古谣谚》卷五九。

陆佃引谚二则释桃

其一

白头种桃。

其二

桃三李四,梅子十二。

【按】宋陆佃《埤雅》卷一三释木《桃》:"桃有华之盛者,其性早华,又华于仲春,故《周南》以兴女之年时俱当。谚曰:'白头种桃。'又曰:'桃三李四,梅子十二。'言桃生三岁便放华果,早于梅李,故首虽已白,其华子之利可待也。"吴欑《种艺必用》:"梅结实最迟。谚曰'桃三、李四,梅子十二',言桃三年、李四年皆实,惟梅十二年也。"亦载清杜文澜《古谣谚》卷三。其二亦载温革《分门琐碎录》种艺门·果·果木总说。

种谷树木谚

一年之计莫如种谷,十年之计莫如种木。

【按】宋陆佃《埤雅》卷一四释木《梓》:"《诗》曰:'树之榛栗,椅桐梓漆。'言其宫中所植,皆能预备礼乐之用。语曰:'一年之计莫如种谷,十年之计莫如种木。'故文公于初作宫室之时,早计如此。"周紫芝《太仓稊米集》卷六一《实录院种木》亦载,语稍异。又载清杜文澜《古谣谚》卷三七。《说郛》所辑郭橐驼《种树书》有"一年之计种之以竹,十年之计种之以木"之语,称唐人所著,实为明人伪托。

种桃种橘谚

头有二毛,好种桃。
立不逾膝,好种橘。

【按】宋朱弁《曲洧旧闻》卷三:"果中易生者莫如桃,而结实迟者莫如橘。谚云:'头有二毛,好种桃。立不逾膝,好种橘。'盖言桃可待,橘不可待。"亦载温革《分门琐碎录》种艺门·果·果木总说,清杜文澜《古谣谚》卷六〇、卷九九。

秦晋间农语

小麦钻火秀,旱杀豌豆花。
穄谷拖泥秀,烂起田中瓜。

【按】 明陶宗仪《说郛》卷四八侯延庆《退斋雅闻录》:"河朔人谓清明雨为泼火雨,立夏雨为隔辙雨。秦晋间农夫语:'小麦钻火(火一作天)秀,旱杀豌豆花。穄谷拖泥秀,烂起田中瓜。'"清厉鹗《宋诗纪事》卷一〇〇、清杜文澜《古谣谚》卷四八均作"小麦钻火秀",此据改。

槐枣谚

槐宜来岁麦,枣熟当年禾。

【按】 宋庄绰《鸡肋编》卷上:"宣和壬寅岁,自京师至关西,槐树皆无花。老农云:'当应来年之旱,与二麦不登矣。'已而信然。谚云:'槐宜来岁麦,枣熟当年禾。'"亦载孔凡礼《宋诗纪事续补》卷三一。

《分门琐碎录》载农谚*

其一
麻耘地,豆耘草。

其二
冬无雪,麦不结。

其三
雨打石头遍,桑叶三钱片。
三日尚可,四日杀我。

其四
栽竹无时,雨下便移。
多留宿土,记取南枝。

其五
桐大如斗,主人必走。

其六

移树无时,莫教树知。

其七

橘见尸而实繁,榴得骸而叶盛。

其八

生菜不离园。

其九

送入鹤神口,则不利。

【按】宋温革《分门琐碎录》农桑门·五谷总论:"种诸豆与油麻等,若不及时去草,必为草所蠹耗,虽结实亦不多。俗谚云:'麻耘地,豆耘草。'"农桑门·麦:"麦最宜雪。谚云:'冬无雪,麦不结。'"农桑门·桑:"常以三月三日雨卜桑叶之贵贱。谚曰:'雨打石头遍,桑叶三钱片。'或曰四日尤甚,杭州人曰:'三日尚可,四日杀我。'言四日雨尤贵。"种艺门·竹·竹杂说:"种竹不筱,则林外向阳者二三年间便有大竹。谚曰:'栽竹无时,雨下便移。多留宿土,记取南枝。'"此亦见《事林广记》庚集·栽插木法。种艺门·木·木总说:"俗云:'桐大如斗,主人必走。'盖缘田家种桐木,其干大则不利主,屡见之验。"种艺门·木·种木法:"凡移树,不要伤动根须。阔掘垛,不可去土,恐根伤。谚云:'移树无时,莫教树知。'"种艺门·果·杂说:"谚云:'橘见尸而实繁,榴得骸而叶盛。'盖言人尸埋橘树之下,实甚繁;以人骸埋榴树下,生叶必茂。如埋猫引竹相类。"种艺门·菜·种菜法:"生菜种之不必拘时,才尽则下种,亦便出。谚云:'生菜不离园。'以不时而出也。"牧养·犬猫:"取猫儿,须忌鹤神所在之方。谚云'送入鹤神口,则不利',谓如鹤神东南,取时宛转自西北而来,乃长进。"鹤神,太岁下的恶神。《说郛》所载陆泳《吴下田家志》:"取纳六畜,无问大小,并忌出入鹤神方向。"其中一、三、四、六、八亦见宋吴欑《种艺必用》。

袁采引谚劝修塘*

三月思种桑,六月思筑塘。

【按】宋袁采《袁氏世范》卷三《溉田陂塘宜修治》:"池塘陂湖河埭,蓄水以溉田者,须于每年冬月水涸之际,浚之使深,筑之使固,遇天时亢旱,虽不至于大稔,亦不至于全损。今人往往于亢旱之际,常思修治,至收刈之后,则忘之矣。谚所谓'三月思种桑,六月思筑塘',盖伤人之无远虑如此。"亦载清杜文澜《古谣谚》卷三五。

陈旉引俚谚论耕耨

春浊不如冬清。

【按】宋陈旉《农书》卷上《耕耨之宜篇第三》:"晚田宜待春乃耕,为其槁秸柔韧,必待其朽腐,易为牛力。山川原隰多寒,经冬深耕,放水干涸,雪霜冻冱,土壤苏碎。当始春,又遍布朽薙、腐草、败叶,以烧治之,则土暖而苗易发作,寒泉虽洌,不能害也。若不能然,则寒泉常浸土,脉冷而苗稼薄矣。……平陂易野,平耕而深浸,即草不生而水亦积肥矣。俚语有之曰'春浊不如冬清',殆谓是也。"亦载清杜文澜《古谣谚》卷三七。

陈旉引俚谚论居处

近家无瘦地,遥田不富人。

【按】宋陈旉《农书》卷上《居处之宜篇第六》:"要之民居去田近,则色色利便,易以集事。俚谚有之曰,'近家无瘦地,遥田不富人',岂不信然。"亦载清杜文澜《古谣谚》卷三七。

闽谚

液雨不流箨,高田不要作。

【按】宋陈元靓《岁时广记》卷四《入液雨》:"《琐事录》:闽俗,立冬后过壬日,谓之入液。至小雪出液得雨,谓之液雨,无雨则主来年旱。谚云:'液雨不流箨,高田不要作。'"亦载清杜文澜《古谣谚》卷五五。

吴攒《种艺必用》载农谚*

一

种麻三日晴,先用取油瓶。

二

田怕秋时旱,人怕老时贫。

【按】宋吴攒《种艺必用》:"凡种麻,麻若下子时,遇三数日晴,则苗盛而根布,结子则肥;若雨则否。故谚云:'种麻三日晴,先用取油瓶。'""凡晚禾最怕秋旱,秋旱则槁枯其根。虽羡得雨,亦且收割,薄而鲜矣。故谚曰:'田怕秋时旱,人怕老时贫。'诚哉是言也。"

《士农必用》载种麦谚*

其一
彭祖寿,年八百。
不可忘了植蚕植麦。

其二
社后种麦争回耧。

其三
社后种麦争回牛。

【按】元司农司编《农桑辑要》卷二:"《士农必用》:'古农语云:'彭祖寿,年八百。不可忘了植蚕植麦。'又云:'社后种麦争回耧。'又云:'社后种麦争回牛。'言夺时甚急也。"《士农必用》,著者不详,然元初《农桑辑要》已见辑录,当为宋金人所著,故录。

2. 天气

海州朐山俗言

朐山戴帽即雨盖。

【按】宋龚鼎臣《东原录》:"海州朐(一本作'朐',涵海本同。)山俗言:'朐山戴帽即雨盖。'谓云出覆冒其上,为雨候。"清艺海珠尘本《东原录》作"朐",杜文澜《古谣谚》卷四七亦作"朐山"。

安陆老农语

夏至逢端午,家家卖男女。

【按】宋王得臣《麈史》卷下《占验》:"戊子五月五日夏至,安陆老农相谓曰:'夏至逢(逢,一本作连)端午,家家卖男女。'秋稼不登,至冬艰,食果、卖子以自给,至有委于路隅者。明年己丑大旱,人相食、弃子,不可胜数。"亦载宋陈元靓《岁时广记》卷二一、清杜文澜《古谣谚》卷五九。

刘师颜引谚论占候

月如悬弓,少雨多风。

月如仰瓦,不求自下。

【按】宋江休复《嘉祐杂志》:"刘师颜视月占旱,问之,云谚有之:'月如悬弓,少雨多风。月如仰瓦,不求自下。'"刘师颜,未详何人。《全唐诗》卷八八〇收录,不知何据,"悬弓"作"弯弓"。亦载清厉鹗《宋诗纪事》卷一〇〇、清杜文澜《古谣谚》卷四七。

宋谚

日在雨落,翁婆相扑。

【按】宋王晫《道山清话》:"黄育字和叔,鲁直叔父也。为童儿时,其伯氏长善将诸儿出行,天骤雨。长善问诸儿:'日在雨落,翁婆相扑。是何语?'和叔曰:'阴阳不和也。'时年七岁矣。"亦见明郭子章《六语》谚语卷六、明杨慎《古今谚》、清厉鹗《宋诗纪事》卷一〇〇。

急风*

急风翻,叶见白。

【按】宋王钦臣《王氏谈录》:"公言:管辂云:天欲雨,树上已有少女风。今俗多云'急风翻,叶见白'者是。"

颍州大水之候谚*

子过母,当暑而凉,水退而鱼潜。

【按】宋陈师道《后山谈丛》卷三:"颍谚云:'子过母,当暑而凉,水退而鱼潜',皆为大水之候。颍人谓前水为母,后水为子,水日至日长,势不能大,水定而复来。后水大于前水,为子胜母。水终鱼当大出,河滨之人厌于食鲜,水退而鱼不出,为潜云。"

孔平仲引江南、京东、九江民言五则论占候

其一
正旦晴,万物皆不成。

其二
芒种雨,百姓苦。

其三
一日雨,百泉枯;

二日雨,傍山居;

三日雨,骑木驴;

四日雨,余有余。

其四
云向南,雨潭潭。

云向北,老鹳寻河哭。

云向西,雨没犁。

云向东,尘埃没老翁。

其五
朝霞不出门,暮霞行千里。

其六
月如悬弓,少雨多风;

月如仰瓦,不求自下。

【按】宋孔平仲《谈苑》卷二:"江南民言:'正旦晴,万物皆不成。'元丰四年正旦,九江郡天无片云,风日明快,是年果旱。又曰:'芒种雨,百姓苦。'盖芒种须晴明也。'春雨甲子,赤地千里;夏雨甲子,乘船入市。'乘船入市者,雨多也。又于四月一日至四日卜一岁之丰凶云:'一日雨,百泉枯(言旱也);二日雨,傍山居(言避水也);三日雨,骑木驴(言踏车取水亦旱也);四日雨,余有余(言大熟也)。'禅师惠南尝言,上元一夕晴,麻小熟;两夕晴,麻中熟;三夕晴,麻大熟。若阴雨,麻不登。占亦如此云,绝有效验。京东一讲僧云:'云向南,雨潭潭。云向北,老鹳寻河哭。云向西,雨没犁。云向东,尘埃没老翁。'言云向南与西行则有雨,向北与东行则无雨,云亦有效验。大理少卿杜纯云,京东人言:'朝霞不出门,暮霞行千里。'言雨后朝晴,尚有雨也,须晚晴,乃真晴耳。九江人畏下旬雨,云雨不肯止。刘

师颜视月占旱云:'月如悬弓,少雨多风;月如仰瓦,不求自下。'同州人谓雨沾足,为烂雨。"清杜文澜《古谣谚》卷五九"雨潭潭"作"雨覃覃"。第六条为刘师颜言,或道时人俗语。

天怒谚*

天怒不移晷,天喜行千里。

【按】宋李复《潏水集》卷六《震雷记》:"元符二年九月二十一日夜,镇洮大雷,自初更至四鼓方已,凡一百三十余震。墙壁摇动,檐瓦散坠。人危立不敢寝,惴惴然甚有覆压之虞。……今秋已去,雪深如此,震发暴而非常。古谚云:'天怒不移晷,天喜行千里。'言怒不久,其发三四而止。雷、风,天之号令,终夜不息,必将大有诛杀。"

社日俗语

社日饮酒治聋。

【按】宋叶梦得《石林诗话》卷上:"世言'社日饮酒治聋',不知其何据。五代李涛有《春社从李昉求酒诗》云:'社公今日没心情,为乞治聋酒一瓶。恼乱玉堂将欲遍,依稀巡到第三厅。'昉时为翰林学士,有月给内库酒,故涛从乞之。则其传亦已久矣。社公,涛小字也。"宋叶廷珪《海录碎事》卷二天部下《社门》"治聋酒":"俗言社日酒治聋,故李昉《赠李涛》云:'社翁今日没心情,为乏治聋酒一瓶。'社翁,李涛小字也。"清杜文澜《古谣谚》卷五三作"社日吃酒治耳聋"。

京师九九谚

九尽寒尽,伏尽热尽。

【按】宋金盈之《醉翁谈录》卷四《十一月》:"冬至前一日云冬至既,号亚寒。俗人遂以冬至前之夜为夜除,大率多仿岁除故事而差异焉。鄙人自冬至之次日数九,凡九九八十一日,里巷作九九词。又云:'九尽寒尽,伏尽热尽。'"亦载宋陈元靓《岁时广记》卷三八、孔凡礼《宋诗纪事续补》卷三〇。

齐鲁人雾淞谚

雾淞重雾淞,穷汉置饭瓮。

【按】宋张邦基《墨庄漫录》卷四:"东北冬月寒甚,夜气塞空。如雾着于林木,凝结如珠玉,见睍乃消。齐鲁谓之雾凇,谚云:'雾凇重雾凇,穷汉置饭瓮。'丰年之兆。"《施注苏诗》卷一一苏轼《除夜大雪留潍州,元日早晴遂行,中途雪复作》注引作"霜凇打雾凇,穷汉备饭瓮"。亦载清厉鹗《宋诗纪事》卷二〇、清杜文澜《古谣谚》卷六〇。

刘一止引里语

春雨树头生。

【按】宋刘一止《苕溪集》(清抄本)卷三《和峦嶅二子寒食少天色五字》:"人言二月时,霏雨生树杪。天色何时无,要问寒食少。"诗尾注:"里语'春雨树头生'。"亦载清厉鹗《宋诗纪事》卷四〇、杜文澜《古谣谚》卷七七。

姚宽引谚释王建诗

乾星照湿土,来日依旧雨。

【按】宋姚宽《西溪丛语》卷下:"谚云:'乾星照湿土,来日依旧雨。'王建《听雨诗》云:'半夜思家睡里愁,雨声落落屋檐头。照泥星出依然黑,淹烂庭花不肯休。'"又载清杜文澜《古谣谚》卷四五。既见于王建诗,或唐时已见此言,《全唐诗》收录。然全语出于宋人记载,故仍归为宋谚。明陈耀文《天中记》卷三引《琐碎录》:"乾星照昼,雨夜见星,明日复雨。王建诗:'照泥星出依然黑,淹烂庭花不肯休。'吴语云:'星宿照烂土,明日依旧雨。'姚令威《丛话》云'乾星照湿土',又谚曰'云行西,星照泥',皆言雨候也。"

《琐碎录》引谚*

云行西,星照泥

【按】明陈耀文《天中记》卷三引宋温革《琐碎录》:"乾星照昼,雨夜见星,明日复雨。王建诗:'照泥星出依然黑,淹烂庭花不肯休。'吴语云:'星宿照烂土,明日依旧雨。'姚令威《丛话》云'乾星照湿土',又谚曰'云行西,星照泥',皆言雨候也。"

吴中布袄谚

未吃端五粽,布袄未可送。

【按】宋陆游《剑南诗稿》卷四六《五月十日晓寒甚,闻布谷鸣有感》:"弊袴久当脱,短褐竟未送。"自注:"吴中谚语曰:'未吃端五粽,布袄未可送。'俗谓典质曰送。"亦载陆咏《吴下田家志》、清翟灏《通俗编》卷三。明郭子章《六语》谚语卷七作:"未吃端午粽,寒衣不可送。"清厉鹗《宋诗纪事》卷一〇〇作"未吃端午粽,寒衣未可送"。清杜文澜《古谣谚》卷七七两首皆录。

字辘谚

秋字辘,损万斛。

【按】宋范成大《石湖诗集》卷二八《秋雷叹》:"吴谚云:'秋字辘,损万斛。'谓立秋日雷也。"亦载清厉鹗《宋诗纪事》卷一〇〇、清杜文澜《古谣谚》卷七七。字辘,吴方言,指雷声。

庐山晴雨俗语

庐山戴帽,平地安灶。
庐山系腰,平地安桥。

【按】宋范成大《吴船录》卷下:"庐山虽号九屏,然其实不甚深。山行皆绕大峰之足,远望只一独山也。然比他山为最高,云绕山腹则雨,云翳山顶则晴。俗云:'庐山戴帽,平地安灶。庐山系腰,平地安桥。'"又见清杜文澜《古谣谚》卷三一。

夏至冬至谚

夏至未来莫道热,冬至未来莫道寒。

【按】宋周遵道《豹隐纪谈》:"石湖居士戏用乡语云:土俗以二至后九日为寒燠之候,故谚有'夏至未来莫道热,冬至未来莫道寒'之语。"亦载清杜文澜《古谣谚》卷四八。释普济《五灯会元》卷二〇:"安吉州道场正堂明辩禅师,本郡俞氏子⋯⋯问'莲华未出水时如何',师曰'未过冬至莫道寒',曰'出水后如何',师曰'未过夏至莫道热'。"

梅雨谚*

其一

会龙分龙皆无雨,今年秧尖皆赤小。

其二

五月若无梅,黄公揭杷归。

【按】宋陈亮《龙川集》卷二〇《又书》:"一春雨多,五月遂无梅雨。池塘皆未蓄水,亦有全无者,麦田亦有至今全未下种者。世俗所谓'会龙分龙皆无雨,今年秧尖皆赤小',民所甚忌。又俗谚'五月若无梅,黄公揭杷归'之说,此细民占卜如此。"

浴佛*

浴佛天必雨。

【按】宋王十朋《梅溪集》卷八《浴佛无雨》:"俗言'浴佛天必雨',今年浴佛天愈晴。招提钟磬集梵侣,世尊尘埃思一清。纷然膜拜口诵偈,举头看天红日明。或云天意与佛拗(老行者云'天与佛打拗'),不放雨师龙伯行。天虽不雨佛亦浴,误此亿万苍生情。庙堂何人职调燮,劝天与佛无使争。沛然一雨四方足,亿万苍生俱沐浴。'"

吴人正月占年谚

正月逢三亥,湖田变成海。

【按】明焦周《焦氏说楛》卷七:"周益公《日录》云:'正月逢三亥,湖田变成海。'"清陶元藻《全浙诗话》卷二二:"《浩然斋视听钞》:周益公《日录》:正月初六日己亥、十八日辛亥、三十日癸亥,是岁大涝,湖田颗粒不收。吴谚曰:'正月逢三亥,湖田变成海。'"清杜文澜《古谣谚》卷四八《吴人正月占年谚》:"《浩然斋视听抄》:吴谚曰'正月逢三亥,湖田变成海',谓水之大也。壬辰年正月初六日己亥,十八日辛亥,三十日癸亥,是岁大涝,湖田颗粒不收。癸巳正月,亦有三亥,然一亥在立春前,是岁无水灾。"是谚未见于周必大的日记,待考。

徽州晴旱谚*

三日天晴来报旱,一声雷发便撑船。

【按】宋袁甫《蒙斋集》卷二《知徽州奏便民五事状》:"本州僻处万山之间,最畏水旱。晴稍久,则农田已忧枯槁。雨稍多,则山水便见横流。里谚云:'三日天晴来报旱,一声雷发便撑船。'言其易盈易涸之甚也。"

罗大经引谚占晴雨

日出早,雨淋脑。
日出晏,晒杀雁。

【按】宋罗大经《鹤林玉露》丙编卷三《占雨》:"范石湖诗云:'朝霞不出门,暮霞行千里。今晨日未出,晓氛散如绮。心疑雨再作,眼转云四起。我岂知天道,吴侬谚云尔。古来占滂沱,说者类恢诡。飞云走群羊,停云浴三豨。……刑鹅与象龙,聚讼非一理。不如老农谚,影响捷于鬼。哦诗敢夸博,聊用醒午睡。'此诗援引占雨事,甚详可喜。谚有云:'日出早,雨淋脑。日出晏,晒杀雁。'"又载明郭子章《六语》谚语卷七、清杜文澜《古谣谚》卷四八。

梅雨谚*

梅不雨,无米炊。

【按】宋陈元靓《岁时广记》卷二《黄梅雨》:"闽人以立夏后逢庚日为入梅,芒种后逢壬为出梅。农以得梅雨乃宜耕耨,故谚云:'梅不雨,无米炊。'"

三月三日雨谚*

其一

雨打石头遍,叶子三钱片。

其二

三日尚可,四日杀我。

其三

三月十六晴,树上挂银饼。
三月十六雨,树上挂泥土。

【按】宋陈元靓《岁时广记》卷一八《占桑柘》:"《博闻录》:浙人以三月三日晴雨占桑柘贵贱。谚曰:'雨打石头遍,叶子三钱片。'或言四日雨尤甚。杭人云:'三日尚可,四日杀我。'又曰:'三月十六晴,树上挂银饼。三月十六雨,树上挂泥土。'皆桑柘之先兆也。"传唐郭橐驼《种树书》卷中:"常以三月三日雨卜桑叶之贵贱,谚曰'雨打石头遍,桑叶三钱片',或曰四日尤甚。杭州人云'三日尚可,四日杀我',言四日雨尤贵。"

3. 技艺

时人为陶裔语*

西蜀黄筌,东京陶裔。

【按】宋刘道醇《圣朝名画评》卷三《陶裔》："陶裔,京兆鄠人,幼颖悟,多巧思,隶后苑造作所为匠者,组织珠珈,为副珈、步摇、花舄、璎珞之饰,其功甚微妙。及结花钿为羽仙仪仗,太宗甚赏之,且曰:'以此意移于丹青,安知无后世名?'裔感上有言,潜志营学,遂得祗候于图画院。精于写生,日有增。至召入画御座扆屏,裔极其精神,两岁方毕。又画大殿十二幅屏,多作祝寿之意,迁待诏。裔之笔法与黄筌相近,故时人语曰:'西蜀黄筌,东京陶裔。'"

事忙不及草书*

家贫不办素食,事忙不及草书。

【按】宋江少虞《新雕皇朝类苑》卷五〇《草书》引杨亿《谈苑》："凡章草、小草,点画皆有法,不可率意辄书。近年李居简善草书,太宗甚爱之,以赞书大夫直御书院。王嗣宗亦习,而不能精。谚云'信速不及草书,家贫不办素食',言其难卒置也,然小草尤难。"清杜文澜《古谣谚》卷四〇作:"信速不及草书,家贫难办素食。"李之仪《姑溪居士集》前集卷三九《跋山谷草书渔父词十五章后》："'家贫不办素食,事忙不及草书',此特一时之语耳。正不暇则行,行不暇则草,盖理之常也。"

关中为张诗谚

既服黄龙丹,便乘白虎车。

【按】宋江休复《江邻几杂志》卷二："长安张诗以能医称,予至关中,人说药死者甚众,尤好用转药。关中谚云:'既服黄龙丹,便乘白虎车。'"亦见清杜文澜《古谣谚》卷四七。

吴处厚引谚论相术

有心无相,相逐心生。
有相无心,相随心灭。

【按】宋吴处厚《青箱杂记》卷四："谚曰:'有心无相,相逐心生。有相无心,相随心灭。'此言人以心相为上也,故心相有三十六相。"亦载明郭子章《六语》谚语卷六、清杜文澜《古谣谚》卷五九、清厉鹗《宋诗纪事》卷一〇〇。又五代宋齐邱《玉管照神局》卷中："许负先生云:'有心无相,相逐心生。有相无心,相随心灭。'诚哉是言也。"或为宋前相术常言。

盘游饭里谚

撅得窖子。

【按】宋苏轼《仇池笔记》卷下《盘游饭谷董羹》:"江南人好作盘游饭,鲊脯脍炙无不有,埋在饭中,里谚云:'撅得窖子。'罗浮颖老,取凡饮食杂烹之,名谷董羹。诗人陆道士出一联句云:'投醪谷董羹锅内,撅窖盘游饭碗中。'"又载杜文澜《古谣谚》卷七六。

叶梦得引俗言释磨墨*

其一

磨墨如病风手。

其二

磨墨如病儿,把笔如壮夫。

【按】苏轼《苏文忠公全集》东坡后集卷四《自笑一首》:"子石如琢玉,远烟真削黳。入我病风手(自注:古语云磨墨如病风手),玄云淬凄凄。"宋叶梦得《避暑录话》卷下:"柳公权记青州石末,研墨易冷,字或为冷。凡顽石捍坚,磨墨者用力太过而疾,则两刚相拒,必热而沫起。俗言:'磨墨如病儿,把笔如壮夫。'又云:'磨墨如病风手。'皆贵其轻也。"

医卜谚*

老医少卜。

【按】宋陆佃《鹖冠子解》卷下《世贤第十六》:"语曰'老医少卜',盖老医更病多矣。"亦载清杜文澜《古谣谚》卷七七。

良医谚*

俗无良医,枉死者半。

拙医疗病,不如不疗。

【按】宋唐慎微《证类本草》卷一:"又有分剂秤两,轻重多少,皆须甄别。若用得其平,与病相会,入口必愈,身安寿延。若冷热乖衷,真假非类,分两违舛,汤丸失度,当差反剧,以至殒命。医者,意也。古之所谓良医者,盖善以意量得其节也。谚云:'俗无良医,枉死者半。拙医疗病,不如不疗。'"亦载宋罗愿《尔雅翼》卷五。

京师语

藏用箧中三斛火,刘寅匣内一壶冰。

【按】宋胡仔《苕溪渔隐丛话》后集卷三六:"《诗说隽永》云:石藏用、刘寅,俱擅医名,石喜用热药,刘喜用凉药。京师为之语曰:'藏用箧中三斛火,刘寅匣内一壶冰。'"亦载清厉鹗《宋诗纪事》卷一〇〇、清杜文澜《古谣谚》卷六一。

时人为石藏用陈承谚

藏用担头三斗火,陈承箧里一盘冰。

【按】宋张杲《医说》卷八《用药偏见》:"蜀人石藏用,以医术游都城,其名甚著。陈承,余杭人,亦以医显。石好用暖药,陈好用凉药。古之良医必量人之虚实,察病之阴阳,而后投以汤剂,或补或泻,各随其证。二子乃执偏见于冷暖,俗语曰:'藏用担头三斗火,陈承箧里一盘冰。'"又载清杜文澜《古谣谚》卷六一。

叶梦得引世言

不服药,胜中医。

【按】宋叶梦得《避暑录话》卷下:"世言'不服药,胜中医'。此语虽不可通行,然疾无甚苦,与其为庸医妄投药,反败之不得为,无益也,吾阅是多矣。"亦见杜文澜《古谣谚》卷六〇。

卫生之要三则*

其一
(顺昌种谷道人)

大风先倒无根树,伤寒偏死下虚人。

其二
(王恬智叟)

犯色伤寒犹易活,伤寒犯色最难医。

其三
（王丹元素）

治风先治脾，治痰先治气。

【按】宋庄绰《鸡肋编》卷上："顺昌种谷道人云：'大风先倒无根树，伤寒偏死下虚人。'王恬智叟云：'犯色伤寒犹易活，伤寒犯色最难医。'王丹元素云：'治风先治脾，治痰先治气。'皆卫生之要也。"此三语似出当时医道名流，然均为俗言，姑录此备考。

杜荀鹤作诗之谚*

杜诗三百首，惟在一联中。

【按】宋胡仔《苕溪渔隐丛话》前集卷二三："后又看《幕府燕闲录》云：'杜荀鹤诗，鄙俚近俗，惟宫词为唐第一。云："早被婵娟误，欲妆临镜慵。承恩不在貌，教妾若为容。风暖鸟声碎，日高花影重。年年越溪女，相忆采芙蓉。"故谚云"杜诗三百首，惟在一联中"；"风暖鸟声碎，日高花影重"是也。"阮阅《诗话总龟》前集卷六："'风暖鸟声碎，日高花影重'，杜荀鹤集有全篇。尝有云'杜诗三百首，妙在一联中'，'风暖鸟声碎，日高花影重'，今文忠乃以为周朴诗。"

发背谚*

背无好疮。

【按】宋张杲《医说》卷六《发背无补法》："谚云：'背无好疮。'但生于正中者，为真发背。虞奕侍郎背中生小疮，不悟，只以药调补数日。不疼不痒，又不滋蔓，疑之。呼外医灸二百壮，已无及。此公平生不服药，一年来唯觉时时手脚心热。疾作既不早治，又服补药，何可久也。"又载清杜文澜《古谣谚》卷六〇。

浙东土人为舟师语

纸船铁梢工。

【按】宋赵彦卫《云麓漫钞》卷九："自处之青田至温州，行石中，水既湍急，必欲令舟屈曲蛇行以避石，不然，则碎溺为害。故土人有'纸船铁梢工'之语，言寄命于舟师也，厥惟艰哉！"又载清杜文澜《古谣谚》卷六〇。

书法谚*

不攻不妍，不贵不传。

【按】宋岳珂《宝真斋法书赞》卷一二："今观先生之帖，始知右军之墨池、怀素之笔冢、褚河南之精笔佳墨，要皆此一意度。谚不云乎：'不攻不妍，不贵不传。'是虽齐东野人之言，亦必有得于不苟然者矣。"

孕妇病谚*

孕妇做得百般病。

【按】宋杨士瀛《仁斋直指》卷五："日就瘦弱，全似虚劳。然而谷虽不入，果子、杂物常喜食之，只是有孕，谚所谓'孕妇做得百般病'者。"

香附缩砂*

香附缩砂，妇人之至宝。

【按】宋杨士瀛《仁斋直指》卷六："故治妇人诸痛诸疾，必以行气开郁为主，而破血散火兼之，庶乎得法矣。谚云：'香附缩砂，妇人之至宝。'此之谓也。"

眼耳谚*

眼不点不害，耳不斡不聋。

【按】宋杨士瀛《仁斋直指》卷二〇："有能静坐澄神，爱护目力，放怀息虑，心逸日休，调和饮食以养之，斟酌药饵以平之，明察秋毫，断可必矣。谚曰：'眼不点不害，耳不斡不聋。'请以为戒。"

养生俗语*

其一

肚无热肚。

其二

寒从下起。

其三

头无凉头。

【按】宋陈文中《陈氏小儿病源方论》卷一:"二要肚暖。俗曰'肚无热肚'。肚者,是胃也。为水谷之海,若冷则物不腐化,肠鸣腹痛、呕哕泄泻等疾生焉。……三要足暖。经云:足是阳明,胃经之所主也。俗曰'寒从下起',此之谓也。四要头凉。经云:头者六阳之会,诸阳所腠也。头脑为髓之海……俗曰'头无凉头',故头宜凉。"

风池谚*

戒养小儿,谨护风池。

【按】宋朱瑞章《卫生家宝产科备要》卷八:"小儿常须谨护风池,谚云:'戒养小儿,谨护风池。'风池在颈项筋两辕之边,有病乃治之。疾微,谨不欲妄针灸。"

4. 物产

陈翥引鄙谚论桐质

轻是桐,重是桐,

难斫亦是桐。

【按】宋陈翥《桐谱》叙源第一:"(桐)其体湿则愈重,干则愈轻。生时以斧斫之甚易,干乃软而拒斧。故鄙谚云:'轻是桐,重是桐,难斫亦是桐。'此之谓也。"亦载清杜文澜《古谣谚》卷四二。

陈翥引鄙语论桐性

相讼好栽桐。

桐树好做甑,讼方无。

【按】宋陈翥《桐谱》种植第三:"其长可至十丈者,故枚乘《七发》云'龙门之桐,高百尺而无枝',信哉。凡桐之茂大,尤速于余木,故鄙语云:'相讼好栽桐,桐树好做甑,讼方无。'

言其易大也。"亦载清杜文澜《古谣谚》卷四二,"讼方无"作"讼方兴",民国《适园丛书》本陈翥《桐谱》作"讼方无",此据改。

罗愿引谚论鲐

鲐鱼上竹竿。

【按】宋罗愿《尔雅翼》卷二九《鲼》:"今鲼鱼,善登竹,以口御叶而跃于竹上。大抵能登高,其有水堰处,辄自下腾上,愈高远而未止,谚曰'鲐鱼上竹'是也。"亦载清厉鹗《宋诗纪事》卷二〇、清杜文澜《古谣谚》卷三。欧阳修《归田录》卷二:"梅圣俞以诗知名三十年,终不得一馆职。晚年与修《唐书》,书成未奏而卒,士大夫莫不叹惜。其初受勅修《唐书》,语其妻刁氏曰:'吾之修书,可谓猢狲入布袋矣!'刁氏对曰:'君于仕宦,亦何异鲐鱼上竹竿耶!'闻者皆以为善对。"

欧阳修引世语物类相感*

薄荷醉猫,死猫引竹。

【按】宋欧阳修《归田录》卷二:"凡物有相感者,出于自然,非人智虑所及,皆因其旧俗而习知之……至于'薄荷醉猫,死猫引竹'之类,皆世俗常知。"宋陆佃《埤雅》卷四释兽《猫》:"旧传猫旦暮目睛皆圆,及午即从敛如线。其鼻端当冷,唯夏至一日暖,盖猫阴类也,故其应阴气如此。世云:'薄荷醉猫,死猫引竹。'物有相感者,出于自然,非人智虑所及。"亦载清杜文澜《古谣谚》卷三,题作《陆佃引世语释猫》。

吴人俗语

蝦荒蟹乱。

【按】宋傅肱《蟹谱》下篇《兵证》:"吴俗有'蝦荒蟹乱'之语,盖取其被坚执锐,岁或暴至,则乡人用以为兵证也。"亦载清杜文澜《古谣谚》卷四二。

松柏谚*

松千柏万。

【按】宋程颐《二程文集》(伊川文集)卷一一《记葬用柏棺事》:"谚有'松千柏万'之说,于是知柏最可以久。"

鸬鹚谚*

鸬鹚不打脚下塘。

【按】宋阮阅《诗话总龟》卷二一陶岳《零陵总记》:"鸬鹚色黑而头长,能没水捕鱼,其疾如飞。栖宿之处,其下虽水深鱼多,未尝犯。谚云'鸬鹚不打脚下塘'。杜荀鹤诗云:'深水有鱼衔得出,看来却是鹭鸶饥。'"亦载温革《分门琐碎录》禽兽门·诸禽。

韭菜俗言

八月韭,佛开口。

【按】宋张耒《张右史文集》卷一五《秋蔬》:"荒园秋露瘦韭叶,色茂春菘甘胜蕨。人言佛见为下箸(俗言'八月韭,佛开口'),苉炙烹羹更滋滑。"亦载清杜文澜《古谣谚》卷七七。

陈师道等引闽谚释鸧*

其一
獐无胆,兔无脾,豚无筋。

其二
鸧无舌,兔无脾。

【按】宋陈师道《后山谈丛》卷二:"獐无胆,兔无脾,豚无筋。"陆佃《埤雅》卷九释鸟《鸧》:"闽谚曰:'鸧无舌,兔无脾。'盖鸧无舌,连蹄,性不木止。"黄朝英《靖康缃素杂记》卷六:"古语云'獐无胆,兔无脾,鸧无舌',其说信然。"其中"獐无胆"、"兔无脾"已见于唐孙思邈《千金要方》卷八〇。

某守与客引俗谚联句

其一
柏花十字裂。

其二
菱角两头尖。

【按】宋陈师道《后山诗话》:"某守与客行林下,曰'柏花十字裂',愿客对。其倅晚食菱,方得对云:'菱角两头尖。'皆俗谚全语也。"亦载清杜文澜《古谣谚》卷八四。

陆佃引俗语释龙

龙精于目。

【按】宋陆佃《埤雅》卷一释鱼《龙》:"俗云:'龙精于目。'盖龙聋,故精于目也。"亦载清杜文澜《古谣谚》卷三。

陆佃引俗语释鲨

鲨性沙抱。

【按】宋陆佃《埤雅》卷一释鱼《鲨》:"《释鱼》云:鲨,鮀。今吹沙小鱼,常张口吹沙,故曰吹沙也。鲨性善沉,大如指,狭圆而长,有墨点文。常沙中行,亦于沙中乳子。……俗云:'鲨性沙抱。'《异物志》曰:'吹沙长三寸许,背上有刺,螫人。'《海物异名记》曰:'鲨似鲫而狭小。'"亦载清杜文澜《古谣谚》卷三。

陆佃引俗语释虎

鸠食桑葚则醉,猫食薄荷则醉,虎食狗则醉。

【按】宋陆佃《埤雅》卷三释兽《虎》:"俗云:'鸠食桑葚则醉,猫食薄荷则醉,虎食狗则醉。'今虎所在,麂必鸣以告。"亦载南宋李石《续博物志》卷九。清杜文澜《古谣谚》卷三"猫食薄荷则醉"作"猫食荷则醉"。其中"鸠食桑葚则醉"的说法出现较早,《毛诗注疏》注《氓》"桑之未落,其叶沃若。于嗟鸠兮,无食桑葚"即有此言。

陆佃引俗语二则释豻

其一

豻群噬虎。

其二

瘦如豻。

【按】宋陆佃《埤雅》卷三释兽《豻》:"俗云:'豻群噬虎。'言其健猛,且众可以窘虎也。

又曰：'瘦如豺。'豺，柴也。豺体细瘦，故谓之豺棘，人骨立谓之柴毁，义取诸此。"亦载清杜文澜《古谣谚》卷三。

陆佃引里语释狼

狼卜食。

【按】宋陆佃《埤雅》卷四释兽《狼》："里语曰：'狼卜食。'狼将远逐食，必先倒立以卜所向。故今猎师遇狼辄喜，盖狼之所向，兽之所在也。"亦载清杜文澜《古谣谚》卷三。

陆佃引世语二则释鸟

其一

鸳交颈而感，乌传涎而孕。

其二

鹊传枝，鸦茹沫。

【按】宋陆佃《埤雅》卷六释鸟《乌》："世云：'鸳交颈而感，乌传涎而孕。'庄子曰：'乌鹊孺。'盖谓是与？故语曰：'鹊传枝，鸦茹沫。'"亦载清杜文澜《古谣谚》卷三。前条亦见宋蔡卞《毛诗名物解》卷八。

鹭鸶谚*

鹭鸶相逐成胎。

【按】宋陆佃《埤雅》卷七释鸟《鹇》："盖万物以风动、以风化，故国风取名焉。《序》曰风：'风也，教也。风以动之，教以化之。'风以动之，取其所谓以风动也。教以化之，取其所谓以风化也。今鹭亦雄雌相随受卵，是亦风化。谚曰'鹭鸶相逐成胎'是也。"

陆佃引俗语释蚊

蚊有昏市。

【按】宋陆佃《埤雅》卷一一释虫《蚊》："俗云：'蚊有昏市。'盖蝇成市于朝，蚊成市于暮。"亦载清杜文澜《古谣谚》卷三。

陆佃引俗语释梅

梅华优于香,桃华优于色。

【按】宋陆佃《埤雅》卷一三释木《梅》:"俗云'梅华优于香,桃花优于色',故天下之美,有不得而兼者多矣。"亦载清杜文澜《古谣谚》卷三。

梨楙谚*

梨百损一益,楙百益一损。

【按】宋陆佃《埤雅》卷一三释木《木瓜》:"释木云:楙,木瓜。木瓜叶似柰,实如小瓜。其枝可为数,号一尺百有二十节。善疗筋转,陶隐居云:'如转筋时,但呼其名,及书上作木瓜字,辄愈。'盖梅望之而齽渴,楙书之而缓筋,理有相感,不可得而详也。谚曰:'梨百损一益,楙百益一损。'投人之道,宜有以益之,而报人则欲其坚久。故《诗》曰'投我以木瓜,报之以琼玖'也。"亦载清杜文澜《古谣谚》卷三。

陆佃引俗语释芡

荷华日舒夜敛,芡华昼合宵炕。

【按】宋陆佃《埤雅》卷一六释草《芡》:"俗云:'荷华日舒夜敛,芡华昼合宵炕。'此阴阳之异也。"亦载清杜文澜《古谣谚》卷三。炕,于意不通,或者为"放"误刻。宋施宿《(嘉泰)会稽志》卷一七:"芡叶似荷而大,生而有芒刺。越人云:'荷华日舒夜敛,芡花昼合宵放。'此阴阳之异也。"或者"炕"通"抗",有举义。

陆佃引俗语释藕

藕生应月,月生一节,闰辄益一。

【按】宋陆佃《埤雅》卷一七释草《藕》:"俗云:'藕生应月,月生一节,闰辄益一。'今芋有十二子为卫,里俗以为应月之数。"宋李石《续博物志》卷一:"藕生应月,闰月益一节。芋以十二子为卫,亦应月之数也。"亦载清杜文澜《古谣谚》卷三。

古谚

看米不如看曲,看曲不如看酒,看酒不如看浆。

【按】宋朱肱《酒经》卷下《煎浆》："大凡浆要四时改破,冬浆浓而涎,春浆清而涎,夏不用苦涎,秋浆如春浆。造酒看浆是大事,古谚云:'看米不如看曲,看曲不如看酒,看酒不如看浆。'"

岳阳渔人蟹谚*

网中得蟹,无鱼可卖。

【按】宋范致明《岳阳风土记》:"江蟹大而肥实,第壳软,渔人以为厌,自云:'网中得蟹,无鱼可卖。'十年前土人亦不甚食,近差珍贵。"亦载宋罗愿《尔雅翼》卷三一、明郭子章《六语》谚语卷六、清杜文澜《古谣谚》卷三。

龟筒*

龟筒夹玳瑁,鬼神不晓会。

【按】宋朱彧《萍洲可谈》卷二:"南方大龟,长二三尺,介厚而白,造玳瑁器者用以补衬,名曰龟筒。方谚曰:'龟筒夹玳瑁,鬼神不晓会。'初时民间无用,不可售,后缘官市,价踊贵。"

姚宽引俗谚释戎盐

如盐药。

【按】宋姚宽《西溪丛语》卷下:"今俗谚云'如盐药',言其少而难得。《本草·戎盐部》中陈藏器云:'盐药味咸无毒,疗赤眼,明目。生海西南。'"又载清杜文澜《古谣谚》卷四五。

庐山中人语

简寂观前甜苦笋,归宗寺里淡盐齑。

【按】宋吴曾《能改斋漫录》卷一五《苦笋甜咸齑淡》:"庐山简寂观,乃陆修静之居也。观出苦笋,而味反甜,归宗寺造咸齑,而味反淡,盖山中佳物也。山中人语云:'简寂观前甜苦笋,归宗寺里淡盐齑。'"又载清厉鹗《宋诗纪事》卷一〇〇。

葛立方引俗言

长腰粳米,缩头鳊鱼。

【按】宋葛立方《韵语阳秋》卷一七:"缩项鳊出襄阳,以禁捕,遂以槎断水,因谓之槎头缩项鳊。孟浩然云:'鱼藏缩项鳊。'老杜云:'谩钓槎头缩项鳊。'皆言缩项。而东坡乃谓'一钩归钓缩头鳊'。或疑坡为平侧所牵乃尔,殊不知'长腰粳米,缩头鳊鱼',楚人语也。"亦载清杜文澜《古谣谚》卷八四。

三不点谚*

三不点。

【按】宋胡仔《苕溪渔隐丛话》前集卷四六:"苕溪渔隐曰:《诗》云'谁谓荼苦',《尔雅》云'槚,苦荼',注:'树似栀子,今呼早采者为茶,晚采者为茗。'东坡《乞茶栽诗》云:'周诗记苦荼,茗饮出近世。初缘厌粱肉,假此雪昏滞。'盖谓是也。六一居士《尝新茶诗》云:'泉甘器洁天色好,坐中拣择客亦佳。'东坡守维扬,于石塔寺试茶,诗云:'禅窗丽午景,蜀井出冰雪。坐客皆可人,鼎器手自洁。'正谓谚云'三不点'也。"亦载清杜文澜《古谣谚》卷八四,题作《石塔寺谚》。

河豚谚

得一部,典一袴。

【按】宋罗愿《尔雅翼》卷二九《鯢》:"鯢,今之河豚,状如科斗,腹下白,背上青黑,有黄文。眼能开能闭,触物辄嗔,腹张如鞠,浮于水上,一名嗔鱼。……大抵海中者大毒,江中者次之。其出有时,率以冬至后来。每三头相从,号为一部。谚云:'得一部,典一袴。'言烹和所用多也。"亦载清厉鹗《宋诗纪事》卷一〇〇、清杜文澜《古谣谚》卷三。

罗愿引谚论蛇

一亩之地,三蛇九鼠。

【按】宋罗愿《尔雅翼》卷三二《蛇》:"虽复草居,人家时有之。故谚云:'一亩之地,三蛇九鼠。'"亦载宋释普济《五灯会元》卷一九,此当先出禅家语。又载明郭子章《六语》谚语卷六、清杜文澜《古谣谚》卷三。

鍮石谚*

真鍮不博金。

【按】宋程大昌《演繁露》卷七《黄银》："唐太宗赐房玄龄黄银带……黄银者果何物也？世有鍮石者，质实为铜，而色如黄金，特差淡耳。则太宗之谓黄银者，其殆鍮石也矣。鍮，金属也。而附石为字者，为其不皆天然自生，亦有用卢甘石煮炼而成者。故兼举两物，而合为之名也。《说文》无鍮字，《玉篇》、《唐韵》、《集韵》遂皆有之。岂前乎汉者，未知以石煮铜，故其名不附石也耶？谚言：'真鍮不博金。'甚言其可贵也。"

瓜蒂*

甘瓜蒂苦。

【按】宋张杲《医说》卷四《治齁喘》："信州老兵女，三岁。因食盐虾过多，遂得齁喘之疾。乳食不进，贫无可召医。一道人过门，见女病喘不止，教使求甜瓜蒂七枚，研为粗末，用冷水半茶钟许，调澄取清汁，呷一小呷。如其说，才饮，竟即吐痰涎，若胶黐状。胸次既宽，喘齁亦定。……此药味极苦，难吞咽。俗谚所谓'甘瓜蒂苦'，非虚言也。"

天彭牡丹花语

弄花一年，看花十日。

【按】宋陆游《渭南文集》卷四二《天彭牡丹谱》风俗记第三："天彭号小西京，以其俗好花，有京洛之遗风。……栽接剥治，各有其法，谓之弄花，其俗有'弄花一年，看花十日'之语。"亦载孔凡礼《宋诗纪事续补》卷三〇。

淮南鸡鸭谚

其一
鸡寒上树，鸭寒下水。

其二
鸡寒上距，鸭寒下嘴。

【按】宋陆游《老学庵笔记》卷二："淮南谚曰：'鸡寒上树，鸭寒下水。'验之皆不然。有一媪曰，'鸡寒上距，鸭寒下嘴'耳。上距谓缩一足，下嘴谓藏其咮于翼间。"亦载宋释道原《景德传灯录》卷二二、释惠洪《僧宝传》卷一二，此当出禅家语。又载清杜文澜《古谣谚》卷六〇。

陆游引谚

濮州钟。

【按】宋陆游《老学庵笔记》卷四:"谚有曰:'濮州钟。'世不知为何等语。尝有人死,见阴官,濮州人也,问以此,亦不能对。予案,此事见《周世宗实录》:显德六年二月丁丑幸太清观。先是,乾明门外修太清观成。上闻濮州有大钟,声闻十里,乃命徙之,以赐是观,至是往观焉。"亦载清杜文澜《古谣谚》卷六〇。

吴中石首鱼谚*

楝子花开石首来,筒中被絮舞三台。

【按】宋范成大《吴郡志》卷二九:"《吴录》又云,娄县有石首鱼,至秋化为凫,凫头中犹有石。今惟海中,其味绝珍,大略如巨蟹之螯,为江海鱼中之冠。夏初则至,吴人甚珍之,以练(练,当为楝)花时为候。谚曰:'练子花开石首来,筒中被絮舞三台。'言典卖冬具以买鱼也。"

舶鸠谚*

千鸠不如一鸠。

【按】宋梁克家《三山志》卷四二"舶鸠"注:"似鸠而差小。谚谓'千鸠不如一鸠',言美也。编角如笙,系其尾,高飞云端,声似鸣镝而委蛇。善识主人之居,舶人笼以泛海,有故,系书放之以归。"

周去非引南人谚论馀甘獐肉

馀甘一时熟,獐一日肥。

【按】宋周去非《岭外代答》卷八《馀甘子》:"南方馀甘子,风味过于橄榄,多贩入北州。方实时,零落藉地,如槐子榆荚。土人干以合汤,意味极佳。其木可以制器,钦阳所产为最。盖大如桃李,清芬尤甚也。世间百果,无不软熟,唯此与橄榄,虽腐尤坚脆,可以比德君子。南人有言曰:'馀甘一时熟,獐一日肥。'其说盖二物忽然有异,则馀甘熟一时,顷而复生;獐肥一日,而复瘦也。"亦载清杜文澜《古谣谚》卷三〇。

端砚谚*

火黯为焦。

【按】宋张世南《游宦纪闻》卷五:"眼之品类不一:曰'鹦哥眼',曰'鹦鹆眼',曰'了哥眼'(谓秦吉了也),曰'雀眼',曰'鸡翁眼',曰'猫眼',曰'绿豆眼',各以形似名之。翠绿为上,黄赤为下。谚谓'火黯为焦',然亦石之病。"

煮蟹谚*

百无使解,烧汤煮蟹。

【按】宋高似孙《蟹略》卷三《煮蟹》:"《御食经》有煮蟹法,谚曰:'百无使解,烧汤煮蟹。'谢幼槃诗'不使落汤频下箸',正此谓也。"

蟳蜅谚*

八月蟳蜅健如虎。

【按】宋罗濬《(宝庆)四明志》卷四"蟳蜅"注:"乡之城东江滨有蟳蜅庙。俗传有渔人获一巨蟳蜅,力不能胜,为巨螯钳而死,今庙即其地。前代多呼四明曰蟳蜅州。舒懒堂述里谚云:'八月蟳蜅健如虎。'《埤雅》曰:'蟳蜅两螯,至强,能与虎斗。'"舒懒堂,舒亶,字信道,鄞县人,号懒堂,官至御史中丞。

赵希鹄引俚谚论琴

新为桐,旧为铜。

【按】宋赵希鹄《洞天清录》:"古人以桐梓久浸水中,又取以悬灶上,或吹暴以风日,百种用意,终不如自然者……有梧桐,生子如簸箕;有花桐,春来开花如玉簪而微红,号拆桐花;有樱桐,其实堪以榨油;有刺桐,其木遍身皆生刺如钉,堪作梁柱。四种之中,当用梧桐……二者虽皆可以为琴,而梧桐理疏而坚,花桐柔而不坚,则梧桐胜于花桐明矣。今取旧材,但知轻者为桐,不知坚而轻者为梧桐,毋怪乎满天下无良琴也。俚谚曰:'新为桐,旧为铜。'盖指言梧桐也。"又载清杜文澜《古谣谚》卷五三。

郑清之引谚

捉酒虎。

【按】宋郑清之《安晚堂集》卷八《适得卤蛤颇佳,遗饷菊坡,因记曾作蛤子诗,有"文身吴泰伯,缄口鲁铜人"之句,戏缀前语代简》:"文身泰伯甘斥卤,缄口铜人舌微吐。借资墨客富濡沫,骨醉神香登燕俎。……子蛤遣汝到眉桉,努力去为酒中虎(谚称海错咸者为'捉酒虎')。"又载清杜文澜《古谣谚》卷七七。

临安月塘周家瓜*

月塘周家算筒瓜。

【按】宋潜说友《咸淳临安志》卷三八山川一七《月塘》:"在艮山门外。嘉熙间,潮水冲决不存,今复涨沙,就筑为塘。地宜瓜,有周姓者擅其利,土人呼'月塘周家算筒瓜'。"亦载吴自牧《梦粱录》卷一一。

秋景俗语

香橙螃蟹月,新酒菊花天。

【按】元方回《瀛奎律髓》卷一二欧阳修《秋怀》:"节物岂不好,秋怀何黯然。西风酒旗市,细雨菊花天。感事悲双鬓,包羞食万钱。鹿车终自驾,归去颍东田。"方回评:"欧阳公于自然之中或壮健,或流丽,或全雅淡,有德者之言自不同也。三、四全不吃力。俗间有云'香橙螃蟹月,新酒菊花天'本此。"亦载清杜文澜《古谣谚》卷八四。

周密引谚释彪

虎生三子,必有一彪。

【按】宋周密《癸辛杂识》别集卷上《虎引彪渡水》:"谚云:'虎生三子,必有一彪。'彪最犷恶,能食虎子也。余闻猎人云:'凡虎将三子渡水,虑先往则子为彪所食。则必先负彪以往彼岸,既而挈一子次至,则复挈彪以还,还则又挈一子往焉,最后始挈彪以去。盖极意关防,惟恐食其子故也。"亦载清杜文澜《古谣谚》卷六二。

蛇瘘草谚

要死食蛇毒。

【按】清杜文澜《古谣谚》卷四八:"《船窗夜话》:'蛇瘘草须五叶者为佳。此草春而结实如圆鉤者,俗传食之能杀人。谚云"要死食蛇毒",盖尝询之耆旧,言此物不致杀人,但能发冷疾耳。'"厉鹗《宋诗纪事》卷七九:"顾逢,字君际,吴郡人。宋末举进士不第,学诗于周弼,称'顾五言',自署其居为'五字田家'。后辟吴县学官,别号梅山樵叟。有《船窗夜话》、《负暄杂录》及诗集。"

绍兴中潮州乡谚

地出宝,民获福。

【按】明李贤等《明一统志》卷八〇潮州府"宝福院"注:"在府城南二十里。宋绍兴中,掘地得古铜器。乡谚云'地出宝,民获福',因名。"亦载清杜文澜《古谣谚》卷五六。

南宋人谚释弓鞋

苏州头,杭州脚。

【按】明杨慎《升庵集》卷五九《舞妓着靴》:"窄袜弓鞋,则汴宋犹似唐制。至南渡后,妓女窄袜弓鞋如良人也,故当时有'苏州头,杭州脚'之谚云。"亦载清杜文澜《古谣谚》卷八四。

(五)释道灵异

壶公山谶*

水绕壶公山,此时方好看。
壶公山欲断,莆田朱紫半。

【按】宋章炳文《搜神秘览》卷中："兴化军有壶公山，古谶云：'水绕壶公山，此时方好看。壶公山欲断，莆田朱紫半。'蔡君谟兴水利，灌民田，引水绕壶公山。而登第者于前为多。继兴利者凿山而浚通，遂于朝廷间朱紫者数人矣。"亦载宋阮阅《诗话总龟》卷三四。

洛中地势语

长夏门外有庄，福善坡头有宅。

【按】宋张舜民《画墁录》："唐家二百八十余年，河决二谷、洛城，岁为患，攘天津，浸宫阙，垫城郭不已。本朝无五年不河决，而谷、洛之患殊稀。洛中耆旧言，伊洛水六十年一泛滥为祥，害自祥符。至熙宁中，自福善坡以北，率被昏垫，公私荡没。富公晏夫人尚无恙也，仓卒以浴桶济之而沉。水退，死者众多。妇人簪珥皆失，多有脱腕之苦。城下惟福善坡不及，城外惟长夏门不及。洛中故有语云：'长夏门外有庄，福善坡头有宅。'平日但知以其形势耳，至此乃知水谶不苟云。"亦载清杜文澜《古谣谚》卷五九。

宰相状元谶*

沙洲到寺上，龙泉出宰相；
沙洲到寺前，龙泉出状元。

【按】宋祝穆《方舆胜览》卷九处州山川"灵溪"后注："在龙泉东一里，崇因荐福院北。其溪夹长洲为两派，里谶云：'沙洲到寺上，龙泉出宰相；沙洲到寺前，龙泉出状元。'后何执中拜相，刘知新释褐为首，盖符其谶云。"

龙沟谶*

掘龙沟，出龙头。

【按】宋章炳文《搜神秘览》卷中："黄裳，南剑州人也，家居于龙沟。未第间亦有谶曰：'掘龙沟，出龙头。'裳将第，而沟果修竣。"亦载宋阮阅《诗话总龟》卷三四。黄裳，字冕仲，南平人，宋神宗元丰五年进士第一。

杨道人语*

涩涩酸，朱砂烧尽水银干。

【按】宋张师正《括异志》卷六《杨道人》："杨道人者，不知何许人也，往来郢之京山县丰国、范顿市中。好与小儿戏狎,虽大寒、甚暑,而未尝巾帻衣裳,惟裸露。而或以衣服赠之,旋即施与丐者,故人尤恶视之。往往逆知人中心事。复州苏绎寺丞得一烧朱砂银法,试之有验。往见之,杨即前曰:'涩涩酸,朱砂烧尽水银干。'更不复语。"

黄涅槃谶语

拆了屋,换了椽,
朝京门外出状元。

【按】宋何薳《春渚纪闻》卷二《黄涅槃谶语》:"黄公度,兴化人,既为大魁,郡人同登第者几三十人。余一日于江路茶肆小憩,继一士人坐侧,因揖之,且询其乡里。云:'兴化落第人也。'余因谓之曰:'仙里既今岁出大魁,而登科之数复甲天下,是可庆也。'其人叹息曰:'昔黄涅槃有谶语云:"拆了屋,换了椽,朝京门外出状元。"初,徐铎振夫作魁时,改建此门。近军贼为变,城门焚毁,太守复新四门,而此门尤增崇丽。黄居门外区市中,而左右六人同遇。虽一时盛事,亦皆前定,非人力所能较也。'"宋章炳文《搜神秘览》卷中、宋阮阅《诗话总龟》卷三四皆作:"拆着屋,烂着椽,朝京门外出状元。"黄涅槃,晚唐五代时闽中异僧。黄公度,字师宪,莆田人,宋高宗绍兴八年进士第一。徐铎,字振夫,兴化军莆田人,宋神宗熙宁九年进士第一。度此谶言,当出于宋代。

浮梁县谶语

青山圆,出状元。

【按】宋吴曾《能改斋漫录》卷一一《祥瑞谶应》:"饶之浮梁县有谶语云:'青山圆,出状元。'邑人程瑀尚书在上庠,累为优等,而尚未登第。尝寄诗与乡人云:'试问青山圆也未?不应久负壮图心。'明年公试上舍,为第一人"。程瑀,字伯寓,饶州浮梁人,宋徽宗政和间太学试第一。

开封府地谶

绵绵之冈,势如奔羊。
稍前其穴,后妃之祥。

【按】宋吴曾《能改斋漫录》卷一三《开封地谶》:"向文简公父,为母求葬地。时开封城外有地,谶曰:'绵绵之冈,势如奔羊。稍前其穴,后妃之祥。'术者以穴在一小民菜园中,向恐民不肯与,因夜葬其地。民以向横诉于府。府尹令重与之价,仍不费其菜。次年,向遂生文简公。钦圣后,文简孙也。"亦载清潘永因《宋稗类钞》卷七、清厉鹗《宋诗纪事》卷一〇〇。向敏中,字常之,开封人,真宗朝宰相,孙向经女为宋神宗钦圣宪肃皇后。

许叔微未第时梦人语

药饵阴功,楼陈问许。
殿上呼卢,喝六得五。

【按】宋吴曾《能改斋漫录》卷一八《许叔微梦》:"真州人许叔微,父以能医称。叔微未第时,其父梦人以偈语赠之云:'药饵阴功,楼陈问许。殿上呼卢,喝六得五。'初不悟其旨,其后叔微以张九成榜中第六名,遂以太学恩例升第五名。而上名乃陈祖言,下名乃楼材。方悟其事。"宋曾敏行《独醒杂志》卷七作:"药市收功,陈楼间阻。殿上呼卢,喝六作五。"宋洪迈《夷坚志》甲志卷五作:"药有阴功,陈楼闻处。堂上呼卢,唱六作五。"宋施德操《北窗炙輠录》卷下、清杜文澜《古谣谚》卷六二皆作:"呼卢殿上,请何是主。王陈间隔,呼六为五。"曾敏行、洪迈、施德操所记均与《能改斋漫录》稍异。

龙游土人谣谶

水打浮石圆,龙游出状元。

【按】宋程大昌《演繁露》卷九《浮石》:"先是,土人尝有谣谶曰:'水打浮石圆,龙游出状元。'口口相传,亦莫知其语之为何自也。石之出水也,本甚崭岩不齐。绍兴甲子岁,两浙大水,漫灭垠岸,浮石没焉。水退,石仍出,而崭岩者皆去,盖为猛浪沙石之所淙凿,乃此圜浑也。又一年,岁在乙丑,龙游县人刘端明章魁廷试。"亦载清陶元藻《全浙诗话》卷二二宋。明李贤《明一统志》卷四三亦载此事,录作"团石圆,出状元"。

宝婺观古桐谚

桐齐檐,出状元。

【按】宋祝穆《方舆胜览》卷七婺州寺观"宝婺观"注:"在子城门西,与州学连接。楼宇高耸,古桐森然。谚云:'桐齐檐,出状元。'绍兴癸丑,桐与檐齐,而陈亮以廷试魁多士。继则桐为风所折,后再生一枝,柯叶寖茂。至嘉定庚辰,桐与檐齐,刘渭继为大魁,应前谶云。"亦载清杜文澜《古谣谚》卷二六。

永福古谶

天保石移,瑞云来奇。

龙爪花红,状元西东。

【按】宋张世南《游宦纪闻》卷四:"永福古有谶语曰:'天保石移,瑞云来奇;龙爪花红,状元西东。'乾道间,福清天保瑞云寺后石崖,横山西行,嚄地成蹊。既而永邑东乡石壁溪岩,松上产龙爪瑞花。其年萧公国梁,果魁天下,次举黄公定,胪唱第一。盖瑞花生处,西之于萧,东之于黄,各三十五里,此状元西东之应也。"亦载清厉鹗《宋诗纪事》卷一〇〇、清杜文澜《古谣谚》卷一〇〇。黄公度,字师宪,兴化莆田人,宋高宗绍兴八年进士第一。萧国梁,字挺之,福州永福人,宋孝宗乾道二年进士第一。

浏口骆驼嘴谚

其一

骆驼嘴断状元出。

其二

骆驼嘴圆出状元。

【按】宋洪迈《夷坚支志》戊卷八《湘乡祥兆》:"长沙古语尝有'骆驼嘴断状元出'之谣。驼嘴者,山也,其形似之。在州北,正直水口,其下曰麻潭,皆巨石屹立。淳熙七年,辛幼安作守,创飞虎营,广辟衢陌,许僧民得以石赎罪,皆凿于潭中,所取不胜计。后帅林黄中又增益南街,取石愈多,迨丙午之夏,驼嘴中断为两,不一岁而南强应之。"王容,字南强,湘乡人,宋孝宗淳熙十四年进士第一。宋祝穆《方舆胜览》卷二三潭州山川"骆驼嘴"后注:"在浏口。谚云:'骆驼嘴员出状元。'"清杜文澜《古谣谚》卷二六"员"作"圆"。清曾国荃《(光绪)湖南通志》卷末十一杂志十一:"按:今浏水入湘处,名浏口,亦名驼口,俗呼骆驼嘴,去麻潭三十余里。今凿石处正在麻潭山下丁字湾、大字岭一带,皆有矶头畤湘滨,久已凿去。知《夷坚志》所谓骆驼嘴,即此是也。若驼口,则并无石可凿矣。"

人为蜀僧语

下江者疾走如烟,上江者鼻孔撩天。

徒劳他二佛打供,了不见一僧坐禅。

【按】宋陆游《入蜀记》卷五："荆州绝无禅林,惟二圣而已。然蜀僧出关,必走江浙,回者又已自谓有得,不复参叩。故语云:'下江者疾走如烟,上江者鼻孔撩天。徒劳他二佛打供,了不见一僧坐禅。'"亦载清杜文澜《古谣谚》卷三一。

平江状元谶二则*

其一

穹窿石移,状元来归。

其二

潮过夷亭出状元。

【按】宋范成大《吴郡志》卷四五："吴郡自隋唐设进士科以来,未尝有魁天下者。比年父老相传二谶,一曰:'穹窿石移,状元来归。'一曰:'潮过夷亭出状元。'淳熙初,穹窿山中一夕闻风雨声,诘朝,视山半有大石自东徙西,屹立如植,所过草犹偃。辛丑科吴县人黄由子由遂状元及第。夷亭在昆山县西三十五里,昆山虽近江海,自古无潮汐,绍兴中始有潮至县郭。至是,潮忽大至,遂过夷亭。李彦平侍御亲见一道人复诵此谶,谓:'非有邑人应之?'乃以告知县叶自强,作问潮馆于水滨。甲辰科昆山人卫泾清叔亦为状元,黄、卫相继,两举天下,传以为奇事。"黄由,字子由,苏州长洲人,宋孝宗淳熙八年进士第一。卫泾,字清淑,华亭人,淳熙十一年进士第一。亦载明王鏊《(正德)姑苏志》卷五九。"其二"亦载清杜文澜卷四五《苏州长老言》,"过"作"至"。另宋郭彖《睽车志》卷一:"平江里俗旧传谶记云:'潮过唯亭出状元。'又云:'西山石移,状元南归。'淳熙庚子三月二十二日,吴县穹窿山大石,自麓移立山半。石所经,草木皆压藉,宛然行迹可验。其秋八月十八日夜,海潮大至,过唯亭,环城而西。穹窿在城西,唯亭距城东北四十五里。明年省试,平江岁贡者尽下,唯黄由以国学解中选。未廷试,皆传黄由魁天下,已而唱名果然。由字子由,平江人。而用国学发荐,南归之验也。"文字稍异。亦载清厉鹗《宋诗纪事》卷一〇〇。

何蓑衣语中原事*

贺新郎,贺新郎,胡孙拖白不终场。

不终场,未便休,雄豪分裂争王侯。

争王侯,闹啾啾,也须还我一百州。

【按】宋朱熹《晦庵集》卷七一《偶读漫记》:"乙卯十一月四日,詹元善说,去年见李兼济,说寿皇曾遣一小珰,以中原事问平江何蓑衣,蓑衣授以纸笔,口诵数语,令书以进。曰:'贺新郎,贺新郎,胡孙拖白不终场。不终场,未便休,雄豪分裂争王侯。争王侯,闹啾啾,也须还我一百州。'寿皇以示兼济之父秀叔参政。后数年,房储允恭死,房酋雍亦毙,而孙璟袭位,即所谓胡孙者也。岂璟将不终,而中原分裂,河南北将复我也耶?"

进贤县古谣

日月湖明良将出,石人滩合状元生。

【按】宋王象之《舆地纪胜》卷二六隆兴府景物下"日月湖"注:"在进贤北十五里。又有石人滩,古谶云:'日月湖明良将出,石人滩合状元生。'"又载清杜文澜《古谣谚》卷二六。

龙洲谶语

龙洲过县前,太和出状元。

【按】宋王象之《舆地纪胜》卷三一吉州景物上"龙洲"注:"在太和县南,有谶云:'龙洲过县前,太和出状元。'周益公作《龙洲书院记》。"亦载孔凡礼《宋诗纪事续补》卷三〇。明顾鼎臣《明状元图考》卷一《状元陈循》:"永乐十三年乙未,始诏天下举人会试于北京,取洪英等三百五十人,廷试擢陈循第一。按:陈循字德遵,江西泰和人,甲午首乡荐,会试拟首,考官梁潜以乡曲避嫌,置第二。廷试首擢。昔水涌龙洲,谶曰:'龙洲过县前,泰和出状元。'适龙洲水溢,循应兆。"

百花洲谶*

百花洲,尾齐州。
前此地,出状元。

【按】宋王象之《舆地纪胜》卷一〇二梅州景物下"百花洲"注:"在城之南,介两水之间。谶云:'百花洲,尾齐州。前此地,出状元。'"亦载宋潘自牧《记纂渊海》卷一五。

赵明诚闻梦中人语

言与司合,安上冠脱,芝芙草拔。

【按】元伊世珍《琅嬛记》卷中:"赵明诚幼时,其父将为择妇。明诚昼寝,梦诵一书,觉来惟忆三句云:'言与司合,安上已脱,芝芙草拔。'以告其父,其父为解曰:'汝殆得能文词妇也。言与司合是词字,安上已脱是女字,芝芙草拔是之夫二字。非谓汝为词女之夫乎?'后李翁以女女之,即易安也,果有文章。"亦载清杜文澜《古谣谚》卷八四。

沙洲圆*

沙洲圆,出状元。

【按】明李汛等《(嘉靖)九江府志》卷一三:"马适,字志达,湖口人。祖良俊,卒葬于幞头山。时谶曰:'沙洲圆,出状元。'适生,自幼聪敏,勤苦嗜学,奉母笃孝。建隆三年,沙洲始圆,果登状元第。以母故守制,终于家。"亦载明周广《(嘉靖)江西通志》卷八"青峰山"注、李贤《明一统志》卷五〇、清谢旻《(雍正)江西通志》卷一一、李成谋《石钟山志》卷六。

三、辽朝谣谚

（一）歌谣

天祚时狂人歌

辽国且亡。

【按】宋叶隆礼《契丹国志》卷一二："初，女真入攻时，灾异屡见，曾有人狂歌于市曰'辽国且亡'。急使人追之，则人首兽身，连道'且亡'二字，迸入山中不见。变异如此，兴亡之数，岂偶然哉！"亦载清杜文澜《古谣谚》卷一六、清李有棠《辽史纪事本末》卷三三。

燕民致蓬蓬歌*

致蓬蓬，外头花花里头空。
但看明年正二月，满城不见主人翁。

【按】明陆楫《古今说海》杂记二《宣政杂录》："宣和初收复燕山，以归朝。金民来居京师，其俗有《臻蓬蓬歌》，每扣鼓和致蓬蓬之音为节，而舞人无不喜闻其声而效之者。其歌曰：'致蓬蓬，外头花花里头空。但看明年正二月，满城不见主人翁。'本房谶，故京师不禁，然次年正月徽宗南幸，次年二圣北狩。"《宣政杂录》，宋江万里撰。亦载明郭子章《六语》谶语卷五，清杜文澜《古谣谚》卷二一题作《宣和初金民唱臻蓬蓬歌》。"金民"一本作"辽民"，又有作"燕民"。清周春《辽诗话》卷下《臻蓬蓬歌》作辽民歌，此据语意改。

燕民谶*

百尺竿头望九州，前人田土后人收。
后人收得休欢喜，更有收人在后头。

【按】明陆楫《古今说海》杂记二《宣政杂录》："宣和初收复燕山，以归朝。金民来居京师,其俗有《臻蓬蓬歌》……又有伎者以数丈长竿系椅于杪,伎者坐椅上。少顷,下投于小棘坑中,无偏颇之失。未投时,念诗曰:'百尺竿头望九州,前人田土后人收。后人收得休欢喜,更有收人在后头。'此亦房谶,而兆属可怪。"据文理,此也应为燕人语。亦载明郭子章《六语》谶语卷五。"金民"一作"辽民",一作"燕民"。

辽土河童谣

青牛妪,曾避路。

【按】元脱脱等《辽史》卷七一列传第一:"太祖淳钦皇后述律氏,讳平,小字月理朵。……后简重果断,有雄略。尝至辽、土二河之会,有女子乘青牛车,仓猝避路,忽不见。未几,童谣曰:'青牛妪,曾避路。'盖谚谓地祇为青牛妪云。太祖即位,群臣上尊号曰'地皇后'。"亦载清杜文澜《古谣谚》卷一三。

武定军百姓为杨佶歌

何以苏我?上天降雨。
谁其抚我?杨公为主。

【按】元脱脱等《辽史》卷九〇列传第一九:"杨佶,字正叔,南京人。……十五年,出为武定军节度使。境内亢旱,苗稼将槁。视事之夕,雨泽霑足。百姓歌曰:'何以苏我?上天降雨。谁其抚我?杨公为主。'"亦载明王圻《续文献通考》卷二二二物异考、清杜文澜《古谣谚》卷一三。

"十不如"之谣(有目无篇)

【按】元脱脱等《宋史》卷四八五列传第二四四:"秋,夏人转攻河东,及麟府,不能下,乃引兵攻丰州,城孤无援,遂据之。又破宁远砦,屯要害,绝麟府饷道。杨偕始请弃河外,保合河津,帝不许。会张亢管勾麟府军马事,破之于柏子,又破之于兔毛川,亢筑十余栅,河外始固。元昊虽数胜,然死亡创痍者相半,人困于点集,财力不给,国中为'十不如'之谣以怨之。元昊乃归塞门砦主高延德,因乞和,知延州范仲淹为书陈祸福以喻之。"此为西夏之民谣。

（二）谚语

契丹比佗部咒语

夏时向阳食，冬时向阴食。
使我射猎，猪鹿多得。

【按】宋欧阳修《新五代史》卷七二四夷附录第一："契丹比佗部族尤顽傲，父母死，以不哭为勇，载其尸深山，置大木上。后三岁，往取其骨焚之，酹而咒曰：'夏时向阳食，冬时向阴食。使我射猎，猪鹿多得。'"亦载清周春《辽诗话》卷下。

辽宫中为懿德皇后语

孤稳压帕女古靴，菩萨唤作耨斡么。

【按】辽王鼎《焚椒录》："及上即位，以清宁元年十二月戊子册为皇后。后方出阁升坐，扇开帘卷。忽有白练一段自空吹至后褥位前，上有'三十六'三字。后问：'此何也？'左右曰：'此天书，命可敦领三十六宫也。'后大喜，宫中为语曰：'孤稳压帕女古靴，菩萨唤作耨斡么。'盖言以玉饰首，以金饰足，以观音作皇后也。"又载清杜文澜《古谣谚》卷一八。

牧马谚

一分喂，十分骑。

【按】宋苏颂《苏魏公文集》卷一三《契丹马》题下注："契丹马群动以千数，每群牧者才二三人而已。纵其逐水草，不复羁縶。有役则旋驱策而用，终日驰骤而力不困乏。彼谚云：'一分喂，十分骑。'番汉人户亦以牧养多少为高下。视马之形，皆不中相法。蹄毛俱不剪剔，云马遂性则滋生益繁，此养马法也。"

辽天祚时国人谚

五个翁翁四百岁,南面北面顿瞌睡。
自己精神管不得,有甚心情杀女直。

【按】宋叶隆礼《契丹国志》卷一〇:"自天祚亲征败绩,中外归罪萧奉先。于是谪奉先西南面招讨,擢用耶律大悲奴为北枢密使,萧查剌同知枢密院使。间有军国大事,天祚与南面宰相、执政吴庸、马人望、柴谊等参议,数人皆昏谬,不能裁决。当时国人谚曰:'五个翁翁四百岁,南面北面顿瞌睡。自己精神管不得,有甚心情杀女直。'"亦载清杜文澜《古谣谚》卷一六。

仲生引谚语*

一马不备二鞍,一女不嫁二夫。

【按】宋徐梦莘《三朝北盟会编》卷八:"燕人久属大辽,各安乡土。贵朝以兵挠之,决皆死战于两地,生灵非便。仲生云:谚语有之,'一马不备二鞍,一女不嫁二夫',为人臣岂事二主,燕中士大夫岂不念此?"仲生,未详何人。

太祖淳钦皇后引谚

偏怜之子不保业,难得之妇不主家。

【按】元脱脱等《辽史》卷七二列传第二:"章肃皇帝,小字李胡,一名洪古,字奚隐,太祖第三子,母淳钦皇后萧氏。少勇悍多力,而性残酷,小怒辄鲸人面,或投水火中。太祖尝观诸子寝,李胡缩项卧内,曰:'是必在诸子下。'……何太后顾李胡曰:'昔我与太祖爱汝异于诸子。谚云:"偏怜之子不保业,难得之妇不主家。"我非不欲立汝,汝自不能矣。'"亦载清杜文澜《古谣谚》卷一三。

时人为萧岩寿语

以狼牧羊,何能久长。

【按】元脱脱等《辽史》卷九九列传第二九:"上……由是反疑岩寿,出为顺义军节度使,乙辛复入为枢密使,流岩寿于乌隗路,终身拘作。岩寿虽窜逐,恒以社稷为忧。时人为之语曰:'以狼牧羊,何能久长。'三年,乙辛诬岩寿与谋废立事,执还杀之,年四十九。"亦载清杜文澜《古谣谚》卷一三。

北人为魏王谚

宁违敕旨,无违魏王白帖子。

【按】元马端临《文献通考》卷三四六四裔考二三:"洪期能守成,柔惠爱民,安静不挠,然嬖幸其臣耶律英弼。英弼与太子濬有隙,潜畜甲士,谋杀之。其母与琵琶工通,英弼又引洪期视之,母自缢死。濬有遗腹子,延禧时未生,故免于难。英弼益专恣,累封魏王。北人谚云:'宁违敕旨,无违魏王白帖子。'"亦载清杜文澜《古谣谚》卷三二。

铁幡竿*

谁为飞虎将,无若铁幡竿。

【按】宋员兴宗《九华集》卷二四《王宏归顺事》:"兰州王宏者,本名家子,久陷金,即悒悒思部署。徒党密欲从顺,会坐事,金帅锁以地牢,凡十余年释之。军兴,宏即劫蕃族以归上。……李世辅知同州,欲劫皇弟郎君南归,王亦起兵会之。事觉,诛死。其人黑而长,边将谓之'铁幡竿',西人谚曰:'谁为飞虎将,无若铁幡竿。'"此当为西夏地界之事,附于此。

四、金朝谣谚

（一）歌谣

鹧鸪曲（有目无词）

【按】宋宇文懋昭《大金国志》卷三九《初兴风土》："俗勇悍，喜战斗，耐饥渴苦辛。善骑，上下崖壁如飞，济江河不用舟楫，浮马而渡。其乐惟鼓笛，其歌惟《鹧鸪曲》，第高下长短如鹧鸪声而已。"附录一《女真传》亦载："其乐则惟鼓笛，其歌则有《鹧鸪》之曲，但高下长短，鹧鸪二声而已。"亦载宋徐梦莘《三朝北盟会编》卷三。

诅祝歌

取尔一角指天、一角指地之牛，无名之马。
向之则华面，背之则白尾，横视之则有左右翼者。

【按】元脱脱等《金史》卷六五列传第三："谢里忽者，昭祖将定法制，诸父、国人不悦，已执昭祖，将杀之。谢里忽亟往，弯弓注矢，射于众中，众乃散去，昭祖得免。国俗，有被杀者，必使巫觋以诅祝。杀之者乃系刃于杖端，与众至其家，歌而诅之曰：'取尔一角指天、一角指地之牛，无名之马。向之则华面，背之则白尾，横视之则有左右翼者。'其声哀切凄婉，若《蒿里》之音。既而以刃画地，劫取畜产财物而还。其家一经诅祝，家道辄败。"亦载清郭元釪《全金诗》卷六二。

正隆军南发童谣[*]

正军三匹马，签军两双鞋。
郎主向南去，赵老送灯台。

【按】宋徐梦莘《三朝北盟会编》卷二四三："（正隆）五年秋九月，起汴京。敕天使催促八路军马各依地分入南界。发时,童谣言:'正军三匹马,签军两双鞋。郎主向南去,赵老送灯台。'九月渡淮,至寿春屯驻。"宋欧阳修《归田录》卷二:"俚谚云:'赵老送灯台,一去更不来。'不知是何等语,虽士大夫亦往往道之。"

金大定间谣

鞑靼去,赶得官家没去处。

【按】宋孟珙《蒙鞑备录》:"鞑人在本国时,金房大定间,燕京及契丹地有谣言云:'鞑靼去,赶得官家没去处。'葛酉雍宛转闻之,惊曰:'必是鞑人为我国患。'乃下令极于穷荒,出兵剿之。每三岁遣兵向北剿杀,谓之减丁。迄今中原人尽能记之,曰二十年前,山东、河北谁家不买鞑人为小奴婢,皆诸军掠来者。今鞑人大臣,当时多有房掠住于金国者。且其国每岁朝贡,则于塞外受其礼币而遣之,亦不令入境。鞑人逃遁沙漠,怨入骨髓。至伪章宗立,明昌年间不令杀戮,以是鞑人稍稍还本国,添丁长育。"亦载清杜文澜《古谣谚》卷二四。葛酉雍,指金世宗完颜雍,曾封葛王,故称。

宋淳熙中梁宋间童谣

黄河灾,天水来。

【按】元马端临《文献通考》卷三一〇物异考一六:"孝宗淳熙中,河决入汴,梁宋间为之语曰:'黄河灾,天水来。'天水,国姓也,遗黎以为恢复之兆。"亦载明杨慎《古今风谣》、清杜文澜《古谣谚》卷三二。赵姓出于天水,故以天水称赵。

明昌四年京师谣言

东欲行,西欲飞,
中间一道亦垂垂。
我醉不醉,知不知。

【按】金张师颜《南迁录》:"各路州连战皆败,(张)天翼死战,贼势逾张。溃兵皆聚于天井关,潞守张宗臣急奏求援。上与宸妃连日饮宴,外间章奏不通,京师谣言:'东欲行,西欲飞,中间一道亦垂垂。我醉不醉,知不知。'"宋宇文懋昭《大金国志》卷一九纪年、清杜文澜《古谣谚》卷一六"中间一道亦垂垂"皆作"中间一路赤垂垂"。

百姓为邢公歌*

我公来兮扬仁风,当时涧水能复通。

济人利物谁与同,昔有吕公今邢公。

【按】清郑德枢《(光绪)永寿县志》卷九载金郭邦基撰《重修惠民泉记》:"永寿县古麻亭驿也……因目之为吕公惠民泉。岁月寝久,兵革之余,泉渠圮坏无复存者。泰和元年,邢公珣由进士第主邑簿,下车后历询耆耋,苟有利害,为之兴除。众以泉闻,遂访其源,得故道,有瓦甓之迹在焉。不旬日间厥工告成,其泉之通也欻焉。老幼忻忻,赓为之歌曰:'我公来兮扬仁风,当时涧水能复通。济人利物谁与同,昔有吕公今邢公。'"亦载清张金吾《金文最》卷一四。吕公,吕大防,北宋嘉祐间为县令,曾凿山引水。

泰和末年谣

易水流,汴水流,百年易过又休休。

两家都好住,前后总迟留。

【按】宋宇文懋昭《大金国志》卷二四纪年:"初,忠献王粘罕欲赞太宗都燕,司天监郝世才本辽臣也,精于天文地理,忠献攻讨,每携以行,所言皆验。谓燕京土燥山远,水泉不润,可以威守,难以文定。若南征北伐未已,此地可居。如持盈守成,祸变必作。又泰和末有童谣曰:'易水流,汴水流,百年易过又休休。两家都好住,前后总迟留。'至此燕京王气耗竭,其言验矣。"元脱脱等《金史》卷二三志第四、清杜文澜《古谣谚》卷一三"迟"皆作"成"。

金末庚午岁童谣

摇摇罟罟,至河南,拜阕氏。

【按】明宋濂等《元史》卷一四九列传第三六《郭宝玉》:"岁庚午,童谣曰:'摇摇罟罟,至河南,拜阕氏。'既而太白经天,宝玉叹曰:'北军南,汴梁即降,天改姓矣。'金人以独吉思忠仆散揆行中书省,领兵筑乌沙堡。会太师木华黎军忽至,败其兵三十余万。思忠等走,宝玉举军降。"亦见清杜文澜《古谣谚》卷一四。

贞祐元年卫州童谣

团圞冬,劈半年。

寒食节,没人烟。

【按】元脱脱等《金史》卷二三志第四:"宣宗贞祐元年八月戊子夜,将曙,大雾苍黑,跂步无所见,至辰巳间始散。十二月乙卯,雨木冰,时卫州有童谣曰:'团圞冬,劈半年。寒食节,没人烟。'明年正月,元兵破卫,遂丘墟矣。"亦载清李有棠《金史纪事本末》卷四〇、清杜文澜《古谣谚》卷一三。

兴定中童谣

青山转,转山青。
耽误尽,少年人。

【按】元脱脱等《金史》卷二三志第四:"(宣宗兴定)五年三月,以久旱,诏中外,仍命有司祈祷。十一月壬寅,京师相国寺火。十二月丁丑,霜附木。先是,有童谣云:'青山转,转山青。耽误尽,少年人。'盖言是时人皆为兵,转斗山谷,战伐不休,当至老也。"亦载清李有棠《金史纪事本末》卷四〇。

秦顺临刑唱歌

生为潞州人,死作蕲春鬼。

【按】宋赵与裦(一作褒)《辛巳泣蕲录》:"其日,有北门外文顿坊税户黄思名等,又捕获番人秦顺……鄷王指挥许半月打掳,即便收兵。次日,将秦顺斩于市曹。押出之际,口说:'大金鄷王无道,连年用兵,使我兄弟五人皆死于军。'歌唱自如,曰:'生为潞州人,死作蕲春鬼。'"清杜文澜《古谣谚》卷二一作:"生为潞州人,死为蕲春鬼。"

(二)谚语

世祖时童谣

欲生则附于跋黑,欲死则附于劾里钵、颇剌淑。

【按】元脱脱等《金史》卷一本纪第一:"部中有流言曰:'欲生则附于跋黑,欲死则附于劾里钵、颇剌淑。'世祖闻之,疑焉,无以察之,乃佯为具装,欲有所往者,阴遣人扬言曰:'寇至。'部众闻者莫知虚实,有保于跛黑之室者,有保于世祖之室者,世祖乃尽得兄弟部属向背彼此之情矣。"亦载清杜文澜《古谣谚》卷一三。金世祖,完颜劾里钵。

时人为谷神娄室语

前有谷神,后有娄室。

【按】元脱脱等《金史》卷八八列传第二六:"纥石烈良弼,本名娄室,回怕川人也。曾祖忽懒,祖忒不鲁,父太宇,世袭蒲辇,徙宣宁。天会中,选诸路女直字学生送京师,良弼与纳合椿年皆童丱,俱在选中。是时,希尹为丞相,以事如外郡,良弼遇之途中,望见之,叹曰:'吾辈学丞相文字,千里来京师,固当一见。'乃入传舍求见,拜于堂下。希尹问曰:'此何儿也?'良弼自赞曰:'有司所荐学丞相文字者也。'希尹大喜,问所学,良弼应对无惧色。希尹曰:'此子他日必为国之令器。'留之数日。年十四,为北京教授,学徒常二百人。时人为之语曰:'前有谷神,后有娄室。'其从学者,后皆成名。年十七,补尚书省令史。簿书过目,辄得其隐奥。虽大文牒,口占立成,词理皆到。时学希尹之业者称为第一,除吏部主事。"亦载清杜文澜《古谣谚》卷一三。完颜希尹,本名谷神。金人初无文字,国势日强,与邻国交好,乃用契丹字。太祖命希尹撰本国字,备制度,希尹乃依仿汉人楷字,因契丹字制度,合本国语,制女直字。天辅三年八月字书成,太祖大悦,命颁行之。

妻寄夫诗

垂杨传语山丹,你到江南艰难。
你那里讨你南婆,我这里嫁尔契丹。

【按】明许自昌《捧腹编》卷一引《轩渠录·嫁契丹》:"绍兴辛巳冬,女直犯顺。朱忠信夜于淮南劫寨,得一箧,乃自燕山来者。有所附书十余封,多是房中妻寄军中夫。建康教授唐友仲亲见一纸别无他语,上诗一篇云:'垂杨传语山丹,你到江南艰难。你那里讨你南婆,我这里嫁尔契丹。'"《轩渠录》,传为宋吕居仁撰,居仁或为日本中,字居仁。亦载清独逸窝退士《笑笑录》卷三、清周春《辽诗话》卷下,皆作:"垂杨传语山丹,你到江南艰难。你那里讨个南婆,我这里嫁个契丹。"

河内正平县民为王竞韩希甫张元谚

西山至河岸,县官两人半。

【按】元脱脱等《金史》卷一二五列传第六三:"王竞,字无竞,彰德人。警敏好学,年十七以荫补官。宋宣和中,太学两试合格,调屯留主簿。入国朝,除大宁令,历宝胜盐官,转河内令。时岁饥盗起,竞设方略以购贼,不数月尽得之。夏秋之交,沁水泛溢,岁发民筑堤,豪民猾吏因缘为奸,竞核实之,减费几半,县民为之谚曰:'西山至河岸,县官两人半。'盖以前政韩希甫与竞相继治县,皆有干能,绛州正平令张元亦有治绩而差不及,故云然。"亦载清杜文澜《古谣谚》卷一三。

熙宗引谚

疑人勿使,使人勿疑。

【按】元脱脱等《金史》卷四本纪第四熙宗(完颜亶):"(皇统八年)十一月壬辰,太白经天。乙未,左丞相宗贤、左丞禀等言,州郡长吏当并用本国人。上(此指熙宗)曰:'四海之内,皆朕臣子。若分别待之,岂能致一。谚不云乎,"疑人勿使,使人勿疑"。自今本国及诸色人,量才通用之。'"亦载清杜文澜《古谣谚》卷一三。

儿哭谚*

儿哭即儿歌,不哭不偻儸。

【按】金张从正《儒门事亲》卷一《过爱小儿反害小儿说》:"俚谚曰:'儿哭即儿歌,不哭不偻儸。'此言虽鄙,切中其病。世俗岂知号哭者,乃小儿所以泄气之热也。"

节察*

节察令推何日了,盐度户勾几时休。

【按】金刘祁《归潜志》卷七:"省吏,前朝止用胥吏,号'堂后官'。金朝大定初,张太师浩制皇制……凡登第历三任至县令,以次召补充,一考三十月出,得六品州倅。两考六十月,得五品节度副使、留守判官,或就选为知除知案。由之以渐,得都事、左右司员外郎、郎中,故仕进者以此途为捷径。如不为省令史,即循资级,得五品甚迟,故有'节察令推何日了,盐度户勾几时休'之语。"

平阳百姓为张浩杨伯雄语

前有张,后有杨。

【按】元脱脱等《金史》卷一〇五列传第四三:"杨伯雄,字希云,……先是,张浩治平阳,有惠政,及伯雄为尹,百姓称之:'前有张,后有杨。'"又载清杜文澜《古谣谚》卷一三。

时人为张景仁郑子时赵枢孟宗献语

主司非张郑,秀才非赵孟。

【按】金刘祁《归潜志》卷八:"金朝以律赋著名者曰孟宗献友之、赵枢子克。其主文有藻鉴,多得人者,曰张景仁御史、郑子时侍读。故一时为之语曰:'主司非张郑,秀才非赵孟。'律赋至今为学者法。"亦载清杜文澜《古谣谚》卷六三。

四方为李妃胥持国语

经童作相,监婢为妃。

【按】宋宇文懋昭《大金国志》卷一九纪年"有经童作相之语"。元脱脱等《金史》卷一二九列传第六七:"胥持国,字秉钧,代州繁畤人,经童出身,累调博野县丞。……明昌四年,拜参知政事,……明年,进尚书右丞。……初,李妃起微贱,得幸于上。持国久在太子宫,素知上好色,阴以秘术干之,又多赂遗妃左右用事人。妃亦自嫌门地薄,欲藉外廷为重,乃数称誉持国能。由是大为上所信任,与妃表里,窃擅朝政。诛郑王永蹈、镐王永中,罢黜完颜守贞等事,皆起于李妃、持国。士之好利躁进者皆趋走其门下。四方为之语曰:'经童作相,监婢为妃。'恶其卑贱庸鄙也。"亦载清杜文澜《古谣谚》卷一三。

王泽吕造作诗*

泽民不识枇杷子,吕造能吟喜欲狂。

【按】金刘祁《归潜志》卷七:"金朝取士,止以词赋、经义学,士大夫往往局于此,不能多读书。……章宗时,王状元泽(按,后云'泽民不识枇杷子',此处疑脱'民'字,否则,泽字泽民也。)在翰林,会宋使进枇杷子,上索诗。泽奏:'小臣不识枇杷子。'惟王庭筠诗成,上喜之。吕状元造,父子魁多士,及在翰林,上索重阳诗,造素不学诗,遑遽献诗云:'佳节近重阳,微臣喜欲狂。'上大笑,旋令外补。故当时有云:'泽民不识枇杷子,吕造能吟喜欲狂。'"亦载清独逸窝退士《笑笑录》卷二。王泽,山西曲沃人,金章宗明昌二年状元。吕造,章宗承安二年状元。

金兵题壁上*

千辛万苦过江来,教场筑屋望乡台。
襄阳府城取不得,与他打了半年柴。

【按】宋赵万年《襄阳守城录》:"虏(此指围城金兵)凡两处创土山,采伐林木,四远皆尽。既遁,贼于寨屋壁上题云:'千辛万苦过江来,教场筑屋望乡台。襄阳府城取不得,与他打了半年柴。'缘围蔽已久,城中柴贵,每千钱仅能买十余斤,民至有拆屋或取牛马骨供爨者。及毁土山,柴薪有数百万担,以供军民烧用,故有是云。语虽鄙,真情乃见。"《四库全书总目》提要以为此为元人围襄阳,误。

时人为赵秉文语

古有朱云,今有秉文。

朱云攀槛,秉文攀人。

【按】元脱脱等《金史》卷一一〇列传第四八:"赵秉文,字周臣,磁州滏阳人也。幼颖悟,读书若夙习。登大定二十五年进士第,调安塞簿,以课最,迁邯郸令,再迁唐山。丁父忧,用荐者起复南京路转运司都勾判官。明昌六年,入为应奉翰林文字,同知制诰。上书论宰相胥持国当罢,宗室守贞可大用。章宗召问,言颇差异,于是命知大兴府事、内族膏等鞫之,秉文初不肯言,诘其仆,历数交游者。秉文乃曰初欲上言,尝与修撰王庭筠、御史周昂、省令史潘豹、郑赞道、高坦等私议。庭筠等皆下狱,决罚有差。有司论秉文上书狂妄,法当追解。上不欲以言罪人,遂特免焉。当时为之语曰:'古有朱云,今有秉文。朱云攀槛,秉文攀人。'士大夫莫不耻之,坐是久废。"亦载清杜文澜《古谣谚》卷一三。

时人为常氏婚姻语*

三刘五李,和义无比。

【按】金元好问《遗山先生文集》卷二四《真定府学教授常君墓铭》:"文水即君之曾祖也。金朝初,避汉阳质子之役,族属散居。有从建炎南渡而贵官者,有留居东门卢利者,有析居柏仁坊鹿者。文水迁居河朔,寓居平山,遂占籍焉。生九子,其一为比丘。余八子娶两族,先后无间言。时人为之语曰:'三刘五李,和义无比。'是则文水之家政可见矣。"

哀宗引谚

水深见长人。

【按】元脱脱等《金史》卷一一一列传第四九撒合辇传:"至是,上谓撒合辇曰:'谚云"水深见长人",朝臣或欲我一战,汝独言当静以待之,与朕合,今日有太平之望,皆汝谋也。先帝尝言汝可用,可谓知人矣。'"又载清杜文澜《古谣谚》卷一四。

道人讽时歌*

太公寿命八十余,文王一见便同车。
而今若有蟠溪客,也被官中要纳鱼。

【按】金刘祁《归潜志》卷九:"麻征君知几在南州,见时事扰攘,其催科督赋如毛,百姓不安,尝题《雨中行人扇图诗》云:'幸自山东无赋税,何须雨里太仓黄?寻思此个人间世,画出人来也着忙。'虽一时戏语,也有味。知几若见今日事,又作何语耶?又戏题《太公钓鱼图》云:'向使文王不猎贤,一竿潦倒渭河边。当时若早随时世,直吃羊羔八十年。'亦中时病也。又有道人云:'太公寿命八十余,文王一见便同车。而今若有蟠溪客,也被官中要纳鱼。'虽俚语,可以想见时世也。"麻九畴,字知几,莫州人,哀宗正大三年赐及第。

金末人为郑子聃语*

登莱沂密,脑后插笔。

【按】元于钦《齐乘》卷五:"金末,内翰郑子聃知沂州,作十爱词,有云:'我爱沂阳好,民淳讼自稀。谁言珥笔混莱夷,行见离离秋草鞠圜扉。'俗有'登莱沂密,脑后插笔'之语。"脑后插笔,指好讼。

元好问引谚*

椎牛飨客,会其已食。

【按】金元好问《遗山先生文集》卷三七《送高雄飞序》:"谚有之'见卵而求时夜',谓之蚤计。'椎牛飨客,会其已食',谓之后期。智无后期,亦无蚤计。行矣吾子,今正是时。"唐司马承祯《坐忘论》:"见卵而求时夜,见弹而求鸮炙,何其造次哉。"

时人为苏过语

苏氏三虎,叔党为最怒。

【按】金元好问撰《遗山先生文集》卷一二《题苏氏宝章》后注:"长公忠义似颜平原,次公冲淡似林西湖,故字画有不期合而合者,最后数帖,所谓'苏氏三虎,叔党为最怒'耳。"清杜文澜《古谣谚》卷七七作:"苏氏三虎,季虎最怒。"叔党,苏轼幼子苏过,字叔党。

五、元朝谣谚

（一）歌谣

滨州民歌*

田野桑麻一倍增,昔无粗麻今纩缯,
太守之德如景星。

【按】元赵孟頫《松雪斋集》卷八《大元故嘉议大夫燕南河北道提刑按察使姜公墓志铭》:"公讳彧,姓姜氏……知滨州……课民栽桑,岁余新桑遍野,人呼曰太守桑,且歌云:'田野桑麻一倍增,昔无粗麻今纩缯,太守之德如景星。'"

皇舅墓谣

皇舅墓门闭,运粮向北去。
水淹墓门开,运粮却回来。

【按】元陶宗仪《南村辍耕录》卷二〇:"河间路景州蓨县河浒一土阜,相传为皇舅墓。自国家奄混区夏,即有谣云:'皇舅墓门闭,运粮向北去。水淹墓门开,运粮却回来。'至正辛卯,中原大水,舟行木杪间。及水退,土阜崩圮,墓门显露。继后天下多事,海道不通。"明杨慎《古今风谣》记作:"皇舅墓门闭,运粮向北去。皇舅墓门开,运粮向南来。"

宁都州民歌*

去年雪,今年雨。
微计侯,那得此。
民既悦,天应喜。

【按】元吴澄《吴文正集》卷八〇《元承事郎同知宁都州事计府君墓志铭》:"州数年不

雪,民苦瘴病,吾父(计初)至之年大雪弥日。旱,祷雨未应。吾父力疾出祷,大雨如注,民歌之曰:'去年雪,今年雨。微计侯,那得此。民既悦,天应喜。'"又见清谢旻等监修《江西通志》卷八八。

太仓谣

其一

打碗花子开,今搬州县来。

其二

黄狼屋上走,州县住不久。

【按】元高德基《平江记事》:"昆山州,国初县也。元贞初,升为州,州治去府城七十二里。延祐中移太仓。未移之先,太仓江口,打碗花子遍地盛开,民谣云:'打碗花子开,今搬州县来。'迁移之后,常有鼠郎出没厅事上,民复谣云:'黄郎屋上走,州县住不久。'至正间果复移回玉峰旧治。"清王昶《(嘉庆)直隶太仓州志》卷六○"鼠郎"作"鼠狼","黄郎"作"黄狼",此据改。

元明宗时童谣

牡丹红,禾苗空。

牡丹紫,禾苗死。

【按】元高德基《平江记事》:"花木之妖,世固有之,未有如平江牡丹之甚异者。致和戊辰八月,铁瓶巷刘太医家牡丹数株,各色盛开。开凡三度,初开者若茶盂子大,中间绿蕊,有如神佛之状,数日乃谢。第二度开者若五升竹箩,花蕊成人马形,耐有半月之久。第三度开者只如酒盏大,其蕊细长若幡幢旗帜状,而罗衫紫与粉红楼子甚多,三日而萎。观者日数百人,阑槛尽皆拥毁,不可止遏。童谣云:'牡丹红,禾苗空。牡丹紫,禾苗死。'明年明宗登极,五月暴崩,而庙讳乃和字也,其应不爽如此。"亦载明杨慎《古今风谣》。

元统二年彰德民谣

天雨氂,事不齐。

【按】明宋濂等撰《元史》卷五一五行志二:"元统二年六月,彰德雨白毛,俗呼云'老君髯'。民谣曰:'天雨氂,事不齐。'"又见清杜文澜《古谣谚》卷一四。

至元三年彰德民谣

天雨线,民起怨。

中原地,事必变。

【按】明宋濂等撰《元史》卷五一五行志二:"至元三年三月,彰德雨毛,如线而绿,俗呼云'菩萨线'。民谣云:'天雨线,民起怨。中原地,事必变。'"又见清杜文澜《古谣谚》卷一四。

至元五年八月京师童谣

白雁望南飞,马札望北跳。

【按】明宋濂等撰《元史》卷五一五行志二:"(后)至元五年八月,京师童谣云:'白雁望南飞,马札望北跳。'"又见清杜文澜《古谣谚》卷一四。

金银珠谣*

活银病金死珠子。

【按】元孔齐《至正直记》卷三《首饰用翠》:"首饰用翠,最为无补之物。买时以价十倍,及无用时不值一文。珍珠虽贵,亦是无用。盖予避地,将所在囊中者遍求易米,不可即得,且价不及于前者已十倍之上。惟金银为急,绢帛次之。民有谣曰:'活银病金死珠子。'犹不言翠也。盖言银为诸家所尚,金遇主渐少,珠子则无有问及者,犹死物也。"

至正五年淮楚间童谣

富汉莫起楼,穷汉莫起屋。

但看羊儿年,便是吴家国。

【按】明宋濂等撰《元史》卷五一五行志二:"至正五年,淮楚间童谣云:'富汉莫起楼,穷汉莫起屋。但看羊儿年,便是吴家国。'"又见清杜文澜《古谣谚》卷一四。

江西福建怨谣*

其一

九重丹诏颁恩至,万两黄金奉使回。

其二

奉使来时,惊天动地。

奉使去时,乌天黑地。

官吏都欢天喜地,百姓却啼天哭地。

其三

官吏黑漆皮灯笼,奉使来时添一重。

【按】元陶宗仪《南村辍耕录》卷一九《阑驾上书》条:"至正乙酉冬,朝廷遣官奉使宣抚诸道,问民疾夯,然而政绩昭著者十不二三。明年秋,江右儒人黄如徵邀驾上书,指数散散王士宏等罪状,且及国家利害。……其书略曰:江西布衣书生黄如徵百拜上书皇帝陛下,如徵忝生僻土,遭遇明时,用竭愚衷,冒干天听,伏望采览万一焉。……而散散王士宏等,不体圣天子抚绥元元之意,鹰扬虎噬,雷厉风飞。声色以淫吾中,贿赂以缄吾口。上下交征,公私朘剥,赃吏贪婪而不问,良民涂炭而罔知。闾阎失望,田里寒心,乃歌曰:'九重丹语颁恩至,万两黄金奉使回。'又歌曰:'奉使来时,惊天动地;奉使去时,乌天黑地。官吏都欢天喜地,百姓却啼天哭地。'又歌曰:'官吏黑漆皮灯笼,奉使来时添一重。'如此怨谣,未能枚举,皆百姓不平之气郁结于怀,而发诸声者然也。"

石人谣

其一

石人一只眼,挑动黄河天下反。

其二

莫道石人一只眼,此物一出天下反。

【按】明宋濂等撰《元史》卷五一五行志二:"(至正)十年,河南、北童谣云:'石人一只眼,挑动黄河天下反。'"叶子奇《草木子·克谨篇》云:"徐州盗韩山童叛。先是至正庚寅间,参议贾鲁,以当承平之时,无所垂名,欲立事功于世。首劝脱脱丞相开河北水田,务民屯种,脱从之。先于大都开田以试之,前后所费凡十数万锭。及开西山水闸灌田,山水迅暴,几坏都城,遂止。又劝其造至正交钞,楮币窳恶。用未久,辄腐烂不堪倒换,遂与至元宝钞俱涩滞不行,物价腾贵。及河决南行,又劝脱相求夏禹故道,开使北流。身专其任,濒河起集丁夫二十六万余人。朝廷所降食钱,官吏多不尽给,河夫多怨。韩山童等因挟诈,阴凿石人,止开一眼,镌其背曰:'莫道石人一只眼,此物一出天下反。'预当开河道埋之,掘者得之,遂相为惊诧而谋乱。"又见明郎瑛《七修类稿》卷八。

上海县谣*

鸡啼不拍翅,鸦鸟不转更。

【按】元杨瑀《山居新话》卷三:"至正癸巳冬,上海县十九保村中鸡鸣不鼓翼。民谣曰:'鸡啼不拍翅,鸦鸟不转更。'"

至正十五年京师童谣

一阵黄风一阵沙,千里万里无人家。
回头雪消不堪看,三眼和尚弄瞎马。

【按】明宋濂等撰《元史》卷五一五行志二:"(至正)十五年,京师童谣云:'一阵黄风一阵沙,千里万里无人家。回头雪消不堪看,三眼和尚弄瞎马。'"又见清杜文澜《古谣谚》卷一四。

至正十六年彰德路民谣

苇生成旗,民皆流离。
苇生成枪,杀伐遭殃。

【按】明宋濂等撰《元史》卷五一五行志二:"(至正)十六年六月,彰德路苇叶顺次倚叠而生,自编成若旗帜,上尖叶聚粘如枪,民谣云:'苇生成旗,民皆流离。苇生成枪,杀伐遭殃。'"清杜文澜《古谣谚》卷一四题作"至元十六年彰德路民谣","至元"当作"至正"。

至正十六年彰德民谣

李生黄瓜,民皆无家。

【按】明宋濂等撰《元史》卷五一五行志二:"(至正)十六年七月,彰德李树结实如小黄瓜,民谣云:'李生黄瓜,民皆无家。'"又见清杜文澜《古谣谚》卷一四。

台温处树旗谣*

天高皇帝远,民少相公多。
一日三遍打,不反待如何?

【按】明黄溥《闲中今古录摘钞》:"胡元只任胡族为正官,华人官佐二。到末年数当乱,任非其人,酷刑横敛,台、温、处之民树旗村落,曰:'天高皇帝远,民少相公多。一日三遍打,不反待如何?'由是谋叛者各处起。"

方国珍谣*

杨屿青,出贼精。

【按】元叶子奇《草木子》卷三《克谨》篇:"方国珍,台之宁海人。其居有山,在中曰杨屿。尝有童谣云:'杨屿青,出贼精。'其初亦欲向功,为国宣力,后失望,遂出忿言曰:'蔡能为盗,我岂不能耶?'遂叛。"

松江谣

满城都是火,府官四散躲。
城里无一人,红军府上坐。

【按】元陶宗仪《南村辍耕录》卷九《松江官号》:"至正丙申正月,常熟州陷,松江府印造官号,给散吏兵佩带,以防奸伪。号之制作,画为圆圈,绕圈皆火焰。圈之内一府字,以府印印府字上。圈之外四角,府官花押。民间谣曰:'满城都是火,府官四散躲。城里无一人,红军府上坐。'不二月破城,悉如所言。"

张士信杨完者谣

死不怨,泰州张。
生不谢,宝庆杨。

【按】元姚桐寿《乐郊私语》:"丁酉八月,张氏以水师数万来攻嘉兴。……州城闭塞兼旬,民间米谷骤踊,而薪爨不属,多破斫檐柱几榻而炊。杨完者以大军四伏,使小舟数十百艘饵之。敌樯舻蔽天,排川而下,追至杉青,东西岸多积苇以待。……大破之,斩首万七千级,俘者数千。张氏统军张士信,以伏水遁还。然完者凶肆,掠人货钱,至贵家命妇室女,见之则必围宅勒取,淫污信宿,始得纵还。少与相拒,则指以通贼,纵兵屠害。由是部曲骄横,凡屯壁之所,家户无得免焉。民间谣曰:'死不怨,泰州张;生不谢,宝庆杨。'"

元至正中燕京童谣三首

其一
牵郎郎,拽弟弟,打破碗儿便作地。

其二
阴凉阴凉过河去,日头日头过山来。

其三
脚驴斑斑,脚蹴南山。
南山北斗,养活家狗。
家狗磨面,三十弓箭。
上马琵琶,下马琵琶。
驴蹄马蹄,缩了一只。

【按】见明杨慎《古今风谣》。

元至正中大理童谣

莫道君为山海主,山海笑咳咳。
园中花谢千万朵,别有明主来。

【按】见明杨慎《古今风谣》。杨慎《滇载记》云:"后(段)宝闻高皇帝开基金陵,遣其叔段真,自会川入京,奉表归款,朝廷亦以书报之。时有妖巫女,歌曰:'莫道君为山海主,山海笑谐谐。园中花谢千万朵,别有明主来。'宝数日疾卒,子明嗣。"清杜文澜《古谣谚》卷二四"咳咳"作"谐谐"。

至正二十八年彰德路童谣

塔儿黑,北人作主南人客。
塔儿红,朱衣人作主人公。

【按】明宋濂等《元史》卷五一五行志二:"至正二十八年六月壬寅,彰德路天宁寺塔忽变红色,自顶至踵,表里透彻,如锻铁初出于炉,顶上有光焰迸发,自二更至五更乃止。癸卯、甲辰,亦如之。先是,河北有童谣云:'塔儿黑,北人作主南人客;塔儿红,朱衣人作主人公。'"明杨慎《古今风谣》题"元末真定童谣",作"塔儿白,北人是主南人客。塔儿红,南人来做主人公。"又见清杜文澜《古谣谚》卷一四。

雷州民为乌古孙泽歌

泻卤为田兮,孙父之教。

渠之泱泱兮,长我秔稻。

自今有年兮,无旱无涝。

【按】明宋濂等撰《元史》卷一六三乌古孙泽传:"乌古孙泽,字润甫,临潢人。其先女真乌古部,因以为氏……擢为海北海南廉访使……雷州地近海,潮汐啮其东南,陂塘碱,农病焉。而西北广衍平袤,宜为陂塘,泽行视城阴,曰:'三溪徒走海,而不以灌溉,此史起所以薄西门豹也。'乃教民浚故湖,筑大堤,竭三溪潴之,为斗门七,堤竭六,以制其赢耗;酾为渠二十有四,以达其注输。渠皆支别为闸,设守视者,时其启闭,计得良田数千顷,濒海广泻并为膏土。民歌之曰:'泻卤为田兮,孙父之教。渠之泱泱兮,长我秔稻。自今有年兮,无旱无涝。'"又见清杜文澜《古谣谚》卷一四。

元末苏州童谣

其一

黄菜叶,西风来,便干折。

其二

丞相做事业,专靠黄、蔡、叶。

一朝西风起,干鳖。

【按】见明杨慎《古今风谣》,注云:"黄、菜、叶,皆张士诚用事者。"张廷玉等撰《明史·五行志》卷三云:"太祖吴元年,张士诚弟伪丞相士信及黄敬夫、叶德新、蔡彦文用事。时有十七字谣曰:'丞相做事业,专靠黄、蔡、叶。一朝西风起,干鳖。'未几,苏州平,士信及三人者皆被诛,此其应也。"又见清杜文澜《古谣谚》卷一四。"干鳖"或即今"干瘪"。

元末湖湘中童谣

不怕水中鱼，只怕岸上猪。

猪过水，见糠止。

【按】明杨慎《古今风谣》。明郭子章《六语》谣语卷六："猪朱同声，国姓也。见糠止，定鼎建康也。陈友谅，沔阳渔家子也。"

宣城民哭邑令*

公来何其迟，公去何其速。

使我宣城民，何以遂生育？

【按】清谢旻等监修《江西通志》卷七六："尹希善，吉水人。被荐授荆湖儒学提举，改宣城令，有善政，以病卒於官，民哭之曰：'公来何其迟，公去何其速。使我宣城民，何以遂生育。'"

浮梁民谣*

桃李阴阴六万家，下居民不识官衙。

甘棠喜有千年政，美玉终无一点瑕。

【按】清谢旻等监修《江西通志》卷六三："郭郁，字文卿，大梁人，皇庆间浮梁令。善为钩距，以廉民隐，自比赵广汉，聘吴仲迁为弟子师，士风丕变，政为江南诸邑最。民谣云：'桃李阴阴六万家，下居民不识官衙。甘棠喜有千年政，美玉终无一点瑕。'"

闽清民歌*

彼寇来仇兮，得吾侯而蒙休。

彼寇远遁兮，吾侯锡我室家之无忧。

【按】清郝玉麟等监修《福建通志》卷二九："蔡嗣宗，由闽县簿迁闽清尹，邑有外寇，嗣宗募民兵却之，百姓安堵。乃歌曰：'彼寇来仇兮，得吾侯而蒙休。彼寇远遁兮，吾侯锡我室家之无忧。'"锡，通赐。

曲沃民歌*

泮宫之崇,以扶儒宗。
社稷之封,以祈年丰。
肇之者谁?令尹之功。

【按】清李维祯《山西通志》卷八九:"阎得中,至正间任曲沃,首建社稷坛,鼎新文庙,惠爱黔黎,作兴人材。民歌之曰:'泮宫之崇,以扶儒宗。社稷之封,以祈年丰。肇之者谁?令尹之功。'"

团社谣

吾侬生长莆山曲,三尺茅檐四尺屋。
大男终岁食无盐,老妇蒸藜泪盈掬。
阿郎辛苦学弄兵,年年贩盐南海滨。
担头有盐兵一束,群行大队惊四邻。
迩来红巾掠州县,沃野平民不知战。
贤哉太守死作灰,勇矣林僧命如线。
林僧一战功业单,策马东走来莆山。
山人踯躅喜相遇,邀我邻社东南旋。
我邻我社轻死士,苦竹长枪兼丈五。
自从行劫出社来,社甲吹螺整行伍。
时维癸巳夏五月,暍暑微民正愁绝。
螺声隐隐入郭门,白旆央央下林樾。
饥儿寡妇常谆谆,老弱奔走趋道隅。
鸳鸰翻羽动天哭,虎豹掉尾何时需。
空城一炬灰烬后,车盖归来仍白授。
阿娘垢面迎相公,西邻椎牛唤新酒。
酒酣拍掌浩浩歌,天地虽大如吾何!
女儿朝餐餍粱肉,走卒出市陈干戈。
市人累累丧家狗,路上相逢尽缠首。

儒巾惊骇迎先锋,小儿号哭畏郎吼。
老翁再拜乞见怜,自从乱后无一钱。
舍人官买鸡豕尽,有田未种蚕未眠。
先锋拔刀倍嗔怒,缚得家翁出门去。
妻儿哭泣投社官,愿获生全拜君赐。
社官点头见始欢,年来钱钞交莫悭。
尔田傥入莆社籍,尔屋老稚从居安。
我田我庐不足惜,应当门户谁出入。
生男愿作社中吏,生女愿作先锋妾。
胡然太府亶不聪,有书辄上莆社公。
柏台主人任刀笔,札札按覆皆相同。
向来壤地方万里,比屋豪华皆武士。
五侯同封不足夸,一家十轮未为易。
匹夫势转千乘强,驱役百姓如驱羊。
编民贡税入私室,小大驱合无边方。
手提文印绿衣者,饥食无鱼出无马。
流离安集无定期,蓬蒿猎猎故城下。
道旁遗老问行人,泰安有社民未贫。
行人蹙额皆相语,我闻公社吏更仁。
前年泰安挹城邑,未曾入城先报捷。
前师失利后师奔,一市横尸更稠叠。
至今大厦环州营,一门公相皆弟兄。
豺狼盘踞食人肉,一叱一咤风云生。
我闻有命不敢告,俯首未言胆先破。
老翁闻此双泪垂,风雨洗天何人到。

【按】清郑方坤《全闽诗话》卷一二:"元至正十七年正月,诸乡各起团社,吞并田土,民怨有谣曰:'吾侬生长莆山曲,三尺茅檐四尺屋。大男终岁食无盐,老妇蒸藜泪盈掬。阿郎辛苦学弄兵,年年贩盐南海滨。担头有盐兵一束,群行大队惊四邻。迩来红巾掠州县,沃野平民不知战。贤哉太守死作灰,勇矣林僧命如线。林僧一战功业单,策马东走来莆山。山人踯躅喜相遇,邀我邻社东南旋。我邻我社轻死士,苦竹长枪兼丈五。自从行劫出社来,社甲吹螺整行伍。时维癸巳夏五月,喝暑微民正愁绝。螺声隐隐入郭门,白旆央央下林樾。饥儿寡妇常諮諮,老弱奔走趋道隅。鸳鸰翻羽动天哭,虎豹掉尾何时需。空城一炬灰烬后,车盖归来仍白授。阿娘垢面迎相公,西邻榷牛唤新酒。酒酣拍掌浩浩歌,天地虽大如吾何! 女儿朝餐餍粱肉,走卒出市陈干戈。市人累累丧家狗,路上相逢尽缠首。儒巾惊骇迎先锋,小儿号哭畏郎吼。老翁再拜乞见怜,自从乱后无一钱。舍人官买鸡豕尽,有田未种蚕未眠。先锋拔刀倍嗔怒,缚得家翁出门去。妻儿哭泣投社官,愿获生全拜君赐。社官点头见始欢,年来钱钞交莫悭。尔田傥入莆社籍,尔屋老稚从居安。我田我庐不足惜,应当门户谁出入。生男愿作社中吏,生女愿作先锋妾。胡然太府亶不聪,有书辄上莆社公。柏台主人任刀笔,札札按覆皆相同。向来壤地方万里,比屋豪华皆武士。五侯同封不足夸,一家十轮未为易。匹夫势转千乘强,驱役百姓如驱羊。编民贡税入私室,小大驱合无边方。手提文印绿衣者,饥食无鱼出无马。流离安集无定期,蓬蒿猎猎故城下。道旁遗老问行人,泰安有社民未贫。行人蹙额皆相语,我闻公社吏更仁。前年泰安挹城邑,未曾入城先报捷。前师失利后师奔,一市横尸更稠叠。至今大厦环州营,一门公相皆弟兄。豺狼盘踞食人肉,一叱一咤风云生。我闻有命不敢告,俯首未言胆先破。老翁闻此双泪垂,风雨洗天何人到。'"又见郝玉麟等监修《福建通志》卷六七。此下几首均似文人手笔,所谓某某谣者,古之拟乐府、新乐府之意。

筑城谣

袁君袁君诚儿嬉,东山之下筑城池。
掘人冢石叠墙堙,占民田土开营基。
欲谋于此胚汉业,井蛙尊大情何痴。
役民荷锸任犁穴,无骸不露堪欷歔。
前人尽辞长夜室,天阴露冷凉啾悲。
山中独存袁氏墓,若堂之封何巍巍。
又见若坊若夏屋,芙蓉筑城芳飞飞。
无归之鬼欲托处,游目一见动所思。
鬼灵相率语其下,主人肃入安便宜。
众鬼夜深苦啼哭,主人慰勉甘其辞。
惟桑与梓焉有旧,颠危自合相扶持。
儿孙祭扫同尔享,佳城爽垲同尔归。
且叙平生受苦语,又奚深夜啼悲为。
众鬼致词恤久远,天地循环何所期。
城池恐为他人得,他人又嫌墙堙卑。
发号令民更增筑,吾家已破墙无基。

恐人掘石及君墓,嗟余与君俱无依。

【按】清郑方坤《全闽诗话》卷一二:"至正二十一年十月,泰安社筑城。是时凡桥道坟墓尽毁掘,莫敢谁何。民作谣伤之:'袁君袁君诚儿嬉,东山之下筑城池。掘人冢石叠墙堑,占民田土开营基。欲谋于此胚汉业,井蛙尊大情何痴。役民荷锸任犁穴,无骸不露堪欷歔。前人尽辞长夜室,天阴露冷凉啾悲。山中独存袁氏墓,若堂之封何巍巍。又见若坊若夏屋,芙蓉筑城芳飞飞。无归之鬼欲托处,游目一见动所思。鬼灵相率语其下,主人肃入安便宜。众鬼夜深苦啼哭,主人慰勉甘其辞。惟桑与梓焉有旧,颠危自合相扶持。儿孙祭扫同尔享,佳城爽垲同尔归。且叙平生受苦语,又奚深夜啼悲为。众鬼致词恤久远,天地循环何所期。城池恐为他人得,他人又嫌墙堑卑。发号令民更增筑,吾家已破墙无基。恐人掘石及君墓,嗟余与君俱无依。'"又见郝玉麟等监修《福建通志》卷六七。

开田谣

　　　山巍巍兮无麦原,白面细粉常盈盆。
　　　林森森兮无桑柘,锦绣绫罗色相亚。
　　　出门见岭不见江,案前罗列皆鲈鲂。
　　　儿童吼哄南山下,剩逐牛羊与驴马。
　　　山妻嘻笑临堂前,满头珠翠垂翩翩。
　　　自言获功始三载,胜如仕宦数十年。
　　　但愿魁寇未殄灭,与我增财广置山间田。

【按】清郑方坤《全闽诗话》卷一二:"至正二十四年,开王垱田,令人四方射,矢所及,悉为社田。民怨有谣曰:'山巍巍兮无麦原,白面细粉常盈盆。林森森兮无桑柘,锦绣绫罗色相亚。出门见岭不见江,案前罗列皆鲈鲂。儿童吼哄南山下,剩逐牛羊与驴马。山妻嘻笑临堂前,满头珠翠垂翩翩。自言获功始三载,胜如仕宦数十年。但愿魁寇未殄灭,与我增财广置山间田。'"又见郝玉麟等监修《福建通志》卷六七。

安乡谣*

　　　罗长卿,罗长卿,朝朝打鼓捷蛮兵。
　　　一朝打发蛮兵去,千门万户乐太平。

【按】清陈衍《元诗纪事》卷四五:"安乡罗长卿为襄阳路总管,家赀素饶。至正末,倪文俊僭据,与张镇等协力保障,乱平,乡民谣云云。"

（二）谚语

马氏铁券谶*

至元十五六,狗儿坏我屋。

【按】宋周密《武林旧事》卷五云:"至元十五年六月,内有军厮名狗儿者,因樵采垦土,得一铁券,上有字云'雁门马氏葬于横冲桥'云云。后又有十字:'至元十五六,狗儿坏我屋。'"又见明田汝成《西湖游览志馀》卷一〇。

秋耕谚*

耕而不劳,不如作暴。

【按】元司农司编纂《农桑辑要》卷一"秋耕,待白背劳"注云:"耕,待白背劳。秋既多风,若不寻劳,地必虚燥。秋田塌实湿,劳令地硬。谚曰:'耕而不劳,不如作暴。'"又见元王祯《农书》卷一。

播种谚*

以时其泽为上策。

【按】元司农司编纂《农桑辑要》卷二:"《史记》曰:'阴阳之家,拘而多忌。'止可知其梗概,不可委曲从之。谚曰'以时其泽为上策'也。"

种谷谚*

欲得谷,马耳镞。

【按】元司农司编纂《农桑辑要》卷二:"苗生如马耳,则镞。注云:谚曰:'欲得谷,马耳镞。'"又见元王祯《农书》卷一。

收麦谚*

收麦如救火。

【按】元司农司编纂《农桑辑要》卷二:"如此,可一日一场。比至麦收尽,已碾讫三之二。农家忙,并无似蚕麦。古语云:'收麦如救火!'若少迟慢,一值阴雨,即为灾伤。迁延过时,秋苗亦误锄治。"又见元王祯《农书》卷一。

桑间谚*

桑发黍,黍发桑。

【按】元司农司编纂《农桑辑要》卷三:"又桑间可种田禾 与桑有宜与不宜……若种蜀黍,其梢叶与桑等。如此丛杂,桑亦不茂。如种绿豆、黑豆、芝麻、瓜芋,其桑郁茂,明年叶增二三分。种黍亦可,农家有云:'桑发黍,黍发桑。'"

蚕桑谚*

锄头自有三寸泽,斧头自有一倍桑。

【按】元司农司编纂《农桑辑要》卷三:"如得其法,使树头易得其条,条上易得其叶,蚕不待食。叶以时生,又其叶润厚。农语云:'锄头自有三寸泽,斧头自有一倍桑。'"

养马谚*

旦起骑谷,日中骑水。

【按】元司农司编纂《农桑辑要》卷七:"一曰:夏汗冬寒,皆当节饮。谚曰:'旦起骑谷,日中骑水。'斯言旦饮,须节水也。每饮食,勿行骤,则消水。小骤数百步,亦佳。十日一放,令其陆梁舒展,令马硬实也。"

养牛谚*

三和一缴,须管要饱。
不要噍了,使去最好。

【按】元司农司编纂《农桑辑要》卷七:"食尽即往使耕,噍了牛无力。夜喂牛,各带一铃。草尽,牛不食,则铃无声,即拌之。饱使耕,俗谚云:'三和一缴,须管要饱。不要噍了,使去最好。'"噍,嚼,指反刍。

种麻谚*

十耕萝卜九耕麻。

【按】元鲁明善撰《农桑衣食撮要》卷上:"古人云:'十耕萝卜九耕麻。'地要肥熟,以土灰拌种。或撒子,以土灰和腐草盖。密则细,疏则粗,布叶则删。耘宜带露撒灰,耘粪三两次。二三月皆可种之,宜早不宜迟,腊月八日亦得。""耘宜带露撒灰","耘",《树艺篇》引作"耕"。

摘茶谚*

茶是草,箬是宝。

【按】元鲁明善撰《农桑衣食撮要》卷上:"略蒸,色小变,摊开搹气。通用手揉,以竹箬烧烟火气焙干,以箬叶收。谚云:'茶是草,箬是宝。'"

伐木择日谚*

翁孙不相见,子母不相离。

【按】元鲁明善撰《农桑衣食撮要》卷下:"此月气全则坚韧。宜辰日、庚午日、血忌日、癸卯日佳。谚语云:'翁孙不相见,子母不相离。'谓来年竹可伐。腊月斫者最妙,六月六日亦得。"

种麦谚*

无灰不种麦,两经社日佳。

【按】元鲁明善撰《农桑衣食撮要》卷下:"田宜熟耕犁。古人云:'无灰不种麦,两经社日佳。'白露节后,逢上戊日,每亩种子三升。中戊日,每亩种子五升。下戊日,每亩种子七升。以灰粪匀拌密种之。若当年杏多不蛀,则宜大麦,忌子日种;桃多不蛀,则宜小麦,忌戊日种。"

斧头谚*

斧头自有一倍叶。

【按】元王祯《农书》卷三:"然用斧有法,必须转腕回刃向上斫之,枝查既顺,津脉不出,则叶必复茂。故农语云:'斧头自有一倍叶。'以此知科斫之利胜,惟在夫善用斧之效也。"又见清杜文澜《古谣谚》卷四二。

至治间占*

天狗坠地为赤犬,其下有大军覆境。

【按】元陶宗仪编《说郛》卷二五之潘埙辑《楮记室》云:"至治元年,玉案山产小赤犬,群吠遍野,占云:'天狗坠地为赤犬,其下有大军覆境。'"

浙西谚*

年年防火起,夜夜防贼来。

【按】元孔齐《至正直记》卷二云:"浙西谚云:'年年防火起,夜夜防贼来。'盖地势低下,滨湖多盗,常有此患。此语亦好令人儆戒无虞也。至于为学检身者,亦然。"

嘲三宝奴*

茶盐酒醋都提举,僧道医工总相公。

【按】元孔齐《至正直记》卷四《江南富户》条:"先是,三宝奴作相日,富户杂流皆可入官。有至贵受宣命秩高品者,时人嘲诗有'茶盐酒醋都提举,僧道医工总相公'之句。"

三险谚*

馤香、吸髓、倚阑干。

【按】元孔齐《至正直记》卷四云:"谚云:'馤香、吸髓、倚阑干。'言三险也。花心有小虫,嗅之或作鼻痔,惟腊梅最不可馤。诸兽骨髓中击破有碎屑,吸之恐伤肺。阑干临水,恐有坠折之患。犹三件险处也。此言虽近,亦可为戒。"

巴豆黄连谚*

巴豆未开花,黄连先结子。

【按】元孔齐《至正直记》卷三云:"谚云:'巴豆未开花,黄连先结子。'盖黄连能制伏巴豆毒也,犹'螳螂捕蝉,黄雀在后'同意。尝观《宋史》,宣、政之间,女直叛契丹而谋宋,南侵之日,鞑靼亦叛女真而举兵矣,正此谓也。"

田家杂占

其一

春雨甲子,乘船入市。
夏雨甲子,赤地千里。
秋雨甲子,禾头生耳。
冬雨甲子,飞雪千里。

其二

戊午元同甲子期,始终七日最稀奇。
七日多晴两月燥,七日多雨两月泥。
甲申雨主米暴贵,春主五谷不收,
夏主伤田禾,秋主六畜死,冬主人多病。

其三

甲申犹可,乙酉怕杀人。

其四

风吹鹤神口,米长千钱斗。

其五

立春一日,百草回芽。
春暖花香,獠子还乡。
但得五湖明月在,春来依旧百花香。

其六

大寒无过寅,春寒多雨水。

其七

五日寒食便下田。

寒食过了无时节,娘养花蚕郎种田。

其八

清明断雪,谷雨断霜。

其九

四月麦秀寒,五月温和暖。

其十

黄梅三时才出门,蓑衣篛帽必随身。

其十一

一九二九,扇子不离手。

三九二十七,冰水甜如蜜。

四九三十六,拭汗如出浴。

五九四十五,头戴秋叶舞。

六九五十四,乘凉入佛寺。

七九六十三,床头寻被单。

八九七十二,思量盖夹被。

九九八十一,家家打炭墼。

其十二

蜘蛛蝉叫稻生芒。

其十三

朝立秋,暮飕飕。

暮立秋,热到头。

其十四

处暑后十八盆汤,立秋后四十日浴汤干。

其十五

八月初一雁门开,懒妇催将刀尺裁。

其十六

九月重阳,菱母消洋。

九月九,生衣出抖擞。

其十七

霜降休节,百工奔金取宝月。

其十八

十月无工,只有梳头吃饭工。

其十九

河射角,好夜作。

犁星没,水生骨。

其二十

冬至前后,泻水不走。

其二十一

一九二九,相唤不出手。

三九二十七,篱头吹筚篥。

四九三十六,夜眠如鹭宿。

五九四十五,太阳开门户。

六九五十四,贫儿争意气。

七九六十三,布衲两头担。

八九七十二,猫狗寻阴地。

九九八十一,犁钯一齐出。

其二十二

一日脱膊,三日龌龊。

【按】明陶宗仪《说郛》(涵芬楼本)卷八七陆泳《吴下田家志》(宛委山堂本卷七五上),所列较多,此选其中俚俗顺口者。第十三条"暮立秋,热到头"六字原无,据《通俗编》卷三所引补。亦载清厉鹗《宋诗纪事》卷一〇〇、杜文澜《古谣谚》卷三七,所取条目各不同,并文字亦稍异。诸家多以陆泳为宋人,然陆泳实为元后期人。明顾清《(正德)松江府志》卷三一:"陆泳,字伯翔,隐居大蒸,尽心农事。采方言习俗作《田家五行》,以占丰歉。杨廉夫、陆居仁为叙而传之。"元末明初长谷真逸《农田馀话》卷上:"故眷家伯翔陆先生,尝著《田家五行志》若干卷,专述田家俗谈,为农家占候一家之书,率多可验。"所谓《吴下田家志》应即《田家五行志》,同书异名。

绘画谚*

画到识羞处,方知下笔难。

【按】元吴太素《松斋梅谱》卷二《梅说》:"予宗补之墨梅,初学亦谓过之,三十年后始知不及也。谚云'画到识羞处,方知下笔难'者是。"

京师语

上把君欺,下把民虐,太皇太后倚恃著。

【按】元权衡《庚申外史》卷上云:"伯颜数往太皇太后宫,或通宵不出。京师为语云:'上把君欺,下把民虐,太皇太后倚恃著。'"

时人为归旸吴炳语

归旸出角,吴炳无光。

【按】明宋濂等撰《元史·归旸传》云:"归旸,字彦温,汴梁人。将生,其母杨氏梦朝日出东山上,有轻云来掩之,故名旸。学无师传,而精敏过人。登至顺元年进士第,授同知颍州事,锄奸击强,人不敢以年少易之。山东盐司遣奏差至颍,恃势为不法,旸执以下狱。时州县奉盐司甚谨,颐指气使,辄奔走之,旸独不为屈。转大都路儒学提举,未上。至元五年十一月,杞县人范孟谋不轨,诈为诏使,至河南省中,杀平章月鲁帖木儿、左丞劫烈、廉访使完者不花、总管撒里麻,召官属及去位者,署而用之,以段辅为左丞,使旸北守黄河口。旸力拒不从,贼怒,系于狱,众叵测所为,旸无惧色。已而贼败,污贼者皆获罪,旸独免。同里有吴炳者,尝以翰林待制征,不起。贼呼炳司卯酉历,炳不敢辞。时人为之语曰:'归旸出角,吴炳无光。'旸自此名誉赫然。"又见清杜文澜《古谣谚》卷一四。

绍兴乡里为俞母语*

欲学孝妇,当问俞母。

【按】明宋濂等撰《元史·列女传》云:"闻氏,绍兴俞新之妻也。大德四年,新之殁,闻氏年尚少,父母虑其不能守,欲更嫁之。闻氏哭曰:'一身二夫,烈妇所耻。妾可无生,可无耻乎!且姑老子幼,妾去当令谁视也?'即断发自誓。父知其志笃,乃不忍强。姑久病风,且失明,闻氏手涤溷秽不怠,时漱口上堂舐其目,目为复明。及姑卒,家贫,无资佣工,与子亲负土葬之,朝夕悲号,闻者惨恻。乡里嘉其孝,为之语曰:'欲学孝妇,当问俞母。'"

元谶*

大元之后有庚申。

【按】明田汝成《西湖游览志馀》卷六云:"或问宋祚于邵子,邵子对以'五更头',盖谓五庚申也。而元谶亦云:'大元之后有庚申。'顺帝庚申生,才六庚耳。"

信州路谶*

水打巷村园,永丰出状元。

【按】清谢旻等监修《江西通志》九六云:"图列图,字彦诚,蒙古人。父揭南新……祥兴间镇信州路,得一谶云:'水打巷村园,永丰出状元。'遂家于永之进贤坊。生图列图,登至顺庚午蒙古榜进士第一,授南台御史。"

引用书目

1. 《爱日斋丛抄》,[宋]叶寘撰,孔凡礼点校,北京:中华书局,2010。
2. 《安晚堂集》,[宋]郑清之撰,民国《四明丛书》本。
3. 《(弘治)八闽通志》,[明]陈道撰,明弘治刻本。
4. 《白獭髓》,[宋]张仲文撰,《丛书集成初编》本,北京:中华书局,1985。
5. 《宝真斋法书赞》,[宋]岳珂撰,《丛书集成初编》本。
6. 《(光绪)保定府志》,[清]劳逢源修、张豫垲纂,清光绪十二年(1886)刻本。
7. 《豹隐纪谈》,[宋]周遵道撰,陶宗仪《说郛》(宛委山堂)本。
8. 《北窗炙輠录》,[宋]施德操撰,清抄本。
9. 《本堂集》,[宋]陈著撰,《影印文渊阁四库全书》本,上海:上海古籍出版社,1987。
10. 《避戎夜话》,[宋]石茂良撰,明嘉靖刻顾氏《明朝四十家小说》本。
11. 《避暑录话》,[宋]叶梦得撰,《丛书集成初编》本。
12. 《博济方》,[宋]王衮撰,《丛书集成初编》本。
13. 《不下带编》,[清]金埴撰,王湜华校点,北京:中华书局,1982。
14. 《草木子》,[元]叶子奇撰,《元明史料笔记丛刊》本,中华书局,1959。
15. 《禅林僧宝传》,[宋]释惠洪撰,明刻本。
16. 《镡津集》,[宋]释契嵩撰,明弘治十二年(1499)释如卺刻本。
17. 《(嘉靖)长沙府志》,[明]孙存、潘镒修,杨林、张治纂,明嘉靖十二年(1533)刻本。
18. 《(康熙)长兴县志》,[清]韩应恒修,金镜、朱升纂,清康熙十二年

(1673)刻本。

19.《(顺治)长兴县志》,[清]张慎为修,[清]金镜纂,清顺治六年(1649)驯雉堂刻本。

20.《晁具茨先生诗集》,[宋]晁冲之撰,明嘉靖刻本。

21.《朝野类要》,[宋]赵升撰,《丛书集成初编》本。

22.《陈氏香谱》,[宋]陈敬撰,《影印文渊阁四库全书》本。

23.《陈氏小儿病源方论》,[宋]陈文中撰,清嘉庆宛委别藏本。

24.《丞相魏公谭训》,[宋]苏象先撰,《四部丛刊三编》本,上海:上海书店,1985。

25.《(万历)承天府志》,[明]孙文龙纂辑,《日本藏中国罕见地方志丛刊》本,北京:书目文献出版社,1990。

26.《诚斋集》,[宋]杨万里撰,《四部丛刊初编》本。

27.《赤城新志》,[明]陈相、谢铎纂修,《四库全书存目丛书》本,济南:齐鲁书社,1995。

28.《(民国)崇安县新志》,[民国]刘超然修,[民国]郑丰稔纂,《中国方志丛书》本,台北:成文出版社,1975。

29.《(雍正)处州府志》,[清]曹抡彬等撰,清雍正十一年(1733)刻本。

30.《传家集》,[宋]司马光撰,《影印文渊阁四库全书》本。

31.《传信适用方》,[宋]吴彦夔撰,臧守虎校点,上海:上海科学技术出版社,2003。

32.《春明退朝录》,[宋]宋敏求撰,北京:商务印书馆,1936。

33.《春渚纪闻》,[宋]何薳撰,江明华校点,北京:中华书局,1983。

34.《淳熙三山志》,[宋]梁克家撰辑,《宋元方志丛刊》本,北京:中华书局,1990。

35.《(光绪)慈溪县志》,[清]杨泰亨修,[清]冯可镛纂,清光绪二十五年(1899)刻本。

36.《大金国志校证》,[宋]宇文懋昭撰,崔文印校证,北京:中华书局,1986。

37.《(嘉庆)大清一统志》,[清]穆章阿、潘锡恩等纂修,《续修四库全书》本,上海:上海古籍出版社,2002。

38.《大宋宣和遗事》,[宋]佚名撰,上海:古典文学出版社,1954。

39.《道命录》,[宋]李心传撰,《丛书集成初编》本。

40.《道山清话》,[宋]王晫撰,《丛书集成初编》本。

41.《(民国)德化县志》,[民国]方清芳修,[民国]王光张纂,《中国地方志集成》本。

42.《滇载记》,[明]杨慎撰,《丛书集成初编》本,商务印书馆,1936。

43.《东都事略》,[宋]王偁撰,《影印文渊阁四库全书》本。

44.《东谷随笔》,[宋]李之彦撰,《学海类编》本。

45.《东观汉记》,[汉]刘珍撰,清《武英殿聚珍版丛书》本。

46.《东莱集》,[宋]吕祖谦撰,民国《续金华丛书》本。

47.《东莱吕太史文集》,[宋]吕祖谦撰,宋刻元明递修本。

48.《东南纪闻》,[元]佚名撰,清刻《守山阁丛书》本。

49.《东坡全集》,[宋]苏轼撰,《影印文渊阁四库全书》本。

50.《东坡诗集注》,[宋]苏轼撰,[宋]王十朋注,《影印文渊阁四库全书》本。

51.《东坡志林》,[宋]苏轼撰,明刻本。

52.《东维子集》,[元]杨维桢撰,《影印文渊阁四库全书》本。

53.《东轩笔录》,[宋]魏泰撰,李裕民校点,北京:中华书局,1983。

54.《东园丛说》,[宋]李如箎撰,《丛书集成初编》本。

55.《东原录》,[宋]龚鼎臣撰,上海:上海书店,1990。

56.《东斋记事》,[宋]范镇撰,汝沛校点,北京:中华书局,1980。

57.《洞天清录》,[宋]赵希鹄撰,清抄本。

58.《都城纪胜》,[宋]耐得翁撰,周百鸣校点,王国平主编《西湖文献集成》本,杭州:杭州出版社,2004。

59.《独醒杂志》,[宋]曾敏行撰,《丛书集成初编》本。

60.《尔雅新义》,[宋]陆佃撰,[清]宋大樽辑,《粤雅堂丛书》本。

61.《尔雅翼》,[宋]罗愿撰,《影印文渊阁四库全书》本。

62.《二程外书》,[宋]程颢、程颐撰,明弘治陈宣刻本。

63.《二程文集》,[宋]程颢、程颐撰,《影印文渊阁四库全书》本。

64.《方舆胜览》,[宋]祝穆撰,[宋]祝洙增订,施和金点校,北京:中华书局,2003。

65.《(光绪)分水县志》,[清]陈常铧修,[清]臧承宣纂,《中国方志丛书》本。

66.《焚椒录》,[辽]王鼎撰,《丛书集成初编》本。

67.《枫窗小牍》,[宋]袁褧撰,《丛书集成初编》本。

68.《佛祖统纪》,[宋]释志磐撰,《中华大藏经》本,北京:中华书局,1994。

69.《浮溪集》,[宋]汪藻撰,《丛书集成初编》本。

70.《福建通志》,[清]郝玉麟等监修,《影印文渊阁四库全书》,台北商务印书馆,1986年。

71.《妇人大全良方》,[宋]陈自明撰,北京:人民卫生出版社,1992。

72.《绀珠集》,[宋]佚名撰,明天顺刻本。

73.《(嘉靖)赣州府志》,[明]康河修、董天锡纂,明嘉靖十五年(1536)刻本。

74.《歌谣小史》,张紫晨著,福州:福建人民出版社,1981。

75.《庚申外史》,[元]权衡撰,《丛书集成初编》本。

76.《攻媿集》,[宋]楼钥撰,《丛书集成初编》本。

77.《姑溪居士集》,[宋]李之仪撰,《影印文渊阁四库全书》本。

78.《古杭杂记》,[元]李东有撰,《丛书集成初编》本。

79.《古今风谣》,[明]杨慎纂,《丛书集成初编》本。

80.《古今考》,[宋]魏了翁,《影印文渊阁四库全书》本。

81.《古今说海》,[明]陆楫辑,《影印文渊阁四库全书》本。

82.《古今谭概》,[明]冯梦龙编,栾保群点校,北京:中华书局,2007。

83.《古今小说》,[明]冯梦龙编,北京:人民文学出版社,1958。

84.《古谣谚》,[清]杜文澜辑,周绍良校点,北京:中华书局,1958。

85.《官箴》,[宋]吕本中撰,宋咸淳《百川学海》本。

86.《(道光)广东通志》,[清]阮元修,[清]陈昌齐纂,《续修四库全书》本。

87.《广弘明集》,[唐]释道宣编,《四部丛刊》影明本。

88.《(嘉靖)广西通志》,[明]唐交修,[明]黄佐纂,《四库全书存目丛书》本,济南:齐鲁书社,1997。

89.《(雍正)广西通志》,[清]金鉷等监修,[清]钱元昌等编纂,《影印文渊阁四库全书》本。

90.《广舆记》,[明]陆应阳纂,清康熙刻本。

91.《(光绪)广州府志》,[清]瑞麟、戴肇辰等修,[清]史澄纂,《中国方志丛书》本。

92.《广州人物传》,[明]黄佐纂,清《岭南遗书》本。

93.《归潜志》,[金]刘祁撰,崔文印点校,北京:中华书局,1983。

94.《归田录》,[宋]欧阳修撰,《丛书集成初编》本。

95.《龟山集》,[宋]杨时撰,《影印文渊阁四库全书》本。

96.《癸辛杂识》,[宋]周密撰,吴企明校点,北京:中华书局,1988。

97.《贵耳集》,[宋]张端义撰,《丛书集成初编》本。

98.《桂海虞衡志》,[宋]范成大撰,清《知不足斋丛书》本。

99.《过庭录》,[宋]范公偁撰,《丛书集成初编》本。

100.《海录碎事》,[宋]叶廷珪撰,李之亮校点,北京:中华书局,2002。

101.《浩然斋雅谈》,[宋]周密撰,清刻《武英殿聚珍版丛书》本。

102.《鹖冠子解》,[宋]陆佃撰,《四部丛刊》影明翻宋本。

103.《鹤林集》,[宋]吴泳撰,《影印文渊阁四库全书》本。

104.《鹤林玉露》,[宋]罗大经撰,王瑞来校点,北京:中华书局,1983。

105.《鹤山笔录》,[宋]魏了翁撰,《丛书集成初编》本。

106.《衡岳志》,[明]彭簪撰,明嘉靖七年(1528)刻本。

107.《侯鲭录》,[宋]赵令畤撰,《丛书集成初编》本。

108.《后村诗话》,[宋]刘克庄撰,王秀梅校点,北京:中华书局,1983。

109.《后村先生大全集》,[宋]刘克庄撰,《四部丛刊初编》本。

110.《后汉书》,[宋]范晔撰,[唐]李贤注,[梁]刘昭注志,《影印文渊阁四库全书》本。

111.《后山集》,[宋]陈师道撰,[宋]任渊注,北京:商务印书馆,1937。

112.《后山诗话》,[宋]陈师道撰,何文焕编《历代诗话》本,北京:中华书局,1981。

113.《后山谈丛》,[宋]陈师道撰,李伟国校点,北京:中华书局,2007。

114.《(光绪)湖南通志》,[清]卞宝第、李瀚章等修,[清]曾国荃、郭嵩焘等纂,《续修四库全书》本。

115.《(同治)湖州府志》,[清]杨荣绪等纂,清同治十三年(1874)刻本。

116.《华亭百咏》,[宋]许尚撰,民国《宋人集》本。

117.《画墁集》,[宋]张舜民撰,清《知不足斋丛书》本。

118.《画墁录》,[宋]张舜民撰,《丛书集成初编》本。

119.《淮海集笺注》,[宋]秦观撰,徐培均笺注,上海:上海古籍出版社,1994。

120.《皇朝编年备要》,[宋]陈均撰,清清白草庐抄本。

121.《皇宋中兴两朝圣政》,[宋]留正撰,清嘉庆宛委别藏本。

122.《黄氏日抄》,[宋]黄震撰,元后至元刻本。

123《挥麈录》,[宋]王明清撰,《四部丛刊续编》本,上海:上海书店,1984。

124.《(弘治)徽州府志》,[明]彭泽修,[明]汪舜民纂,明弘治刻本。

125.《(嘉靖)徽州府志》,[明]何东序修,[明]汪尚宁纂,《北京图书馆古籍珍本丛刊》,北京:书目文献出版社,1988。

126.《(嘉泰)会稽志》,[宋]施宿等撰,《宋元方志丛刊》本。

127.《晦庵先生朱文公文集》,[宋]朱熹撰,《四部丛刊初编》本。

128.《鸡肋编》,[宋]庄绰撰,萧鲁阳点校,北京:中华书局,1983。

129.《鸡肋集》,[宋]晁补之撰,《影印文渊阁四库全书》本。

130.《(万历)吉安府志》,[明]余之祯撰,明万历十三年(1585)刻本。

131.《集韵》,[宋]丁度等编,上海:上海古籍出版社,1985。

132.《集注分类东坡先生诗》,[宋]王十朋撰,《四部丛刊》影宋本。

133.《记纂渊海》,[宋]潘自牧编纂,北京:中华书局,1988。

134.《家世旧闻》,[宋]陆游撰,《丛书集成初编》本。

135.《嘉定赤城志》,[宋]陈耆卿纂,《宋元方志丛刊》本。

136.《(嘉靖)嘉兴府图记》,[明]赵文华编纂,明嘉靖刻本。

137.《(万历)嘉兴府志》,[明]刘应钶修,[明]沈尧中纂,明万历二十八年(1600)刻本。

138.《嘉祐杂志》,[宋]江休复撰,《影印文渊阁四库全书》本。

139.《坚瓠集》,[清]褚人获撰,杭州:浙江人民出版社,1986。

140.《(同治)建昌府志》,[清]邵子彝修,[清]鲁琪光纂,清同治十二年(1873)刻本。

141.《(正德)建昌府志》,[明]夏良胜纂,《天一阁藏明代方志选刊》本,上海:上海古籍书店,1981。

142.《建炎以来朝野杂记》,[宋]李心传撰,《丛书集成初编》本。

143.《剑南诗稿校注》,[宋]陆游撰,钱仲联校注,上海:上海古籍出版社,2005。

144.《涧泉集》,[宋]韩淲撰,《影印文渊阁四库全书》本。

145.《鉴古斋日记》,[清]陈绍箕撰,《四库未收书辑刊》本,北京:北京出版社,2000。

146.《江湖后集》,[宋]陈起编,清乾隆四十七年(1782)鲍氏知不足斋抄本。

147.《江湖小集》,[宋]陈起编,《影印文渊阁四库全书》本。

148.《江邻几杂志》,[宋]江休复撰,《丛书集成初编》本。

149.《(乾隆)江南通志》,[清]赵弘恩监修,[清]黄之隽编纂,《影印文渊阁四库全书》本。

150.《江南野史》,[宋]龙衮撰,缪钺主编《中国野史集成》本,成都:巴蜀书社,1993。

151.《(光绪)江西通志》,[清]曾国藩、刘坤一等修,[清]刘绎、赵之谦等纂,《续修四库全书》本。

152.《(嘉靖)江西通志》,[明]周广纂,明嘉靖刻本。

153.《(雍正)江西通志》,[清]谢旻修,[清]陶成纂,清雍正十年(1732)刻本。

154.《焦氏说楛》,[明]焦周撰,明万历刻本。

155.《蛟峰方先生集》,[宋]方逢辰撰,明活字印本。

156.《鲒埼亭外编》,[清]全祖望撰,清嘉庆十六年(1811)刻本。

157.《戒子通录》,[宋]刘清之撰,《影印文渊阁四库全书》本。

158.《金华黄先生文集》,[元]黄溍撰,元抄本。

159. 《金华征献略》，[清]王崇炳撰，清雍正十年(1732)刻本。

160. 《金史》，[元]脱脱等撰，北京：中华书局，1975。

161. 《金史纪事本末》，[清]李有棠撰，北京：中华书局，1980。

162. 《金文最》，[清]张金吾编，北京：中华书局，1990。

163. 《晋书》，[唐]房玄龄纂，清乾隆武英殿刻本。

164. 《京本通俗小说》（新1版），[宋]佚名撰，上海：上海古籍出版社，1988。

165. 《经鉏堂杂志》，[宋]倪思撰，邓子勉校点，沈阳：辽宁教育出版社，2001。

166. 《经进东坡文集事略》，[宋]苏轼撰，[宋]郎晔选注，北京：文学古籍出版社，1957。

167. 《景定建康志》，[宋]马光祖修，[宋]周应合纂，《宋元方志丛刊》本。

168. 《警世通言》，[明]冯梦龙编撰，北京：中华书局，2009。

169. 《净德集》，[宋]吕陶撰，《丛书集成初编》本。

170. 《靖康缃素杂记》，[宋]黄朝撰，清《守山阁丛书》本。

171. 《九华集》，[宋]员兴宗撰，《影印文渊阁四库全书》本。

172. 《(嘉靖)九江府志》，[明]李汛纂，《天一阁藏明代方志选刊》本，上海：上海古籍书店，1981。

173. 《酒经》，[宋]朱肱撰，《丛书集成初编》本。

174. 《救荒活民书》，[宋]董煟撰，《丛书集成初编》本。

175. 《橘洲文集》，[宋]释宝昙撰，《禅门逸书初编》本。

176. 《潏水集》，[宋]李复撰，《影印文渊阁四库全书》本。

177. 《克斋集》，[宋]陈文蔚撰，《影印文渊阁四库全书》本。

178. 《跨鳌集》，[宋]李新撰，《影印文渊阁四库全书》本。

179. 《睽车志》，[宋]郭彖撰，《丛书集成初编》本。

180. 《困学纪闻》，[宋]王应麟撰，[清]翁元圻等注，吕宗力、田松青、栾保群校点，上海：上海古籍出版社，2008。

181. 《括异志》，[宋]张师正撰，《四部丛刊续编》本，上海：上海书店，1984。

182. 《(嘉靖)莱芜县志》，[明]陈甘雨等纂修，明嘉靖刻本。

183.《(万历)兰溪县志》,[明]徐鲁源纂,《中国方志丛书》本。

184.《(嘉庆)兰溪县志》,[清]张许等修,[清]陈凤举纂,清嘉庆五年(1801)刊本。

185.《嬾真子》,[宋]马永卿撰,《丛书集成初编》本。

186.《琅嬛记》,[元]伊世珍撰,《丛书集成初编》本。

187.《老学庵笔记》,[宋]陆游撰,李剑雄、刘德权校点,北京:中华书局,1979。

188.《乐郊私语》,[元]姚桐寿撰,《丛书集成初编》本。

189.《乐善录》,[宋]李昌龄撰,《丛书集成初编》本。

190.《(万历)雷州府志》,[明]欧阳保纂修,《日本藏中国罕见地方志丛刊》本。

191.《类说校注》,[宋]曾慥编纂,王汝涛等校注,福州:福建人民出版社,1996。

192.《冷斋夜话》,[宋]释惠洪撰,陈新校点,北京:中华书局,1988。

193.《历代名臣奏议》,[明]杨士奇等编,上海:上海古籍出版社,1987。

194.《历世真仙体道通鉴》,[元]赵道一撰,明正统《道藏》本。

195.《梁溪漫志》,[宋]费衮撰,金圆校点,上海:上海古籍出版社,1985。

196.《两山墨谈》,[明]陈霆撰,《丛书集成初编》本。

197.《两宋名贤小集》,[宋]陈思编,《影印文渊阁四库全书》本。

198.《两浙名贤录》,[明]徐象梅撰,《续修四库全书》本。

199.《辽诗话》,[清]周春辑,《续修四库全书》本。

200.《辽史》,[元]脱脱等撰,北京:中华书局,1974。

201.《辽史纪事本末》,[清]李有棠撰,崔文印、孟默闻整理,北京:中华书局,1983。

202.《林下偶谈》,[宋]吴子良撰,《丛书集成初编》本。

203.《(同治)临川县志》,[清]童范俨修,[清]陈庆龄等纂,清同治九年(1870)刻本。

204.《(隆庆)临江府志》,[明]刘松纂修,《天一阁藏明代方志选刊》本。

205.《岭外代答》,[宋]周去非撰,《影印文渊阁四库全书》本。

206.《六语》,[明]郭子章撰,明万历刻本。

207.《龙川别志》,[宋]苏辙撰,《影印文渊阁四库全书》本。

208.《龙川集》,[宋]陈亮撰,《影印文渊阁四库全书》本。

209.《(乾隆)龙泉县志》,[清]苏遇龙修,[清]沈光厚纂,清乾隆二十八年(1763)刻本。

210.《(民国)龙游县志》,[民国]余绍宋纂修,台北成文出版社《中国方志丛书》本。

211.《栾城集》,[宋]苏辙撰,清刻本。

212.《罗湖野录》,[宋]仲温晓莹撰,《丛书集成初编》本。

213.《漫塘文集》,[宋]刘宰撰,明万历三十二年(1604)范仑等刻本。

214.《茅亭客话》,[宋]黄休复撰,《丛书集成初编》本。

215.《梅磵诗话》,[宋]韦居安撰,《丛书集成初编》本。

216.《梅溪后集》,[宋]王十朋撰,《影印文渊阁四库全书》本。

217.《梅溪集》,[宋]王十朋撰,《四部丛刊》影明正统刻本。

218.《蒙鞑备录校注》,[宋]孟珙撰,[清]曹元忠校注,《续修四库全书》本。

219.《蒙斋集》,[宋]袁甫撰,《影印文渊阁四库全书》本。

220.《梦粱录》,[宋]吴自牧撰,《丛书集成初编》本。

221.《梦溪笔谈》,[宋]沈括撰,《四部丛刊续编》本,上海:上海书店,1984。

222.《密斋笔记》,[宋]谢采伯撰,《丛书集成初编》本。

223.《闽书》,[明]何乔远撰,《四库全书存目丛书》本,济南:齐鲁书社,1997。

224.《明史》,[清]张廷玉等纂,中华书局,1974。

225.《明一统志》,[明]李贤等纂,《影印文渊阁四库全书》本。

226.《明状元图考》,[明]顾鼎臣撰,汉阳叶氏平安馆藏本。

227.《墨客挥犀》,[宋]彭乘撰,《丛书集成初编》本。

228.《墨庄漫录》,[宋]张邦基撰,北京:中华书局,2002。

229.《默记》,[宋]王铚撰,朱杰人校点,北京:中华书局,1981。

230.《南部新书》,[宋]钱易撰,黄寿成校点,北京:中华书局,2002。

231.《南村辍耕录》,[元]陶宗仪撰,北京:中华书局,1959。

232.《(民国)南丰县志》,[民国]黎广润辑,[民国]包发鸾修,[民国]赵惟仁等纂,[民国]包钧台总稿,民国十三年铅印本。

233.《南迁录》,[金]张师颜撰,《丛书集成初编》本。

234.《南唐书》,[宋]陆游撰,《丛书集成初编》本。

235.《能改斋漫录》,[宋]吴曾撰,上海:上海古籍出版社,1979。

236.《(嘉靖)宁波府志》,[明]周希哲修,[明]张时彻纂,台北成文出版社《中国方志丛书》本。

237.《(嘉庆)宁国府志》,[清]鲁铨、钟英修,[清]洪亮吉、施晋纂,《续修四库全书》本。

238.《(民国)宁国县志》,[民国]王式典修,[民国]李丙鸏纂,《中国地方志集成》本。

239.《农桑辑要》,[元]司农司编,《丛书集成初编》本。

240.《农桑衣食撮要》,[元]鲁明善撰,《丛书集成初编》本。

241.《农书》,[宋]陈旉撰,《影印文渊阁四库全书》本。

242.《农书》,[元]王祯撰,清乾隆武英殿刻本。

243.《农田馀话》,[明]长谷真逸撰,明宝颜堂秘籍本。

244.《欧阳文忠公集》,[宋]欧阳修撰,《四部丛刊初编》本。

245.《瓯北诗话》,[清]赵翼撰,清嘉庆湛贻堂刻本。

246.《佩韦斋辑闻》,[宋]俞德邻撰,《丛书集成初编》本。

247.《佩文韵府》,[清]张玉书等编,《影印文渊阁四库全书》本。

248.《捧腹编》,[明]许自昌撰,明万历刻本。

249.《埤雅》,[宋]陆佃撰,《丛书集成初编》本。

250.《平江记事》,[元]高德基撰,《丛书集成初编》本。

251.《(民国)平阳县志》,[民国]王理孚修,[民国]刘绍宽等纂,民国十四年(1925)刊本。

252.《萍洲可谈》,[宋]朱彧撰,《丛书集成初编》本。

253.《(同治)鄱阳县志》,[清]陈志培修,[清]王廷鉴等纂,清同治十年(1871)刻本。

254.《莆阳文献》,[明]郑岳撰,明万历刻本。

255.《七修类稿》,[明]郎瑛撰,《元明史料笔记丛刊》本,中华书局,1959。

256.《(同治)祁门县志》,[清]周溶修,[清]汪韵珊纂,《中国地方志集成》本。

257.《齐乘》,[元]于钦撰,吕长胜、江玉坤编校,青岛:青岛出版社,2010。

258.《齐东野语》,[宋]周密撰,《丛书集成初编》本。

259.《契丹国志》,[宋]叶隆礼撰,贾敬颜、林荣贵校点,上海:上海古籍出版社,1985。

260.《钱神志》,[清]李世熊撰,《四库未收书辑刊》本,北京:北京出版社,2000。

261.《钱塘遗事》,[元]刘一清撰,上海:上海古籍出版社,1985。

262.《琴堂谕俗编》,[宋]应俊辑补,《影印文渊阁四库全书》本。

263.《青箱杂记》,[宋]吴处厚撰,李裕民校点,北京:中华书局,1985。

264.《清波杂志(附别志)》,[宋]周煇撰,《丛书集成初编》本。

265.《清献集》,[宋]赵抃撰,《影印文渊阁四库全书》本。

266.《清异录》,[宋]陶穀撰,《丛书集成初编》本。

267.《庆元党禁》,[宋]樵川樵叟撰,《丛书集成初编》本。

268.《(康熙)庆元县志》,[清]程维伊修,[清]吴运光等纂,台北成文出版社《中国方志丛书》本。

269.《仇池笔记》,[宋]苏轼撰,《影印文渊阁四库全书》本。

270.《曲洧旧闻》,[宋]朱弁撰,《丛书集成初编》本。

271.《全金诗》,[清]郭元釪编,《影印文渊阁四库全书》本。

272.《全闽诗话》,[清]郑方坤撰,《影印文渊阁四库全书》本。

273.《全宋诗》,傅璇琮等主编,北京:北京大学出版社,1991。

274.《全浙诗话》,[清]陶元藻辑,《续修四库全书》本。

275.《却扫编》,[宋]徐度撰,《丛书集成初编》本。

276.《(同治)饶州府志》,[清]锡德修,[清]石景芬等纂,台北成文出版社《中国方志丛书》本。

277.《(嘉靖)仁和县志》,[明]沈朝宣纂修,台北成文出版社《中国方志丛书》本。

278.《仁斋直指》,[宋]杨士瀛撰,《影印文渊阁四库全书》本。

279.《忍经》,[元]吴亮撰,明正统十年(1445)刻本。

280.《容斋随笔》,[宋]洪迈撰,夏祖尧、周洪武校点,长沙:岳麓书社,2006。

281.《儒林公议》,[宋]田况撰,《丛书集成初编》本。

282.《儒门事亲》,[金]张从正著,刘更生点校,天津:天津科学技术出版社,1999。

283.《汝南圃史》,[明]周文华撰,《续修四库全书》本。

284.《入蜀记》,[宋]陆游撰,《丛书集成初编》本。

285.《(同治)瑞州府志》,[清]黄廷金、萧浚兰等纂,清同治十二年(1873)刻本。

286.《(正德)瑞州府志》,[明]熊相纂,明正德刻本。

287.《三朝北盟会编》,[宋]徐梦莘撰,上海:上海古籍出版社,1987。

288.《三朝名臣言行录》,[宋]朱熹撰,《四部丛刊初编》本。

289.《(嘉靖)山东通志》,[明]袁宗儒修,[明]陆钺纂修,明嘉靖十二年(1533)刻本。

290.《山歌》,[明]冯梦龙编述,《明清民歌时调集》本,上海:上海古籍出版社,1987。

291.《山谷别集》,[宋]黄庭坚撰,《影印文渊阁四库全书》本。

292.《山谷集》,[宋]黄庭坚撰,《影印文渊阁四库全书》本。

293.《山谷外集诗注》,[宋]黄庭坚撰,[宋]史容注,《四部丛刊续编》本。

294.《山家清事》,[宋]林洪撰,《丛书集成初编》本。

295.《山居新话》,[元]杨瑀撰,《丛书集成初编》本,商务印书馆,1936。

296.《山堂考索》,[宋]章如愚编撰,北京:中华书局,1992。

297.《山西通志》,[清]李维祯纂修,《景印文渊阁四库全书》本,(台湾)商务印书馆,1986。

298.《(光绪)上虞县志》,[清]唐煦春修,[清]朱士黻纂,清光绪十七年(1891)刻本。

299.《少阳集》,[宋]陈东撰,明正德刻本。

300.《少仪外传》,[宋]吕祖谦撰,《丛书集成初编》本。

301.《邵氏闻见后录》,[宋]邵博撰,《丛书集成初编》本。

302.《绍兴十八年同年小录》,[宋]佚名撰,《影印文渊阁四库全书》本。

303.《升庵集》,[明]杨慎撰,《四库名人文集丛刊》本,上海:上海古籍出版社,1993。

304.《渑水燕谈录》,[宋]王辟之撰,清《知不足斋丛书》本。

305.《圣朝名画评》,[宋]刘道醇撰,明刻本。

306.《诗补传》,[宋]范处义撰,《影印文渊阁四库全书》本。

307.《诗话总龟》,[宋]阮阅编,周本淳校点,北京:人民文学出版社,1987。

308.《诗人玉屑》,[宋]魏庆之撰,王仲闻校点,北京:中华书局,2007。

309.《施注苏诗》,[宋]苏轼撰,[宋]施元之注,《影印文渊阁四库全书》本。

310.《石湖诗集》,[宋]范成大撰,《丛书集成初编》本。

311.《石林诗话》,[宋]叶梦得撰,宋《百川学海》本。

312.《石钟山志》,[清]李成谋、丁义方撰,《四库未收书辑刊》本。

313.《识遗》,[宋]罗璧撰,《影印文渊阁四库全书》本。

314.《仕学规范》,[宋]张镃编,宋刻本。

315.《事类备要》,[宋]谢维新等编,《影印文渊阁四库全书》本。

316.《书斋夜话》,[宋]俞琰撰,《影印文渊阁四库全书》本。

317.《蜀中广记》,[明]曹学佺撰,明刻本。

318.《说郛》(宛委山堂),[元]陶宗仪辑,上海古籍出版社《说郛三种》影印本,1988。

319.《说郛》(涵芬楼本),[明]陶宗仪纂,北京:中国书店,1986。

320.《说苑》,[汉]刘向撰,《四部丛刊》影明钞本。

321.《四朝闻见录》,[宋]叶绍翁撰,沈锡麟、冯惠民校点,北京:中华书局,1989。

322.《(宝庆)四明志》,[宋]罗濬撰,《影印文渊阁四库全书》本。

323.《松窗百说》,[宋]李季可撰,《丛书集成初编》本。

324.《(正德)松江府志》,[明]顾清纂,明正德七年(1512)刊本。

325.《松雪斋集》,[元]赵孟頫撰,《四部丛刊初编》本。

326.《松斋梅谱》,[元]吴太素编,中州古籍出版社2014年版程杰编校《梅谱》本。

327.《嵩山文集》,[宋]晁说之撰,《四部丛刊续编》本。

328.《宋稗类钞》,[清]潘永因编,北京:书目文献出版社,1985。

329.《宋宝章阁直学士忠惠铁庵方公文集》,[宋]方大琮撰,明正德八年(1513)方良节刻本。

330.《宋季三朝政要笺证》,[元]佚名撰,王瑞来笺证,北京:中华书局,2010。

331.《宋名臣言行录》,[宋]朱熹、李幼武纂集,《影印文渊阁四库全书》本。

332.《宋诗钞》,[清]吴之振等选编,[清]管庭芬、蒋光煦补编,北京:中华书局,1986。

333.《宋诗纪事》,[清]厉鹗辑撰,上海:上海古籍出版社,1983。

334.《宋诗纪事补遗》,[清]陆心源撰,太原:山西古籍出版社,1997。

335.《宋诗纪事续补》,孔凡礼辑撰,北京:北京大学出版社,1987。

336.《宋史》,[元]脱脱等撰,《影印文渊阁四库全书》本。

337.《宋史纪事本末》,[明]陈邦瞻编,北京:中华书局,1977。

338.《宋史全文》,[元]佚名撰,李之亮校点,哈尔滨:黑龙江人民出版社,2005。

339.《宋史翼》,[清]陆心源辑纂,北京:中华书局,1991。

340.《宋文鉴》,[宋]吕祖谦编,《四部丛刊初编》本。

341.《宋元学案》,[清]黄宗羲撰,[清]全祖望补修,陈金生、梁运华校点,北京:中华书局,1986。

342.《搜神秘览》,[宋]章炳文撰,《续古逸丛书》影宋刻本。

343.《苏魏公文集》,[宋]苏颂撰,王同策等校点,北京:中华书局,1988。

344.《苏文忠公全集》,[宋]苏轼撰,清光绪三十四年(1908)影印本。

345.《涑水记闻》,[宋]司马光撰,邓广铭、张希清校点,北京:中华书局,1989。

346.《岁时广记》,[宋]陈元靓纂,《丛书集成初编》本。

347.《孙公谈圃》,[宋]孙升撰,《丛书集成初编》本。

348.《笋谱》,[宋]释赞宁撰,《丛书集成初编》本。

349.《太平广记》,[宋]李昉等编,北京:大众文艺出版社,1961。

350.《太平寰宇记》,[宋]乐史撰,王文楚等点校,北京:中华书局,2007。

351.《太平惠民和剂局方》,[宋]陈师文辑,元刊本。

352.《太平御览》,[宋]李昉等编,北京:中华书局,1960。

353.《太上感应篇》,[宋]佚名撰,[清]黄正元图注,北京:北京燕山出版社,1995。

354.《谈苑》,[宋]孔平仲撰,《丛书集成初编》本。

355.《天中记》,[明]陈耀文编,《影印文渊阁四库全书》本。

356.《苕溪集》,[宋]刘一止撰,《影印文渊阁四库全书》本。

357.《苕溪渔隐丛话》,[宋]胡仔纂集,廖德明校点,北京:人民文学出版社,1981。

358.《铁围山丛谈》,[宋]蔡絛撰,冯惠民、沈锡麟校点,北京:中华书局,1983。

359.《桯史》,[宋]岳珂撰,吴企明点校,北京:中华书局,1981。

360.《通俗编》,[清]翟灏撰,《丛书集成初编》本。

361.《桐江续集》,[元]方回撰,清鲍氏知不足斋抄本。

362.《桐谱》,[宋]陈翥撰,《丛书集成初编》本。

363.《万历野获编》,[明]沈德符撰,北京:中华书局,1959。

364.《(同治)万年县志》,[清]项珂修、刘馥桂等纂,台北成文出版社《中国方志丛书》本。

365.《万姓统谱》,[明]凌迪知撰,《影印文渊阁四库全书》本。

366.《王氏谈录》,[宋]王钦臣撰,《影印文渊阁四库全书》本。

367.《(乾隆)望都县新志》,[清]陈洪书、王锡侯等纂,清乾隆三十六年(1771)刻本。

368.《卫生家宝产科备要》,[宋]朱瑞章撰,《丛书集成初编》本。

369.《渭南文集》,[宋]陆游撰,《四部丛刊初编》本。

370.《温国文正公文集》,[宋]司马光撰,《四部丛刊》影宋绍兴本。

371.《文山集》,[宋]文天祥撰,《影印文渊阁四库全书》本。

372.《文献通考》,[元]马端临撰,北京:中华书局,1986。

373.《闻见近录》,[宋]王巩撰,《丛书集成初编》本。

374.《问奇类林》,[明]郭良翰辑,《四库未收书辑刊》本,北京:北京出版社,2000。

375.《瓮牖闲评》,[宋]袁文撰,李伟国校点,北京:中华书局,2007。

376.《(光绪)无锡金匮县志》,[清]裴大中修,[清]秦湘业纂,清光绪七年(1881)刻本。

377.《(洪武)无锡县志》,[明]佚名撰,《影印文渊阁四库全书》本。

378.《吴船录》,[宋]范成大撰,《丛书集成初编》本。

379.《吴江水考增辑》,[明]沈岱撰,[清]黄象曦辑,清光绪二十年(1894)刻本。

380.《(乾隆)吴江县志》,[清]陈荀纕修,[清]倪师孟等纂,《中国方志丛书》本。

381.《吴郡志》,[宋]范成大纂修,《宋元方志丛刊》本。

382.《吴文正集》,[元]吴澄撰,《景印文渊阁四库全书》,(台湾)商务印书馆,1986。

383.《吴兴备志》,[明]董斯张撰,清抄本。

384.《吴兴艺文补》,[明]董斯张撰,明崇祯六年(1643)刻本。

385.《(嘉泰)吴兴志》,[宋]谈钥纂修,《宋元方志丛刊》本。

386.《五灯会元》,[宋]释普济撰,苏渊雷校点,北京:中华书局,1984。

387.《武林旧事》,[宋]周密撰,《丛书集成初编》本。

388.《(嘉庆)西安县志》,[清]姚宝烃修,[清]范崇楷等纂,清嘉庆十六年(1811)刻本。

389.《西湖游览志馀》,[明]田汝成辑撰,上海:上海古籍出版社,1998。

390.《西台集》,[宋]毕仲游撰,《丛书集成初编》本。

391.《西溪丛语》,[宋]姚宽撰,明嘉靖俞宪昆鸣馆刻本。

392.《仙溪志》,[宋]赵与泌修,[宋]黄岩孙纂,《宋元方志丛刊》本。

393.《闲中今古录摘钞》,[明]黄溥撰,《丛书集成初编》本。

394.《咸淳临安志》,[宋]潜说友撰,《影印文渊阁四库全书》本。

395.《湘山野录》,[宋]释文莹撰,《丛书集成初编》本。

396.《襄阳守城录》,[宋]赵万年编,《丛书集成初编》本。

397.《象山集》,[宋]陆九渊撰,《四部丛刊初编》本。

398.《小儿卫生总微论方》,[宋]佚名撰,明弘治二年(1489)李延寿刻本。

399.《小学绀珠》,[宋]王应麟撰,明《津逮秘书》本。

400.《笑笑录》,[清]独逸窝退士辑,武铭校点,杭州:浙江古籍出版社,1985。

401.《絜斋集》,[宋]袁燮撰,清乾隆武英殿刻本。

402.《蟹略》,[宋]高似孙撰,《影印文渊阁四库全书》本。

403.《蟹谱》,[宋]傅肱撰,宋《百川学海》本。

404.《辛巳泣蕲录》,[宋]赵与𥕒(一作𥕒)撰,清抄本。

405.《新编古今事文类聚》,[宋]祝穆、[元]富大用辑,北京:书目文献出版社,1991。

406.《新编排韵增广事类氏族大全》,[元]佚名编,明刻本。

407.《新雕皇朝类苑》,[宋]江少虞编,日本元和七年活字印本。

408.《新刊笺注决科古今源流至论》,[宋]林駉撰,明万历十八年(1590)书林郑世魁宗文堂刻本。

409.《新五代史》,[宋]欧阳修撰,清乾隆武英殿刻本。

410.《袖中锦》,[宋]太平老人撰,《丛书集成初编》本。

411.《(同治)徐州府志》,[清]方骏谟、刘庠纂,《中国地方志集成》本。

412.《续博物志》,[宋]李石撰,明《古今逸史》本。

413.《续墨客挥犀》,[宋]彭乘撰,孔凡礼校点,北京:中华书局,2002。

414.《续宋编年资治通鉴》,[宋]刘时举撰,《丛书集成初编》本。

415.《续文献通考》,[明]王圻撰,杭州:浙江古籍出版社,1988。

416.《续湘山野录》,[宋]释文莹撰,郑世刚、杨立扬校点,北京:中华书局,1984。

417.《续修云林寺志》,[清]沈鏮彪撰,清光绪刻本。

418.《续资治通鉴长编》,[宋]李焘撰,北京:中华书局,1979—1993。

419.《雪坡舍人集》,[宋]姚勉撰,《丛书集成续编》本。

420.《雪山集》,[宋]王质撰,清抄本。

421.《延祐四明志》,[宋]袁桷纂,《宋元方志丛刊》本。

422.《严州图经(淳熙)》,[宋]陈公亮修,[宋]刘文富纂,《宋元方志丛刊》本。

423.《演繁露》,[宋]程大昌撰,《丛书集成初编》本。

424.《杨公笔录》,[宋]杨彦龄撰,《影印文渊阁四库全书》本。

425.《尧山堂外纪》,[明]蒋一葵撰,明万历舒一泉刻本。

426.《野客丛书》,[宋]王楙撰,郑明、王义耀校点,上海:上海古籍出版社,1991。

427.《医说》,[宋]张杲撰,明万历刻本。

428.《夷坚支志》,[宋]洪迈撰,清影宋抄本。

429.《夷坚志》,[宋]洪迈撰,何卓校点,北京:中华书局,1981。

430.《遗山先生文集》,[金]元好问撰,《四部丛刊初编》本。

431.《臆乘》,[宋]杨伯嵒撰,《丛书集成初编》本。

432.《吟窗杂录》,[宋]陈应行编,北京:中华书局,1997。

433.《(乾隆)鄞县志》,[清]钱维乔修,[清]钱大昕纂,《续修四库全书》本。

434.《蟫精隽》,[明]徐伯龄撰,《影印文渊阁四库全书》本。

435.《瀛奎律髓》,[元]方回编,《影印文渊阁四库全书》本。

436.《颍川语小》,[宋]陈叔方撰,清《守山阁丛书》本。

437.《(乾隆)永春州志》,[清]杜昌丁修,[清]黄任纂,《中国地方志集成》本。

438.《(光绪)永寿县志》,[清]郑德枢修,[清]赵奇龄纂,台北成文出版社《中国方志丛书》本。

439.《游宦纪闻》,[宋]张世南撰,张茂鹏校点,北京:中华书局,1981。

440.《幼幼新书》,[宋]刘昉撰集,[明]陈履端编订,明万历陈履端刻本。

441.《舆地纪胜》,[宋]王象之撰,扬州:江苏广陵古籍刻印社,1991。

442.《玉管照神局》,[五代]宋齐邱撰,清《十万卷楼丛书》本。

443.《玉壶清话》,[宋]释文莹撰,朱刚批注,南京:凤凰出版社,2009。

444.《豫章黄先生文集》,[宋]黄庭坚撰,《四部丛刊》影宋乾道刊本。

445.《豫章罗先生文集》,[宋]罗从彦撰,元至正二十五年(1365)豫章书院刻本。

446.《元丰九域志》,[宋]王存撰,魏嵩山、王文楚校点,北京:中华书局,1984。

447.《元诗纪事》,[清]陈衍编,上海古籍出版社,1987。

448.《元史》,[明]宋濂等撰,北京:中华书局,1976。

449.《沅湘耆旧集》,[清]邓显鹤编,清道光二十四年(1844)邓氏小九华山楼刻本。

450.《袁氏世范》,[宋]袁采撰,《丛书集成初编》本。

451.《(乾隆)袁州府志》,[清]陈廷枚修,[清]熊日华、鲁鸿纂,台北成文出版社《中国方志丛书》本。

452.《(正德)袁州府志》,[明]徐琏修,[明]严嵩等纂,《天一阁藏明代方志选刊》本。

453.《月河所闻集》,[宋]莫君陈撰,《丛书集成续编》本。

454.《岳阳风土记》,[宋]范致明撰,明《百川学海》本。

455.《(康熙)岳州府志》,[清]李遇时修,[清]杨柱朝纂,《稀见中国地方志丛刊》本,北京:中国书店,1992。

456.《阅史郄视》,[清]李塨撰,《丛书集成初编》本。

457.《粤大记》,[明]郭棐撰,黄国声、邓贵中点校,广州:中山大学出版社,1998。

458.《云笈七签》,[宋]张君房编,蒋力生等校注,北京:华夏出版社,1996。

459.《(绍熙)云间志》,[宋]杨潜纂,清嘉庆十九年(1814)古倪园刊本。

460.《云麓漫钞》,[宋]赵彦卫撰,傅根清校点,北京:中华书局,1996。

461.《韵语阳秋》,[宋]葛立方撰,宋刻本。

462.《曾巩集》,[宋]曾巩撰,陈杏珍、晁继周校点,北京:中华书局,1984。

463.《增补武林旧事》,[宋]周密撰,[明]朱廷焕补,《影印文渊阁四库全书》本。

464.《张氏可书》,[宋]张知甫撰,清光绪三十一年(1905)刻本。

465.《张右史文集》,[宋]张耒撰,《四部丛刊》影旧抄本。

466.《(光绪)漳州府志》,[清]李维钰撰,[清]沈定均续修,[清]吴联薰增纂,《中国地方志集成》本,上海:上海书店出版社,2000。

467.《昭德新编》,[宋]晁迥撰,抄本。

468.《(道光)肇庆府志》,[清]胡森、江藩等纂,《续修四库全书》本。

469.《(康熙)肇庆府志》,[清]史树骏辑纂,清康熙刻本。

470.《(雍正)浙江通志》,[清]嵇曾筠纂修,《影印文渊阁四库全书》本。

471.《针灸资生经》,[宋]王执中撰,上海:上海科学技术出版社,1959。

472.《证类本草》,[宋]唐慎微撰,[宋]曹孝宗校,[宋]寇宗奭衍义,上海:上海古籍出版社,1991。

473.《(嘉庆)直隶太仓州志》,[清]王昶纂,清嘉庆七年(1802)刻本。

474.《职官分纪》,[宋]孙逢吉撰,北京:中华书局,1988。

475.《至元嘉禾志》,[元]徐硕纂,《宋元方志丛刊》本。

476.《至正直记》,[元]孔齐撰,《元明笔记丛书》本,上海古籍出版社,1987。

477.《中山诗话》,[宋]刘攽撰,明《津逮秘书》本。

478.《中吴纪闻》,[宋]龚明之撰,孙菊园校点,上海古籍出版社,1986。

479.《忠肃集》,[宋]刘挚撰,《影印文渊阁四库全书》本。

480.《忠文王纪事实录》,[宋]谢起岩撰,宋咸淳刻明洪武公文纸印本。

481.《种树书》,[唐]郭橐驼撰(明人伪托),明《夷门广牍》本。

482.《种艺必用》,[宋]吴欑(一作吴怿)撰,明《永乐大典》本。

483.《重校宋窦太师疮疡经验全书》,[宋]窦默撰,明隆庆三年

(1569)三衢大酉堂刻本。

484.《(光绪)重修安徽通志》,[清]吴坤修修,[清]何绍基纂,《续修四库全书》本。

485.《(同治)重修上高县志》,[清]冯兰森修,[清]陈卿云纂,清同治九年(1870)刻本。

486.《(道光)重修仪征县志》,[清]张安保、刘文淇纂,《中国地方志集成》本。

487.《周易传义附录》,[宋]董楷撰,《影印文渊阁四库全书》本。

488.《周益文忠公集》,[宋]周必大撰,清俗语金氏文瑞楼抄本。

489.《昼帘绪论》,[宋]胡太初撰,《丛书集成初编》本。

490.《朱子语类》,[宋]黎靖德编,明成化九年(1473)陈炜刻本。

491.《竹坡诗话》,[宋]周紫芝撰,明《津逮秘书》本。

492.《麈史》,[宋]王得臣撰,上海:上海书店,1990。

493.《庄子鬳斋口义》,[宋]林希逸撰,宋刻本。

494.《拙斋文集》,[宋]林之奇撰,清影宋抄本。

495.《自警编》,[宋]赵善璙撰,《影印文渊阁四库全书》本。

496.《醉翁谈录》,[宋]金盈之撰,清嘉庆宛委别藏本。

497.《坐忘论》,[唐]司马承祯撰,明正统《道藏》本。